詩經中的生活

呂珍玉 主編

呂珍玉 林增文 黃守正
施盈佑 趙詠寬 等著

目次

二 生活與社會

三 婚姻與家庭

七 人際關係

八　生離死別

張序・閱讀古典，再創現代

張寶三

《詩經》這部古老典籍，自從東周時代被編輯成書之後，流傳至今，其間經過許多不同時代學者的解讀、詮釋，形成了歷代風貌各異的《詩經》學。回顧中國《詩經》學史，我們會驚訝發現，雖然《詩經》這個文本在不同時代，因為時、空背景的差異，曾經產生不同面向、不同重點的詮釋，但《詩經》中所包含的某些可貴素質，卻仍然不斷地被強調，古今如一，甚至歷久彌新。例如：「溫柔敦厚」、「思無邪」、「執子之手，與子偕老」、「宜室宜家」、「敬天敬祖」等，這些可貴的質素，已成為中國文化的一部分，悄悄地流動在你、我的血脈當中。

今天我們閱讀《詩經》，當然不必再如漢人般，把〈關雎〉解讀為讚揚「后妃之德」或諷刺「康王晏起」的詩篇；也不必如宋人般，把〈子衿〉說成是「淫奔之詩」。我們可以用現代的觀點、依現代的環境去詮釋《詩經》、感受《詩經》，透過對《詩經》的重新閱讀，闡發《詩經》中那些可貴的質素，為《詩經》注入新的活力。然而，我們似乎也不得不注意，現代人閱讀《詩經》時，如果能先略知以往《詩經》被解釋的情形，通曉《詩經》訓解的基本知識，也許較能避免陷入「過度詮釋」的困境，也比較不會一味地耽溺在虛擬的、自我構築的《詩經》世界之中。

東海大學呂珍玉教授，專研《詩經》多年，尤其擅長《詩經》訓詁之學，著作等身，卓然有成。呂教授以其堅實的研究功力為基礎，再加上活潑生動的表達能力，在課堂上講授《詩經》，學生無不如沐春風，解頤神會，自然而然地走入《詩經》的世界。呂教授除了在課堂上引導學生認識傳統《詩經》的解讀之外，更規劃、鼓勵學生以現代化的觀點重新閱讀《詩經》、書寫《詩經》，以闡發《詩經》的多元價值，再造《詩經》的現代智慧。呂教授這項計畫，先後已出版《閱讀詩經》、《詩經的智慧》二書，取得豐碩的成果，頗受好評。此次，呂教授又結集學生的作品，加上自己的範作，共九十九篇，題為《詩經中的生活》，即將付梓。在拜讀過這些作品之後，我深受感動，《詩經》中廣泛的生活題材，透過學生們的生花妙筆，竟能描繪出如此多樣的美麗圖畫！一首首的詩篇，經過同學們的演繹、詮釋，甚至解體重構，竟能把《詩經》的內涵發揮得如此淋漓盡致！尤其難能可貴的是，多數的作品都能扣緊《詩經》文本進行現代的閱讀，因此少有「詮釋的暴力」出現，從這裡也可以看出學生們深受呂教授這位優秀老師的良好影響。

呂教授這一系列《詩經》經典現代化寫作計畫，極具創意，為現代人認識《詩經》提供了一個寶貴橋樑，深富價值。在此《詩經中的生活》即將出版之際，略綴數語，一方面對呂教授致力《詩經》教育的用心表達個人的敬意；另一方面也期待這項寫作計畫能持續下去，結出更多美麗的果實。

張寶三

寫於臺北龍坡里

民國一〇三年秋日

編序・經典是生活中的點點滴滴

呂珍玉

閱讀艱深的《詩經》文本，以及消化沉重的經學包袱，一直是我講授「詩經」課程最大的難題，如何兼顧《詩經》的經學、文學價值，並與時俱進，用現代年輕人能夠接受的方式引導他們喜愛經典、發揚經典的現代價值，是我不斷在思索的問題。

幾年前我規劃了一系列經典現代化的寫作計畫，至今已出版《閱讀詩經》、《詩經的智慧》兩書，在其中確實看到同學們吟詠玩味，深體詩意後，從不同面向，透過流暢的書寫，闡發《詩經》的多元價值，雖不敢說成果輝煌，卻也是大學中文系「詩經」教學前所未見的創舉。有些學生擔心我的計畫將進行不下去，因為他們認為每首詩都被寫完了，還有什麼可以寫的呢？事實證明這些顧慮並不存在。《詩經中的生活》不僅有不少校外學生投稿，而且不論討論議題的連結，或者寫作方式的多樣，都令人驚豔。從這裡我看到年輕人其實並不排斥經典，只要適度引導他們進入文本世界，他們就可以悠游其中，用年輕人充滿熱情想像的特質來接受轉化它，於是在作品中，有人寫成小說，有人寫成故事，有人寫成書信，文體形式多樣，加上視點、生活經驗的不同，即便寫同一首詩，每人連結方式不同，轉化詩意樣貌各異，可說創意十足。而且這次收到作品九十九篇（連同我撰寫的三篇），超出前兩本甚多，使我受到莫名鼓舞，堅信這件工作應該持續下去，而且有信心越做越好。

備受愛戴的義大利作家卡爾維諾在他一九九一年寫作的《為什麼要閱讀經典》（*Why Read the Classics?*）一書中，曾對「經典」做出十四個定義，推崇經典的價值。在我的「詩經」課堂教學，以及推動經典現代化寫作的經驗中，頗能體會他對經典所下的定義。經典是深厚的文化沉澱，長遠影響著每個人，具有普世永恆，歷久彌新的價值，值得一再重讀，每次讀都如獲珍寶，而且每次讀都好像初次讀，會有不同的驚喜。正因為這樣，我鼓勵同學不斷重讀《詩經》，並和它對話，將它和不同時空的作品連結，和日常生活連結，可以從中感受到它的博大精深，豐厚的文化底蘊，它不是束之高閣的經書，而是每個人一言一行的動力。它是永不枯竭的泉源，挖掘不盡的寶藏，我永遠都不擔心同學沒東西可寫。

《詩經》是周人的生活畫卷，全面反映周人政治社會、君臣倫理、征戍行役、農牧漁獵、愛情婚姻、人際關係、民俗信仰、生離死別等各方面的生活形貌，是研究周代社會的重要史料，透過研讀《詩經》，可以管窺周人的個性特質和文化精神。我將這九十九篇作品分成愛情萬花筒、生活與社會、婚姻與家庭、女性自覺、人物剪影、親情倫理、人際關係、生離死別、離鄉背井、無盡相思、生活價值觀等十一單元，每一單元作品多寡不一，除了客觀反映《詩經》中該主題的作品數量外，也透露出同學閱讀與寫作的偏好。作品最多的還是和愛情婚姻有關，一則是《詩經》中這類型詩篇最多，也寫得最好，自然容易獲得對愛情婚姻憧憬的年輕人喜愛，相對的於祭祀信仰、宴飲朝會、農事耕作詩篇的寫作則僅見一、二篇，原因除了課堂較少選讀外，主要還是同學對這些生活方式的陌生疏離。整體而言，同學們對《詩經》中的生活觀照面向依然不夠，還有相當大的增補空間。

本書能夠順利出版，要特別感謝張寶三教授撰寫序言推薦勉勵，萬卷樓編輯部副總編輯張晏瑞和編輯的辛勞，教育部教學卓越計畫補助教材印刷費。希望經典現代化的系列寫作能持續進行下去，做出可觀的成果，年輕學子通過學習經典，更加熱愛生活、熱愛傳統文化。這是一條長遠艱辛的路，尚祈博雅方家不吝批評指教是幸。

呂珍玉

撰於東海大學人文大樓研究室

民國一〇三年七月溽暑

一　愛情萬花筒

一個人的地老天荒

溫禹

「世界上最遙遠的距離，不是生與死的距離，而是我就站在你面前，你卻不知道我愛你；世界上最遙遠的距離，不是我就站在你面前，你卻不知道我愛你，而是愛到癡迷，卻不能說愛你。」

有一種喜歡，是習慣了不去打擾；有一種喜歡，是習慣了總為你想，站在你身後，不讓你知曉；有一種喜歡，是習慣了默默付出而「衣帶漸寬終不悔，為伊消得人憔悴」。這種喜歡，是一種只與自己有關的寂寞的幸福，是一份最真摯、最純淨、最令人心酸的情感：

南有喬木，不可休思。漢有游女，不可求思。

漢之廣矣，不可泳思。江之永矣，不可方思。

翹翹錯薪，言刈其楚。之子于歸，言秣其馬。

漢之廣矣，不可泳思。江之永矣，不可方思。
翹翹錯薪，言刈其蔞。之子于歸，言秣其駒。
漢之廣矣，不可泳思。江之永矣，不可方思。

暗戀，一個極致纏綿的詞，古往今來，牽動了多少男女的心，這種悲哀的情感，比起兩情相悅來，更能深入人心。〈周南．漢廣〉這首詩體現的正是這樣一種獨自癡戀的情感。南方有那高大的喬木，卻不能在它下面歇息，漢水邊有心怡的女子，卻不能去追求。高大的樹木，鬱鬱蔥蔥，本是很好的倚靠，為何不能去乘涼？因為它不是自己的啊！正如漢水對面那美麗的女子，樵夫清楚的知道自己不可能得到。兩人就像兩條平行線，雖然相鄰相望，卻沒有交點，可見而不可求，可望而不可及，可想而不可依。漢水並不浩瀚，然而樵夫和女子之間卻如同隔著世界上最遙遠的距離一般。愛慕的女子要結婚了，夫君卻不是我，這是多令人無奈的心酸，但樵夫並沒有就此消沉，只是在平靜的砍柴餵馬中宣洩這份憂傷、這份深沉的癡情，默默為對方餵馬，獻上自己的祝福。儘管思念很苦澀，儘管相思很難熬，儘管明知所愛將要嫁與他人，依然無怨無悔地將愛藏於心底。

「一生詩意千尋瀑，萬古人間四月天。」這是愛了林徽音一生一世的金嶽霖教授在林徽音逝世時寫的一幅輓聯。金嶽霖沒能得到林徽音的愛，卻愛了林徽音一生，為她終生不娶。他從來沒有對林徽音說過要愛她一輩子，也沒說過要等她，只是沉默地、無言地做了一切。愛她卻捨不得她痛苦選擇，因而只能選擇沉默。比起徐志摩那樣激烈的愛，金嶽霖的默默相守更令人動容。愛不是一定要佔有，只要能一直靜靜地守候在那人身邊，看著她，懷念她，一生從心之所引。

席慕容說過：「一生中至少該有一次，為了某個人而忘了自己，不求有結果，不求同行，不求曾經擁有，甚至不求你愛我，只求在我最美的年華裡，遇到你。」林宥嘉在〈背影〉中唱到「感謝我不可以住進你的眼睛，所以才能擁抱你的背影。」這樣的愛戀，是心中不能說的秘密，我喜歡你，這藏於心底的小秘密，無論何時想起，都會是心中最溫柔的記憶。愛此人，所以信仰此人，〈漢廣〉中的樵夫想必也將心儀的女子當作自己的女神了吧，因為信仰，所以沒有私心，無聲呵護，不求回報。雖然會失落，會苦澀，但是能在最美好的年華相遇，擁有那份單純的心情，或幸福，或悲傷的回憶，便是記憶中最明媚、最燦爛的風景。

「身無彩鳳雙飛翼，心有靈犀一點通」的兩情相悅固然令人歡喜，「山有木兮木有枝，心悅君兮君不知」的獨自單戀，卻更能使人嘆息著，品味愛情酸澀的味道。轟轟烈烈的愛情固然令人羨慕不已，但並不是所有關於愛的憧憬在最後都能有一個兩情相悅、天長地久的圓滿結局。「我本江心向明月，奈何明月照溝渠」，「平生不會相思，才會相思，便害相思。」如果無法得到，不如學〈漢廣〉中的樵夫般，默默地關注，靜靜地期盼，不讓對方知曉，不讓世人評判。儘管知道這樣的單戀換來的注定是自己的心傷，但因為愛上了，便不去關心其他，便毫不猶豫地守候，便如飛蛾撲火般不悔，一切只要對方幸福就好，只求能依著自己心的方向去遠航。

戀愛，是兩個人的纏綿；暗戀，是一個人的相思。倘若現實使我無法離你更近，那就永遠在江湖之上，隔水尋覓你的身影，戀慕於心，相望於江湖，探求那一個人的地老天荒。

作者小傳

溫禹，目前就讀東海大學中文系三年級。取母親姓氏為名，鄰人評價靦腆內向，朋友則說聒噪瘋狂。身處墮落大潮，卻不甘隨波飄蕩，堅信太陽尚遠，但必有太陽。

兩情若要久長時，原只在朝朝暮暮

鄭涵若

情之一事，古來共談。千古多少文人騷客、英雄紅顏為之演繹一世離合悲歡，喜悲盡嘆！〈上邪〉高呼：「山無陵，江水為竭，冬雷震震，夏雨雪，天地合，乃敢與君絕！」李白哀吟：「但見淚痕濕，不知心恨誰」；柳永嘆道：「衣帶漸寬終不悔，為伊消得人憔悴」；金庸的《神鵰俠侶》亦癡語：「問世間情是何物，直教人生死相許」……如此上溯，《詩經》中亦有許多與愛情相關的故事，或淒涼或美好，或言相思或染情愁，卻讓人不禁思考，所謂「情」的最高境界，究竟是怎樣的呢？直到我「眾裡尋他千百度，驀然回首」，才發現答案正在燈火闌珊處：

女曰：「雞鳴」，士曰：「昧旦。」「子與視夜，明星有爛。」「將翱將翔，弋鳧與雁。」

「弋言加之，與子宜之。宜言飲酒，與子偕老。琴瑟在御，莫不靜好。」

「知子之來之，雜佩以贈之。知子之順之，雜佩以問之。知子之好之，雜佩以報之。」

這首詩是〈鄭風．女曰雞鳴〉，整首賦體詩恰似一幕生活小劇，展現了三個溫馨的畫面：妻子一早叫丈夫起床，說：「雞已叫了，該起床了哦！」男子還有些沒睡醒，說：「天還沒亮呢！」妻子帶著無奈的笑容說：「你看那天空，啟明星正閃閃發亮呢！」晨起梳洗後，男子將外出打獵，說道：「我去將野鴨大雁射下來，讓妳為我們做一桌好菜；再飲上幾杯小酒，就這樣與妳一同變老；如此妳我琴瑟和鳴，生活如何不安寧而美好。」女子也笑著說：「知道你為了我們的生活總是辛勤的勞動，又如此的關心愛護我，將這玉佩送給你，便是代表我對你的心意啦！」整首詩讀下來，沒有如金庸、瓊瑤故事中波瀾起伏的情節，也沒有海誓山盟、生死相許的悲壯，它展現的是一對普通夫婦最為平常的生活畫面，卻讓人在這寥寥幾句對話中，感受到了一種叫作「家」的溫暖。

其實愛情哪裡來的那麼多翻天覆地、驚心動魄呢？我們看了太多的小說、電影、電視劇，讀了太多才子佳人、英雄紅顏的曠世絕戀，卻忘了，真正的愛情，不在花前月下，而在柴米油鹽；不在甜言蜜語，而在舉手投足之間。正如詩人舒婷在

〈神女峰〉中的詩句：「與其在懸崖上展覽千年／不如在愛人肩頭痛哭一晚」，所謂相愛不如相知，相知不如相伴，相伴不如相守。一萬句「我愛你」，比不上一句「在一起」來得實在，來得真心。

現代人的愛情觀，似乎也越來越向著《詩經》的方向在反省了。陳奕迅的〈愛情轉移〉中唱到：「短暫的總是浪漫／漫長總會不滿／燒完美好青春換一個老伴」、「盪氣迴腸是為了／最美的平凡」二句，頗得〈女曰雞鳴〉中的愛情真諦：愛情所有的珍貴和感動，其實就在於生活的點點滴滴。從甜蜜相戀，到約誓成婚，再到真正共同生活的那一剎那，愛情其實才剛剛開始；甜蜜浪漫漸漸被生活的坎坷取代，日常生活的瑣碎負重，往往讓人開始焦躁煩悶。當華麗的戀愛花朵凋謝後，能否結出最甜美的果實，取決於雙方是否能共同努力去磨合、理解和相互扶持。正如《詩經》為我們所呈現的那樣，只是一個平凡的早晨，一個平常的對話，卻讓人那麼強烈的感覺到一種「執子之手，與子偕老」的美好。

由此觀之，《詩經》與生活的聯繫竟是如此的緊密，不但為我們呈現那時人們生活的樣貌，同時也啟示我們生活最本真的道理。雖有秦觀「兩情若是久長時，又豈在朝朝暮暮」的苦嘆，但〈女曰雞鳴〉卻告訴我們：兩情若是久長時，便正是在這朝朝暮暮之間呢！回到家中，妻子已做好熱騰騰的飯菜，讓丈夫在外奔勞一天的疲憊一洗而空；晚歸時，一盞暖心的燈火，讓你知道無論生活給了你怎樣的重負，總會有一個人在等著你回到那個叫「家」的地方。人與人之間最真最美的愛情，就是如此簡單，又是如此不簡單。謹在此希望這篇歷經千年傳下的小小詩篇，能讓世人「悟以往之不諫，知來者之可追」，用心體味其意蘊，而重拾這份人類最珍貴的情感吧！

作者小傳

鄭涵若，東海大學中文系三年級交換生。平日喜讀古時諸閑詩遊記、瑣碎小語，以窺舊時觀山游水、居室會友之風貌，妄意能從中略浸得些許先人風骨。

愛情的世界，塞多少幸福都不夠

熊梓彤

愛情，自古以來就是一個永恆的話題，多少文人雅客、紳士淑女，為了「愛」這一個字演繹出無數或淒美或動人或盪氣迴腸的故事。愛情的世界，待在外面的人嚮往，待在裡面的人卻也嚐盡了百般滋味。卓文君曾低吟：「願得一心人，白首不相離。」如此簡單的願望其實也難以得到實現，盧照鄰曾感歎：「得成比目何辭死，願作鴛鴦不羨仙。」愛情的世界，只要相愛的兩個人在一起，便也勝過了那神仙眷侶的生活了；就連王維也曾沉吟：「紅豆生南國，春來發幾枝。願君多採擷，此物最相思。」相愛中的人，思念是無盡的，分開的每一刻都是填滿胸腔的想念，熱戀的人，好像兩個人要融為一體才能夠滿足。愛情，像是一顆奇妙的種子，在誰的心上發芽，就會把誰折磨得死去活來，或許因為對方的一個微笑而高興一整天，或許因為對方提醒你天氣冷記得加衣服而開心得失眠，也因為這奇妙的種子，人世間的感情也彷彿變得生動活潑起來。回溯古老的《詩經》，這裡面也有無數令人動容的故事，一首首朗朗上口的詩歌所講述的那個世界，有甜蜜，有苦澀，有淚水，也有心跳，真實，卻彷彿可以觸碰得到。回頭看，那個牆角下美好的女子：

靜女其姝，俟我於城隅。愛而不見，搔首踟躕。
靜女其孌，貽我彤管。彤管有煒，說懌女美。
自牧歸荑，洵美且異。匪女之為美，美人之貽。

這是一首男女幽會時的情歌。男子著急地等待著的，是那嫺靜如畫的姑娘，天色泛黃下的黃昏，姑娘還沒出現，原本耐心等待的男子此時已經有些焦躁不安，都怪那愛情使一個男子漢大丈夫也失了淡定，思念著那溫婉心儀的姑娘。因為彼此相愛，那美好的姑娘也送給了男子定情物件，以表鍾情。這是個多麼美好的習俗啊，那捧在手心的彤管，彷彿是那姑娘赤誠的心，那紅色的嫩荑也彷彿如那姑娘羞澀的紅唇。愛情到來的時候，一切都美好得像是童話王國裡的事物。姑娘一旦沉入愛情的漩渦，便不管不顧地想要對自己心儀的人好了。送上自己摘的紅荑，就像把自己也交付給了他，男子心中興奮也激動，美好的不僅是姑娘送來的禮物，更美好的是此時此刻，此地此景，我們相愛著，沒有其他的干擾。這首動人的情詩流傳千古，將兩個相愛的青年男女約會的場景寫得活靈活現，也將愛情中甜蜜的滋味描繪得真實可感。在他們兩人的愛情世界裡，明明有了那麼多幸福，卻還想讓人再多給他們一點。因為那幸福，是多麼的讓人如癡如醉。

一對男女約會時的平凡場景，卻透過短短的幾十個字表現得生動形象，由此可見，《詩經》與生活聯繫得有多麼緊密。愛情，這特殊的情感也是生活的一部分，因為有了它，你體會到了許多不同的滋味。相愛的兩個人，愛到熱戀，便拚了命地想要對對方好。他們兩個人所構建起來的小小世界，也許外人看起來顯得些許膩味，但那當中的兩個人，卻好像那幸福怎麼填都不夠，還想要多一點，再多一點。

再看看現在的我們，往往忘記了那簡單的幸福，愛上一個人時似乎少了些單純，因為社會的多元化，使身處在這個社會的我們，也漸漸變得世俗，愛上的同時也多出了許多附加條件。「我想找一個高個子的。」「家裡條件不能太差，最起碼得有房有車吧。」附加的條件越來越多，想找到對的人也越來越難。誠然，我們可以帶著自己的條件去尋找自己想要的愛情，但是我們是不是也該反省一下，有時候如果單純些，那麼愛也會更純真、更美好嗎？看那搔首踟躕的男子和那狡黠美好的姑娘，他們的幸福，是如此的簡單真實。

也許，當你放下一些再去體會的時候，你會發現，相愛時，那如蜜一般的幸福，是怎樣的令人如癡如醉，怎樣填都不夠。

作者小傳

熊梓彤，西元一九九二年生，大陸四川人，現為東海大學中文系交換生。生長在那個滿是貓熊，景色美麗的地方，自幼生性活潑，熱愛攝影，喜歡音樂。任何有關文學的故事，都願意細細聆聽，吸取一二精華。

願得一心人，白首不相離

宋琛

愛情是什麼？

愛情，是桃花般灼灼其華的妖冶，是她回眸一笑時，低頭的溫柔和水蓮花似的嬌羞。

愛情，是柴米油鹽醬醋茶的平凡，是他深夜歸家時，一盞點亮的燈火和濃濃的飯香。

愛情，是青春洗盡鉛華後的綿長，是兩人白髮蒼蒼時，相偎相依地在搖椅上慢慢變老。

打開《詩經》，隨便翻到哪一頁，都能讀到一個純淨而浪漫的愛情故事。

思念如水渙渙，女心似影悠悠。

你看，城闕上徘徊的那個女孩，風兒吹動她的衣袂，是在打探她的心思？月光撫摸她的面龐，是想偷窺她的秘密？你聽，是她在唱——青青子衿，悠悠我心。縱我不往，子寧不嗣音？青青子佩，悠悠我思。縱我不往，子寧不來？挑兮達兮，在城闕兮。一日不見，如三月兮。

女孩是在等待她的心上人啊！

他衣襟上一抹青青，將她的思念染上了顏色，就如同小河兩岸青青的柳條，柔柔的卻又緊緊地纏著她的心，讓她心動又緊張。思念呵，那般繾綣漫長，在一夜之間便能穿越三秋。（〈鄭風．子衿〉）

曾經的愛情，就是這般純淨無瑕，他們總有著我們難以做到的執著，沒有我們的功利。如〈鄭風．子衿〉中的這個女子，儘管等待的情人始終不曾出現，她也未曾絕望，她相信，等待過了這一片無盡的黃昏，在清晨的另一邊，夢中的他，定能如約出現。這首詩沒有結局，它沒告訴我們男子為何失約，也沒告訴我們兩人最終是否相會。或許，沒有結局，便是最好的結局。它告訴我們，愛一個人不需要理由，愛一個人不需要結果。

可我願在心中為鄭女留存一個圓滿的期待。

可是，自何時起，「貧賤夫妻百事哀」成了生活的至理名言。愛情中的那種純潔和高傲，不是成了人們說笑的由頭，就是成了生活的奢侈品，可望而不可及。人們可以不加掩飾地說出自己的愛情條件，高富帥或白富美；甚至有人大言不慚，寧可坐在寶馬車上哭，也不願坐在自行車上笑。愛情被金錢綁架，愛情被物慾橫流的現代社會打磨得廉價而蒼白，甚至於蕩然無存；想要尋找柏拉圖式的精神愛戀，似乎已是海市蜃樓。

當人們被物慾所束縛時；當人們把身體作為金錢的籌碼而放蕩不羈時；當人們只剩下名利的慾望而分裂了身體本能和道德情感時，我們不禁要質疑：現代人，你們還有愛情嗎？金錢真的比愛情更重要嗎？

真正的愛情不需要太多的裝飾，有時就是一次邂逅。只是因為在人群中多看了你一眼，從此再也不能忘掉你的容顏。

清俊的少年打馬河岸過。這時，單衫杏子紅，雙鬢鴉雛色，一個女孩撐著一葉扁舟盈盈水面飄過。

是誰回眸一笑，轉眼間，又傾盡了誰的年華。

從此，他日日從那條河邊路過；從此，他寤寐思服，「衣帶漸寬終不悔，為伊消得人憔悴。」

思念，是一種病。從此，少年帶著女孩鍾愛的琴瑟，於一個個餘暉淡淡的黃昏，獨坐小河畔，為她奉上一曲曲原創，似一位吟誦歌者，讓自己的愛慕隨著流水，染上她如墨的秀眉。

北大一女教授曾評〈傾城之戀〉：愛情是一種勾引。或許，女孩也早在心中輕輕唱著一支歌，與他淺淺和，流淌過那條翠綠的河。

她掌舵，將小溪勾勒，晨露又匯集幾顆。

水中央，半江粼粼，半江瑟瑟。（〈周南．關雎〉）

每每讀到這裡，就不由地感歎起古人的天真，他們如同剛剛孵化的飛鳥，對於愛，從不會擔憂前途，也從不會被金錢所擾。他們相信「愛」，就如同飛翔一般，是與生俱來的能力。

而我們，像是隻馴服了的鳥，只能在地面上蹣跚地走動，仰望天空上那些早已遠去的美好，心裡低吟起伏的，全是屬於別人的感動；有時甚至無動於衷，美好也打動不了我們的心。

人生寂寥遠行，賞心悅目事甚少。現代人號稱真愛的種種行為，葬送了愛情的希望；真正的愛情，已離我們越來越遠，逐漸變成了一種難以實現的理想。可是，知道嗎？現代社會的物慾金錢，那種美與光豔，都只是過眼雲煙，終有煙消雲散的一天。只有愛情，它是真實的，是美好的，是永恆的。並不像阿妹歌中唱的那樣，只是個消遣的玩意，只是自己騙自己。它不是錦上添花的美豔，而是雪中送炭的溫暖。當我們漫步人生路，雙足疼痛難忍時，聽得愛人遠方的呼喚，喚起遠歸的遊子們回家食飯，那麼，無論這雙腳如今是在荊棘還是在泥水裡，無論長路漫漫多崎嶇，滿心的疲勞厭倦都可盡數卸下，換作眉際的展顏一笑。

從前的日子，《詩經》中的日子，那麼慢，慢得一生只夠愛一個人。那時，愛上一個人，便是青青子衿，悠悠我心的沉吟羞澀。那時，愛上一個人，便是求之不得，寤寐思服的輾轉反側。

讓我們回到《詩經》那個純真大膽地歌頌愛情的年代吧，找回最初、最自然、最燦爛的笑容，沒有鑽石的愛情也會有感動，你吻我一下臉就紅。

讓我們遵從本心，認真地去愛吧，用盡一生去等待一個人，白首不相離，像穿越層層花蔭歸家的少年般，無論亂花如何迷人眼，落滿衣袖也不停歇留戀。

作者小傳

宋琛，現為東海大學中文系三年級交換生，喜讀《詩經》、《飲水詞》等。縱觀現代人之愛情觀，無不閃爍著鑽石、珠寶等庸俗市儈的光澤。該文從《詩經》中的愛情說起，追憶曾經歲月裡的真誠熾熱，意圖讓人們明白愛情的真諦——願得一人心，白首不相離。

「有女同車」的甜蜜與哀愁

何霄

挑一個風和日麗的晴天，駕著一輛馬車，「儼驂騑於上路，訪風景於崇阿」，如果再有一個心愛的她同車，那可真是一件賞心樂事。〈鄭風・有女同車〉中就寫了這樣一幕艷羨旁人的場景：

有女同車，顏如舜華。將翱將翔，佩玉瓊琚。彼美孟姜，洵美且都。
有女同行，顏如舜英。將翱將翔，佩玉將將。彼美孟姜，德音不忘。

他心儀已久的那個她，是像木槿花一樣不華貴但卻堅韌美麗的女子。木槿花朝開暮落，儘管曇花一現，但那又怎麼樣？正是因為木槿花朝開暮落，人們才更加知道珍惜，而且，木槿有一種厚積薄發的力量，每一次凋謝都是為了下一次更加絢麗地開放，那不是結束，而是準備新生，就像太陽不斷落下又升起，春夏秋冬不斷變換輪轉一樣，生生不息。

更像是他愛著一個人，有浪漫，也有失落，有激情，也有低潮。不懂愛的人只會嘲諷他，放著德容具備的大國公主孟姜不愛，卻偏偏戀著那個有些嬌俏，有些調皮，不把禮法規矩放在眼裡的小妖女。但只有他明白，懂得愛的人仍然會溫柔地堅持，激情浪漫的時候像木槿般紅火熱烈，低潮苦悶的時候像木槿般平淡不失韻味，木槿花頑強的生命力昭示著歷盡磨難而矢志不渝的感情，起起伏伏在所難免，但愛的信仰永恆不變。別人說他愛美人不愛江山也好，說他有眼不識姜家女也好，他愛的一直都是那個像木槿花一樣的女子，沒有龐大之權勢，也沒有傾國之容顏，但她有自己的韻味，她才是自己的一生所愛。

他們終於走到一起了。他站在車上，向車下的她伸出了手，她搭上他的手輕身一躍，坐在了車上。這一輛平凡的馬車，此刻成為了他們婚姻的見證。他們看著遠方綿長的路，路邊也有芳草也有荊棘，彼此緊握雙手，不論前途如何，至少此刻他們是幸福的。不用理會江山社稷，不用承擔道德禮法，不用在乎流言蜚語，只要在彼此身邊，能相伴於這輛車上，那就是最大的幸福。她坐在車上，從未如此快樂過，自己好似天上的鳥兒一樣飛翔，身上的佩玉也叮叮噹噹地發出和歌，也在為自己慶祝！這一刻的幸福，正如「白日放歌須縱酒，青春作伴好還鄉」，足以銘記一生。

世人只看到他們同車而行，出現時的明艷，卻看不到這背後浸透著奮鬥的淚泉，灑滿了犧牲的血雨。他們同車而行，真的需要莫大的勇氣。他知道孟姜是很好的女子，他也知道娶了孟姜就有了大國的依靠，將來前途無憂，可他依然沒有，即便日後政治失意，慘遭放逐，他也不後悔當初選擇了她。只要想起「有女同車」時「將翱將翔，佩玉將將」的幸福，這一生都是甜蜜的。人這一生，難得摒棄世俗成見，為了愛情選擇一次，他還有什麼好後悔的呢？世間行樂亦如此，古來萬事東流水！

然而，並非所有「同車而行」的邀請都能帶來甜蜜。就在幾百年後的漢宮中，有一個女子拒絕了大漢天子同車出遊的邀請，還用「賢聖之君皆有名臣在側，三代末主乃有嬖女」的道理告誡了皇帝一番。只可惜這女子不是〈陌上桑〉裡的秦羅敷，她是班婕妤；被她所拒的男子也不是「使君自有婦，羅敷自有夫」的使君，而是她的夫君漢成帝。

秦羅敷拒絕了使君同車而行的邀請，捍衛了自己對丈夫的忠貞，得到千古的嘉許；而班婕妤呢？她拒絕的是她的夫君，是大漢的皇帝。她雖博得了恪守禮法、莊重自持的美名，可是卻漸漸失去了皇帝的寵愛，就此清苦一生，孤獨終老，惹得納蘭性德也要為她寫上一句：「人生若只如初見，何事秋風悲畫扇？」作為一個女人，失去了丈夫的愛，任她才情再高、品德再好，也終究是悲劇收場。不知班婕妤捧著那秋後的團扇獨伴青燈之時，可曾後悔過當初那一次的拒絕？

「有女同車」不僅需要愛情，更需要追求愛情、突破束縛的勇氣。班婕妤雖然賢德，但卻不如同為漢朝女子的卓文君可愛。司馬相如來到卓家作客，以琴聲表露心跡，「款款東南望，一曲鳳求凰」，卓文君一見傾心，當晚就跳上了相如的馬車，要跟相如共度一生，其後雖有一段艱苦的日子，文君也當壚賣酒，但最後總算過上了幸福的生活，「願得一心人，白頭不相離」便是最好的寫照。文君也成為最有追愛勇氣的女子，不知激勵了後世多少癡男怨女勇敢地走在一起。

不是每個人都有文君這樣的好運氣。〈孔雀東南飛〉裡劉蘭芝和焦仲卿夫妻恩愛卻被迫分離，「府吏馬在前，新婦車在後。隱隱何甸甸，俱會大道口。」夫妻同車這時已經成為生離死別下的奢望，只留有無盡的遺憾和悲鳴。十年修得同船渡，跟心愛之人同車確是一件難得且幸福的事情，所以更需要人們的珍惜。

〈有女同車〉裡的他和木槿花般的她，都是幸福的，這種幸福會帶給人甜蜜，也會帶給人哀愁。就像木槿花一樣有花開的時候，也有花落的時候，但無論花開花落，我們都要走過才知道，原來它綻放的時候曾是那樣的絢麗。正如冰心所說：

「也許有一天，他再從海上蓬蓬的雨點中升起，飛向西來，再形成一道江流，再沖倒兩旁的石壁，再來尋夾岸的桃花。」我想，當初如果邀請秦羅敷同車而行的是她的夫君，她也會「將翱將翔，佩玉將將」吧？

作者小傳

何霄，現為東海大學中文系三年級交換生。他是八百里皖江邊上的來客，黃梅戲的故鄉也是他的故鄉。一個喜歡文學，愛讀歷史的大男孩。要效仿古人「讀萬卷書，行萬里路」，心和腳步總有一個要在路上。

摽有梅

肖子陽

落單的戀人最怕過節。

八年前在機場揮別男友，單槍匹馬殺到美國闖蕩。這句歌詞一直安慰了安雅五個聖誕節。

直到第六個平安夜，她壓抑住激動的心情，照舊用平常的語氣給未婚夫撥越洋電話，打算在結尾突然的告訴他「我們結婚吧！」給他一個突如其來的驚喜！然後拯救兩個快要溺死在傷心太平洋裡的異地戀。

「然後再告訴他，我年底就回國，準備好玫瑰和戒指在機場向我求婚吧！」這麼盤算著，二十六歲的安雅當時簡直按捺不住激動的手，緊張的像初戀。

「我跟小A在一起了。我需要的是一個家，不是一月一次越洋電話。我等了妳五年，三十歲了，我不能再等了。分手吧。安雅！」直到聽筒中的盲音猝然響起，她才恍然反應過來，自己被甩了。「嘟嘟嘟……」聽起來就像舊金山海岸退潮的聲響。

沒有吵鬧也沒有挽留，安雅放下電話才覺得溺水般的睏倦湧上來。剛剛興奮到緊繃的身體倒在床上攤開，緩緩鬆弛。收拾到一半的行李箱張著嘴在床邊默默地陪著這個失戀的女人，床上的白圍巾是洋蔥圈，綠裙子是青椒，紅帽子像朵雕刻精美的番茄花，而她是一條煎到八分熟的吞拿魚。

安雅直接睡過了三天的聖誕假期。從來沒有那麼累過。她在後來變成了一個睡眠很少的女人，以至於後來回想起那個平安夜。她覺得好像用畢生三分之二的睡眠埋葬了失戀的傷悲。

作為一個在美國教中文的中國人。安吉利雅本來叫安雅，出國前安媽媽祈求女兒在外一切平安吉利，唸叨了很多遍。索性安雅也就把這份祝福加在名字裡，希望上天時刻聽到自己的祈禱。

她失戀之後倒也真的一切平安吉利。工作升職，薪水也讓一般美國人都眼紅，學生乖，主管好，人緣更是沒得說。全學校只有她聽得懂來自印度的歷史系老師在說「去我家吃咖哩好不好？請你。」其他人都以為是「幫我家報警好不好？請你。」

卻除了愛情。

二十六歲的時候告別前男友。她只談了一次戀愛，卻一談就是六年。安雅覺得這六年耗盡了自己的少女心和好年華，六年安穩平淡，她沒有危機感，也忘記了給自己留下退路。到真正窮途末路的時候，男人跳脫的乾淨，自己卻走不出來了。那六年拒絕了多少比他更好的男人呢？安雅在床上掰著腳趾頭也不夠數的。她嘿嘿的傻笑，原來自己那時候這麼迷人啊?!一個人兩年了，也不覺得多難熬。

廚房裡滴答漏水的龍頭，壞了一年多了。上次過生日，朋友們起鬨讓那個路易斯安那州的棕頭髮帥哥留下來給她修理，人家爽朗的答應了。唉，你說自己幹嘛當時就扭捏的說自己的修理工夫是祖傳的呢。最後還很「紳士」的讓那個帥哥送大胸的拉丁文女老師回家去了。結果party結束後自己打掃時，還在衛生間滑倒摔傷了腰。

說不定……那個帥哥對我也有意思呢？如果他留下來……哈哈哈，快別三八了。笑罵著自己，安雅又把碩大的被子抱緊了些。廚房裡滴答滴答的水聲好像當時分手時電話那頭掛斷的盲音，在夢迴的半睡半醒間，安雅突然想起了這些，失眠了後半夜。

第二天頂著黑眼圈到教室裡。金髮碧眼的學生們字正腔圓的喊著老師好！安雅深呼吸一口，暗歎自己好歹還有這幫可愛的洋娃娃們陪著。正要笑著讓大家坐好，突然班上又爆發出一陣驚天動地的呼喊聲「happy birthday!!!」安雅嚇了一跳，反應過來才驚覺原來是自己的生日到了，二十九歲的自己終於頂著黑眼圈隆重到來了。歡呼吧！慶祝吧！剛要和學生們一起跳起來，卻又想起自己腰上的舊疾，只好用力地揮著雙臂！大聲說著謝謝！謝謝你們！

「非常謝謝大家。但我們還是先上課比較好。不然你們的期末考就無法得到A哦！」安雅用儘可能輕鬆的語氣說出期末考快要到來的現實，以免傷害學生的一片好心。

「那我們之前講到了中國古代的詩歌，今天是最後一篇。哦，〈摽有梅〉。」

當安雅費勁心思的終於讓學生明白題目不是「一個叫做摽的人擁有了梅花」。卻在這篇詩歌的賞析解釋上犯了難，之前的〈關雎〉很引起早熟的美國學生的興趣，講到男女情愛的時候，班上的好幾對小情侶激動地就幾乎要在她眼皮子底下接吻。

那自己要如何解釋〈摽有梅〉？難道就說是在描寫像我這樣的女人？安雅突然意識到自己將要在眾目睽睽之下展示自己蒼白空洞的情感，讓大家以此為例子，理解詩裡寫的那種空虛寂寞。班上有不少和她私交甚好，都知道她單身幾年。沒想到就在自己安然準備邁進三十歲大齡剩女的行列時，上帝還要在她二十九歲的時候臨門一腳，讓她提前飽嚐女人三十的辛酸。

安雅的手使勁攥了攥，又鬆開了。

「這首詩歌關於一個還沒有戀愛，也沒有結婚的女人，她渴望得到愛情。」

「就像老師妳麼？」看吧！我就知道。

「哦……大概吧。可是我有前男友哦！」安雅特別重讀了那個「前」，可是緊隨其後的「男友」，還是抽乾了她所有理直氣壯的底氣。

「可是現在呢？」安雅突然很受不了美國人的不依不饒。

或者單身不全是壞處。久了，安雅越發的能從有意無意的傷害中懂得怎麼反敗為勝，或者至少勢均力敵。這世界本來就不公平，男人一聽你年紀過了二十五，看你就像看著菜市場裡傍晚打五折的菜；同年的女人要嘛秀兒子，要嘛秀老公，妳都快三十歲了還不貢獻出妳那顆卵子，留著做試管嬰兒啊！爹媽總是旁敲側擊軟硬兼施，今天那誰結婚了，明天那誰的孫子那個可愛喲！後天那誰家的狗都懷孕了；兄弟姐妹全是幫兇，一邊讓安雅從美國帶這帶那，一邊提醒她帶個非洲的回來也沒關係，會幫她說服她爹媽。好在太平洋足夠大，埋葬了她愛情，也讓這些惱人的聲音沉沒，但飄洋過海的殘骸也足夠讓她百毒不侵，金剛不壞。

「但我相信，真正的愛情在任何時候，都是值得等待的。順帶說一句，艾迪森，剛才我看到你女朋友和籃球隊長在樓下接吻，你最好下課去看看。」全班的鬨笑聲中，不依不饒的棕頭髮男孩漲紅了臉。

下課鈴聲在這時，福音一般的拯救了苦難的安雅。

她長舒了一口氣，整理了捲邊的課本。宣佈下課，看到艾迪森迫不及待的衝出教室，淺笑著望了望他的年輕的背影。感覺陽光暖的幾乎不像是北美洲的秋天，樹葉也都還綠的青透，印著些淺淡的鵝黃，兩三隻深藍的知更鳥在樹梢間翻飛打鬧，翅膀在陽光裡揮灑起金黃的粉末，空氣聞起來有股熟透了的甜味。

安雅施施然走回了辦公室，已經準備好迎接來自各個國家老師們鋪天蓋地的祝賀。好在外國人眼裡，二十九歲才是成熟女人的開始，上次隔壁三十八歲的法國女老師還跟她分享了自己的新男朋友在床上多麼勇猛。

噢，安吉利雅，別害羞。他真是個厲害的傢伙，完了之後他還開口向我求婚。我可不想輕易答應他。

安雅到底不能理解這種深沉的自信，但是她很欣賞，並由衷的祝福。問了句「妳愛他，他也愛妳。為什麼不接受呢？」

「我可是法國人。對我來說，愛情遠比婚姻更重要啊！安吉利雅。」她甩著風情萬種的大捲髮擁抱了安雅，身上蘭蔻的香水味聞起來就是愛情。

果然辦公室裡自己的位置已經被禮物和鮮花圍繞，一一謝過了大家。捧著一大包禮物跌跌撞撞的走向自己的車，法國人急匆匆的趕著出來，把今天上課的課本塞給了她，一臉神秘莫測的微笑，「安吉利雅，別忘了最重要的禮物哦！」

安雅不明所以的收下，暗歎我自己的書算什麼禮物啊。

回到家時天已經擦黑，安雅看向街道兩旁的萬家燈火，聞到壁爐裡燃燒的松木香味，看來感恩節快到了。

落單的戀人最怕過節。以前自己是難過在落單上，而如今沉默在戀人上。想到自己即將要步入一個更寒冷的季節，也不由得從內心希望有個人能來分享自己醞釀了這許多年的感情，雖然我從來不奢求愛情從天而降，也過了那個一見鍾情的年齡，但是那個正確的人，請快一點，再快一點，穿越過人海找到我，讓我再去相信那些纏綿的詩歌，陪我再看一次電影，再唱一次情歌。讓我們好好地愛一次。

這是安雅二十九歲的生日願望。飲食男女，到底也還渴望著紅塵的俗事，她也只是在心裡默默地祈禱著，這些話在平時可是無論如何都說不出口的。

回到家拆禮物的時候，突然想起法國人神秘的笑容。到底搞什麼鬼，翻開課本，今天〈摽有梅〉那一頁，寫著一排電話號碼。旁邊一看就是法國人龍飛鳳舞的英語「生日禮物！」

半信半疑的撥過去，是個溫厚的男聲：

「生日快樂！安吉利雅。我是斯考特，路易斯安那州，棕頭髮的那個。我……我能約妳出來嗎……」

摽有梅，其實七兮。求我庶士，迨其吉兮。

摽有梅，其實三兮。求我庶士，迨其今兮。

摽有梅，頃筐塈之。求我庶士，迨其謂之。

安雅笑了。

作者小傳

肖子陽，十九歲，摩羯座，男。

但始終相信心中住著一個女人。她教我不張嘴就說出教人傷心的話。冷靜沉默地控制一切，再傷心也不落淚，再思念也不慌張。提醒我作者永遠是文字迷津中的局外人。

痛恨一切終結。卻總是先想好結局，再逆推出生命軌跡，生命太過豐饒，我得給時間留下腐朽的退路，才能讓他們不慌不忙。

我相信第三人稱敘事總是最難也最殘忍。他把全世界的琳琅都裝進眼裡了，卻獨獨空下了她的位置，小得像顆紅豆，大得像個宇宙。

我要在茫茫眾生的夢境中找到那個位置。

執子之手，與子偕老

陳盈璇

一對戀人由相知相戀，到步入婚姻，共同組織一個新家庭，直到一起攜手慢慢變老，這是一個美好卻充滿著困難重重的過程。「執子之手，與子偕老」的美好愛情，是人所羨慕、追求的，人與人之間要多大的緣分，才能幸運地遇上一個能共度一輩子的人！即使相戀了，在相處的過程中，也將會有很多難關需要去一一克服，彼此包容與相互信任是當中最重要的元素，以致到最後在愛中找到無可取代的歸屬感，是愛與責任所要兼負的使命。不論是年輕時的共同打拚，到老來的相伴，牽著手相扶到老，這是從平實恬淡的生活中找到最踏實的一生。儘管轟轟烈烈使人感動，但平平淡淡同樣震撼人心。曾經看過一部電影叫〈牽阮的手〉，內容描述田醫生夫婦由相戀到一起克服許多困難的過程，兩人互相扶持、一路伴隨，直到變老也不離不棄的情感。田媽媽無怨無悔地支持著田爸爸的理想，他們終其一生都在堅持所謂的社會正義和人權。片段中有一幕，是田爸爸躺在病床上，田媽媽把田爸爸的手牽得緊緊，象徵兩人牽手走過大半輩子的相知相惜，不管發生什麼事，都還是要「牽阮的手」一起走下去，實在是令人動容！這愛情當中的深情也猶如〈邶風．擊鼓〉：

擊鼓其鏜，踴躍用兵。土國城漕，我獨南行。
從孫子仲，平陳與宋。不我以歸，憂心有忡。
爰居爰處？爰喪其馬？于以求之？于林之下。
死生契闊，與子成說。執子之手，與子偕老。
于嗟闊兮，不我活兮。于嗟洵兮，不我信兮。

詩開頭寫戰鼓聲鏜鏜作響，將士們奮勇地操練兵練。之後征夫借著身處的困境來抒發自己的情感：比起在國都做水土工事和修築城池，被徵召南行、生死未卜的我更為不堪。跟隨著我的將領孫子仲，平定陳、宋兩國的亂事，仍舊無法回家，我感到憂心忡忡。住在哪裡或身處何地都已無所謂，我也不知道是在哪裡喪失我的馬匹？要往何處尋找呢？大概在樹林之中吧！死生離合，我曾與妳定下誓約，我要牽妳的手，與妳白頭偕老啊！唉！離開了妳，就無法與妳相依相伴！唉！我倆距離如此地遙遠，也無法實踐與妳的誓約！這首詩是一首愛情宣言，由征夫的角度去寫出對妻子的無限思戀與歉意。丈夫被迫與妻子分離兩地，仍惦記著與妻子的約定，可感受到丈夫的情深義重，想要長相廝守的渴望，可是卻不能相伴的無奈，流露出無盡的失落，讓人感到痛徹心扉。當中的「執子之手，與子偕老」，是甜蜜又淒美的誓約，至今仍被拿來當作婚禮中的愛情宣誓，代表生死不渝的愛情，讓我也不禁想到江蕙〈家後〉這首歌當中的一段歌詞：

有一日咱若老　找無人甲咱友孝
我會陪你　坐恬椅寮　聽你講少年的時陣　你有外摮
吃好吃醜無計較　怨天怨地　嘛袂曉
你的手　我會甲你牽條條　因為我是你的家後

當有一天人年華老去，身邊的「牽手」依舊不離不棄地在身邊相伴，以「執子之手」走過所有漫長的道路，哪怕路途中有著無數艱難險阻，都一一挺了過來。正因為愛與責任，再多風風雨雨都能一起度過，無論好與壞都相隨相伴。最簡單的幸福豐富了生命的價值，彷彿在夕陽下，兩位滿頭白髮的老人手牽著手漫步在夕陽的餘暉中，相視一笑的那瞬間成了永恆的定格。也許只是什麼話也不說，只是在這漫長的道路上攜手走過每一個路口，把我的真心放在你手中，走過一生一世的踏實；只要你在身邊，還能夠牽你的手，我就不會放手，我會一直是你的「牽手」，還要跟你再攜手走到生命的盡頭，甚至是下輩子、下下輩子，直到永遠。

作者小傳

陳盈璇，現就讀東海大學中文系三年級，有時候難免多愁善感些，常容易因小事而感動不已。喜歡聽歌曲，聽旋律裡的歌詞，聽文字間所帶來的撼動。期許自己在人生的過程中能盡己所能、發揮所長，活出一個圓滿的生命。

妳是我心中一句驚嘆

陳姵穎

你心底是否有位美人，遇見她是意想不到的巧合，然後從見到她的那一刻起便著了迷，一見鍾情，此生再也忘卻不了。

她就這麼優雅的佇立在那兒，靜靜謐謐而顯現智慧氣息，她生命中的人兒來來去去，而她總是一抹微笑，以充滿愛的姿態，和煦如天際的黎明，給予人們希望。每回見她，總有不同的驚奇，無論是在晴朗無雲之時，蔚藍晴空和綠色大地總努力地襯托她的美；夜裡的她亦寧靜如水，嬋娟撫得她全身，粼粼顯現光澤。而你把她擺在內心深處，成為永遠的、美好的想望。

〈陳風．月出〉

月出皎兮，佼人僚兮；舒窈糾兮，勞心悄兮！

月出皓兮，佼人懰兮；舒懮受兮，勞心慅兮！

月出照兮，佼人燎兮；舒夭紹兮，勞心慘兮！

我想說，遇見她的我，學會了什麼是愛，望著她的姿態，承載著日月粹洗，但愛如她，卑微是她，光芒亦是她，總以最好的情態展現於眾人面前，這樣一個堅強而和順的她，怎能不叫人生憐，於是她打從一開始就成為了人們心目中的寄託，恢宏地祝福在她的內裡外邊展露無遺，生命中見過她的人們因感受了這份溫暖，永在心底追憶，有心人歸來只為再遙望她一次，欣賞她的美，她亦容納了歲歲年年的思念，於是出落的更加璀璨動人。來到她的懷中，我便知道，為何〈月出〉中的人兒，見著婀娜多姿的美人，窈窕當前，好的令人為之陶醉，彷彿不是現實而是夢境，後來留待追憶，心中竟泛起一絲愁緒。也許，待我離開此地，遙想悠悠歲月有她相伴，曾幾何時，愛的另一邊是甘甜，是憂愁，亦是追憶。懷念此刻，歲月如梭，遙遠的數年後，我應同詩人般，回憶沉浸在與她相遇的往事裡，亦不免有些苦澀與感慨，因那已是遙遠的，曾經。

清代文學家張潮於《幽夢影》道：「若無花月美人，不願生此世界。」月下的她，就是如此美麗，溫婉地同百里來人共嬋娟，每當我望向她，亦如張潮所言：「月下對美人，情意益篤。」在閒暇之餘，清爽的夜色中，我喜愛同她背靠著背望向天際，那一輪明鏡與我們彷彿對影成三人，我沉浸在這醉人的氛圍，抬頭，這片美景化成一首動人旋律……

〈妳是我心中一句驚嘆〉

作詞：姚謙／作曲：林俊傑

愛　原來是這麼個模樣　近在眼前卻不一定能夠一眼看穿
過往四處探訪卻總是徒勞而返　只一秒你就輕易的攻入我心上
該怎麼形容我此刻的感想　如果你瞭解我過往的渴望
當過盡了千帆你還在身旁　彷彿是一道曙光
你怎麼知道我還等待情感　當所有人以為我喜歡孤單
是你敲我的門再把我點亮　你是我心中一句驚嘆
我　原來比希望更希望　在生命中有個同伴把心事都交換
際遇一面海洋　孤單總隨著我飄盪　是不是你就是我的唯一的希望

人生總不免五味雜陳，惆悵有時，歡欣有時，無論曾有過孤獨、悲傷而迷茫失措，亦或曾經展露歡喜，情緒昂揚，每當抬頭仰望，總是座落在那兒的她，陽光灑落她身，金黃色澤折射至每個東海人心底，縱使她不曾言說安慰，但所有的茫然、悲傷與失落會終結在望見她的身影之後，就像棵生生不息的樹，將二氧化碳吸收，轉換成清新的氧氣，負面褪去留下的是一片平靜心海，遼闊又自在的徜徉裡頭，最終化為驚嘆，震懾她的愛如此綿長深情。

我默默低語著，五十年了，謝謝，能夠相遇是何其幸運的緣分，妳是東海人心目中永遠的、永遠的流著奶與蜜之地。

作者小傳

陳姵穎，綽號姵姬，源於英名Peggy，同儕偶然譯之，遂用至今。長於好風光之臺東，就彷彿已望盡世間美麗風景。滿懷好奇心看待世界，感性到極致，亦理性到極致，在日常生活的頃刻間會走神，別打斷我，因為我正在細細品嚐倏忽來訪的想像力，也許那時候你問我，我就會同你一起分享我怎麼讓它在我腦海中馳騁悠遊。

但記河邊

〈召南．江有汜〉

顏郁珊

江有汜，之子歸，不我以；不我以，其後也悔！
江有渚，之子歸，不我與；不我與，其後也處！
江有沱，之子歸，不我過；不我過，其嘯也歌！

這條小河，是他倆的定情之所，他走在河邊，水流分分合合，沙洲上一隻純白的鷹鳥振翅飛去，在天上幾番徘徊後又歇回原處。男子看著這些，想起從前與女子相識的時候，他就是站在這裡看鳥、看水，看遠方依稀的景致，然後，她便沿著河岸走入他的生命。

男子與女子相識相戀，緊握著的雙手歷經無數個白天黑夜裡，他見著她的容顏。他說：「我沒錢，現在還不能跟妳結婚。」女子說：「不要緊，我只想跟你在一起。」

男子是業務員，經常要和客戶交際應酬，有時候忙碌起來便忘了與女子的相約。他合著掌向女子彎腰道歉，幾次之後，自己也開始懶了規矩。他想：「畢竟已經說好了，等賺夠了錢，才能結婚——她會明白的。」沒想到逐漸的，他發現女子開始與他斷了連絡。

「為什麼呢？」他得了機會問女子，女子紅著臉，支支吾吾，不作聲。

再後來，他聽見女子結婚的消息，從前常在綜藝節目上看到「新郎不是我」，竟真實搬演在他生命中。男子不解，他才剛剛簽下一名大客戶，眼下就要飛黃騰達的時候，女子怎會在這時離他而去？他掏出手機，拚了命的撥著屬於女子的號碼，一通、兩通、三通，接通的聲音，始終沒有響起。

男子放下手機。

算了，男子心想：「老子我就是做大事的料，妳現在離開，是妳沒福氣！」他灌一口酒，怒吼一聲，一旁的人跟著起鬨，也是附和的叫囂著，借酒消愁的夜晚，他搶了酒吧裡的麥克風，嘶吼出一首又一首撕心裂肺的歌曲。就像人家說的，失戀的時候不能聽悲歌，但，失戀的時候聽什麼歌都是悲的。

黃昏的河岸上，女子看著遠遠白鷺飛了又降，她突然想著要放縱一回。於是女子脫去鞋襪，直直走進河水中。這裡是她與他初見面的地方，但當時是夏天，水邊長著蔓草，而如今是冬天，旱季的河床上沒有幾絲水滴，反而堆堆疊疊的，是無數個小沙洲。她朝著沙洲走去，留下一排長長的腳印，她是未曾有過這樣的行為，第一回的經驗，有些叫人心悸。

女子想著她的戀情，男子是個有抱負的男人。都說認真的人是最好看的，因此，縱使家裡人不停勸說，她依舊是堅持要與男子在一起：「有個肯做事的人，不好嗎？」她問，家裡人嘆了氣：「不一樣，妳是個需要人陪的性子，跟他在一起，撐不下去的。」

女子無所謂，她覺得從前只是沒遇見過對的人，才會分分合合的定不下來。而這次的男子個性樸實，和從前的男朋友都不一樣，她想跟著他會幸福的。

男子的小屋子雜亂不堪，她進去替他洗衣摺被，煮了一盤又一盤的菜，男子卻說：「我們兩個又吃不完這麼多，省點吧！」她幫男子繳水電費、繳房租，男子說：「這是我的，妳不必幫我付呀！」沒有一句讚揚她體貼的，女子心裡有點不痛快。

接著她遇見了那個男子。男人說她像玫瑰花，是要嬌寵著的。女子想起從前在書上看見的一段話：「會讀《小王子》的人，不會是壞人。」

那天早上，她在市場碰到了男子，他看著她手裡提的青菜蔬果，忍不住問上幾句，女子想，反正都是做菜，就多做一些份量吧。接著，她便見了男子舉筷恭維道：「妳的手藝真不錯耶！以後娶到妳的人一定很幸運。」女子忍不住笑了。

婚禮的前夕，她獨自回到從前與男子相識的河岸旁，甩開鞋襪走在沙土中，天邊紅日斜斜，她坐到了沙洲上頭，發出一道嘆息：「你呀……就剩自己一個人了，要怎麼吃飯呢？」

作者小傳

顏郁珊，臺南市人，一九九三年出生。現就讀東海大學中文系三年級。喜歡一切美好事物，諸如貓咪、蘿莉、正太、洋娃娃、戲曲跟五〇年代電影及影星。

衆裡尋他千百度

洪廷芳

半身，是指身與靈魂的另一半，人類從一開始就注定要透過與另一個人的相遇結合成一個完整的圓，所以帶著僅有一半的身心，孤獨的、不斷的向著前方探索與追尋，而每一次的找尋，即使路程艱辛曲折，都是近乎執著於一種可遇不可求的企慕，帶著滿腔深情、帶著敬重溫柔。

然而追尋是一種縹緲空靈的意境和行為，追尋者永遠面對著一種徬徨的孤獨，尋找時的靈魂總像是在漂泊，在泛著霜色的季節裡，蒼青色的荻草和霜化的白露無一不為此展現了一種極度淒婉與惆悵的氛圍。

蒹葭蒼蒼，白露為霜。所謂伊人，在水一方。
遡洄從之，道阻且長。遡游從之，宛在水中央。
蒹葭萋萋，白露未晞。所謂伊人，在水之湄。

遡洄從之，道阻且躋。遡游從之，宛在水中坻。
蒹葭采采，白露未已。所謂伊人，在水之涘。
遡洄從之，道阻且右。遡游從之，宛在水中沚。

〈蒹葭〉出自於《詩經．秦風》，整首詩為三章八句之賦體，全詩背景圍繞著微冷的秋意和白茫茫的一片荻草，先以此鋪敘出一種追尋困難的淒婉，展現出一種惆悵的畫面：轉為蒼青色的荻草上已經附著了露水凝結而成的白霜，而我所思慕的人，在一個無法具體說出的地方，然而追尋的路是艱辛的、迂迴的、曲折的，雖然知道她就在河水的中央，然而這一切卻又像是在虛實之間帶著一股難以確定的不安感。荻草的顏色又漸漸的轉變，蒼青色已變成了淒青色，白露成霜又融，在清冷寂寥的水邊，我徬徨尋找之人就在那，在一個有水有草的沙洲上，只是這尋找的過程艱困無比，險阻難行，雖知她所在之處就在水中可立足的高地上，但是一切似乎又是那樣的不真切。荻草的顏色由蒼青到淒青，如今已隱約泛白，桿上的白露成霜又融，融而成霜，但反覆中我仍是孤獨的在水邊踏著艱苦的道路，追尋著我心中所企慕之人，而那個人，似乎就在那水草交接處的一邊，那道路曲折蜿蜒，困難重重，然而我卻知道，我所思慕的人可能就在那片小沙洲上。

全文僅是主角一人的獨角戲，利用荻草色澤和白露成霜的轉變，來說明時間的推移，但是他卻仍是獨自一人追尋著縹緲的伊人。三章反覆描述著尋找道路的艱辛和難處，以及伊人所在之處由虛變實，卻又有宛在一詞顯示其虛，在虛實交替間擴大焦急與企慕的感受，以及伊人可望不可及的淒然婉轉，在這樣的氛圍中，讓人更清晰地感受到一種探索追尋之路的不安。

其實追尋的愛情，在結果之前的過程，本來就是充滿不確定與徬徨的，能承受在尋找過程中的種種不安與無助折磨，才能使身心獲得最終安定的半身結合。真正的愛情，無法來得輕而易舉，就像是古今才子佳人所詮釋的愛情大戲，無論其最終結果是好是壞，在兩人從相識到相知的過程裡總是少不了一而再，再而三的追尋和對未知的一再確認。

藉由《詩經》，我們清晰可知的是無論是古代或是現今，所有人對於追求靈魂另一半的圓滿總是困難重重，充滿徬徨。雖然眾裡尋他千百度，卻無法確認那人在自己驀然回首之際，是否就在燈火闌珊處？但是即使徬徨，卻仍帶著一股敬重的溫柔，對於思慕之人的溫柔，懷抱著近乎虔誠的尋找心意，這大概是現今視愛情有如速食的人們，所需要重拾的心態。

作者小傳

洪廷芳，東海中文、法律雙系在學中，有邏輯的理性與文字的感性，平日素愛在閒暇午後以茶香佐書，希冀在字裡行間中尋得一番風情。

屬於我們的心跳

吳品誼

緣分，真的是個很莫名其妙的東西。有些人，在我們的生命之中來來回回地游走，但屬於他們的片段卻少得可憐；有些人，像過境飛鳥一樣地短暫停留，卻能在腦海裡刻下深深的印記。

然而人生也是如此，有些人一旦錯過了，就再也回不去，只能長久停留在我們的記憶裡。青春年華，不說少女情懷總是詩，連男孩也是一樣的。像是《詩經》中的〈秦風．蒹葭〉，就是一篇描述男子渴求佳人的故事。

蒹葭蒼蒼，白露為霜。所謂伊人，在水一方！
遡洄從之，道阻且長。遡游從之，宛在水中央。
蒹葭淒淒，白露未晞。所謂伊人，在水之湄。
遡洄從之，道阻且躋，遡游從之，宛在水中坻。

蒹葭采采，白露未已。所謂伊人，在水之涘。
遡洄從之，道阻且右。遡游從之，宛在水中沚。

整首詩總共分為三章，每章八句，每章的前兩句皆為寫景，由景色著手，再由秋水旁茂盛的蒹葭，而興起懷人之思，進一步帶出渴求佳人的心情。

第一章：「蒹葭蒼蒼，白露為霜。」寫的是秋天早晨寒露重霜的景色。第二章「蒹葭淒淒，白露未晞。」寫的是旭日東昇，霜露漸漸融化的狀態。第三章「蒹葭采采，白露未已。」則是寫已經來到陽光普照，露水將收的時刻了。在這裡，景物有所變化，相對的，時間也有所推移。時間的流逝，正好呼應男子對佳人的長久引領期盼、追尋之苦以及思慕想念之深。

佳人的所在處，從「在水一方」到「在水之湄」而後為「在水之涘」，皆是象徵男子與佳人之間的距離阻隔不通，佳人依然只可望而不可及。由「道阻且長」變為「道阻且躋」至「道阻且右」，一層一層的推進，去描寫路途的遙遠難行，表現出男子的處境有難度上的遞升關係。全詩洋溢著男子對於佳人的真誠嚮往、執著追求與追尋不得之後失望和惆悵的心情，強烈的表達出男子對於佳人那種「可見而不可求」的仰慕。

這裡的伊人對我而言是一種美好事物的象徵，因為她能代表我心目中的一份期待。也就是關於我國小五、六年級時，曾經有著這樣的一段回憶。那時候很喜歡隔壁班的一個男孩子，長相秀氣、面貌乾乾淨淨的，是個彈得一手好琴的孩子。我不曉得他在其他女孩子的眼中看起來是否帥氣、優雅，但情人眼裡總出西施，對我而言，他就是夢中情人。每次每次，當我們在走廊上擦身而過，或者是不小心四目相對的時候，心跳總是異常快速，可是心情卻又是相對地愉悅。我想這就是暗戀的感覺吧！

升上國中後，我跟他依然是屬於隔壁班同學的這種關係，我還惦記著他，疑惑地想著他還記不記得自己，那種想確認卻又不敢上前的心情，讓我覺得真的跟〈蒹葭〉的男主角好相像啊！他之於我，也是那種只可望而不可及的美夢。

終於，男孩的身影漸行漸遠，走出了我的視角，於是我們的世界從此成為兩條平行線。但是這又有什麼關係呢？他早已刻在我的腦海裡、沉澱在我的心靈深處，化作一縷永遠不變的情懷。

作者小傳

吳品誼，目前就讀東海大學中文系三年級。喜歡文字帶來的想像空間，因此沒事老愛做白日夢。喜歡哼著不成調的曲子、喜歡生活充滿熱鬧的感覺，但偶爾也喜歡一個人的寧靜。

殘缺的美

陳宥蓉

〈秦風．蒹葭〉

蒹葭蒼蒼，白露為霜。所謂伊人，在水一方。
遡洄從之，道阻且長。遡游從之，宛在水中央。
蒹葭淒淒，白露未晞。所謂伊人，在水之湄。
遡洄從之，道阻且躋。遡游從之，宛在水中坻。
蒹葭采采，白露未已。所謂伊人，在水之涘。
遡洄從之，道阻且右。遡游從之，宛在水中沚。

他似乎在遙遙遠方就望見意中人佇立在水的另一方，於是想去追尋她。但道路上障礙很多，難走又迂迴，那就從水路去尋找她，但不論怎麼游，總到不了她的身邊，她彷彿永遠在水中央，可望而不可及。

這位「伊人」我們無從得知真面目，這種距離產生了美麗的模糊，對伊人有無限的想像與期待，而追求者本身的心態，也是後人的領悟加諸上去，其實詩中也未提到追求者的心情感受，整首詩製造了刻意的朦朧美，全留給我們自己去領會。

〈蒹葭〉究竟是在講什麼呢？我比較偏向是一位男子追求一位美麗女子的蹤影，我們在生活中往往有這種體驗，某人或某物好像在那裡，動身尋覓又不見蹤影，不理睬他時，又覺得他始終待在那裡。人生有許多東西是可望不可及的，愛情，事業，生活，理想目標更是。

每個人，心裡多多少少都有遺憾，這個遺憾源於想得到卻得不到的人事物，在遠方看他，他始終站在那裡，或清晰或模糊地給你瞧見，就在你往前走去，以為可以面對面相遇時，卻發現他好像永遠觸摸不到，永遠無法看見實際形體，但無可否認，這是一種殘缺的美，或許保持距離，讓對方最美好的那面停留在你的心中反而比較好，然而我清楚，人都是想一窺面紗背後的真實，我們怎麼只甘於在心中想像他的美好呢？這只是到達不了目標的安慰罷了。至少我是這麼認為。但我後來發覺很多人寧願喜歡這種「殘缺的美」，說不定一旦得到想要的人事物後會更加空虛，發現他其實沒那麼完美，不是嗎？何不把對他完美的想像藏在心裡就好？或許〈蒹葭〉作者恰恰是這麼想的，所以把整首詩朦朧化了，追求者動機、伊人形象、他們兩個之間的關係，是親人，是朋友，是愛慕者？留下巨大的想像空間，任憑每個人的解讀不同，使這首詩抹上更多神秘夢幻的美麗。

作者小傳

陳宥蓉，目前就讀東海大學中國文學系三年級，是一位時而人來瘋，時而又沉默寡言的人，喜怒哀樂變化極大，旁人常找不著頭緒摸不著邊，其實只是單純習慣把情緒顯露出來而已。

尋覓他的身影

姚宥菱

這是一個強調男女平等的世代，傳統女性大多數處於被動立場，而現代女性不復以往，隨著時代的變遷，相較於過去，女性已經擁有了感情的自主性，女性主動追求愛情的例子屢見不鮮。對於愛情，不再只是默默接受的情況，女性燃起對愛的勇氣，也開始學習為自己的感情付出、努力；雖然最終並不一定能夠會有美好的結果，但雙方在付出的過程，都更懂得學習如何去愛，那麼愛也就讓女性有了更具體並且積極的意義。

我們在閱讀《詩經》時，也有許多的篇章是由女性觀點來描寫純真的戀情，而〈邶風．匏有苦葉〉就描述了一名女子等待愛情的過程。

匏有苦葉，濟有深涉。深則厲，淺則揭。
有瀰濟盈，有鷕雉鳴；濟盈不濡軌，雉鳴求其牡。

雝雝鳴鴈，旭日始旦。士如歸妻，迨冰未泮。
招招舟子，人涉卬否。人涉卬否，卬須我友。

在〈邶風．匏有苦葉〉中，描述一位女子在濟水邊真心等待心上人的情景，透過此詩，能看出女子內心對於情人的盼望，還有絕對不受任何影響的決心。詩的一開始便以「匏有苦葉」、「深則厲，淺則揭」暗示情人：「已屆嫁娶之時，勿再等待，快點來找我吧！」接著又以「有瀰濟盈」、「濟盈不濡軌」描寫濟水之盛，河岸有雌雉在鳴，「雉鳴求其牡」正是女子的內心寫照，她也正在期盼，甚至以催促的口吻，期待情人快快到來的那一刻。

朝陽漸漸升起，女子又聽見天上雁行「雝雝」鳴叫的聲音，讓她的心裡越是著急，「迨冰未泮」則是女子再度提起了季節即將更替，一旦濟水冰散，就不再是適宜嫁娶的季節了，足見她內心的焦慮及不安。最後，來了一位船夫，詢問女子要不要搭船，而一心等候情人的她回答：「在等我的朋友到來呢！」心中緊繫情人的女子，面對他人的詢問還特意將情人改為朋友的稱呼，其實，這裡有一種自然散發出的可愛感。

女子的態度大致上是含蓄的，但同時也是堅定的，我們可從詩句中感受到女子的含情脈脈，以及等待愛情過程的苦澀與甜蜜。在此引用歌詞來對應此詩中的情景，像梁靜茹唱的「勇氣」提到：「終於作了這個決定　別人怎麼說我不理　只要你也一樣的肯定　我願意天涯海角都隨你去　我知道一切不容易　我的心一直溫習說服自己　最怕你忽然說要放棄（詞：瑞業）。」就好似〈邶風．匏有苦葉〉中女子的心路轉折。另一首是蘇打綠的「愛人動物」：「快別讓我　快別讓我　快別讓我　顫抖　快對我說　快對我說　快對我說　愛　直到自由像海岸線一樣　隨潮汐沖散　什麼都自然（詞：吳青峯）」

就像女子因為內心真切地渴望愛情，語調也跟著波動了起來，她其實很想隨著那位情人，無論去到何處，兩個人只要相守在一起，快快樂樂的，其實就是最大的幸福啊！

我們也許能將〈邶風．匏有苦葉〉看作一種女子盼望愛情、期待幸福的心情，而以情景交融的方式，雖然只有四章，但確切地表現出了這名盼愛女子的心事，在愛情面前，她是起伏的、惶恐的，但卻又隱含了一種「不想放棄」的堅韌。

作者小傳

姚宥菱，現就讀於東海大學中文系三年級。喜歡閱讀、音樂，也喜歡寫些生活隨筆。關於那些現在走不了的路、理解不透的情緒和摸不出的輪廓，就從書本裡的一字一句開始吧！

愛情馬拉松

林秋官

想起熱戀時的種種，彷彿都還是昨天的事。如今望著他的背影，為什麼一切都變了呢？眼前是熟悉的你，但我卻感到無比的陌生，或許這就是所謂，最熟悉的陌生人吧。

我記得那一年的冬天特別冷，而你卻展開特別熱烈的追求。任何一座冰山都擋不住你的熱情如火。我像是樹上的最後一片枯葉，為你掉落，落在你手心裡又開成花朵。對我，你總是帶著笑容，燦爛著我的天空。一舉一動，都貼心的那麼無微不至。其實對你，我也已經淪陷得無法自拔，所有的少女矜持，我都可以拋在腦後。直到你開口問我，我沒有說話，只是笑著點點頭。從那之後，我以為這就是童話故事的盡頭，不會有更完美的結局了。

我們從喜歡進入愛情，再從愛情進入生活。然而就像某天，我在你深夜不歸的夜裡，自己一個人看了一部法國電影，女主角問：「究竟是生活毀了愛情，還是愛情必然會逝去？」雖然我也很想知道答案，但其實我明白，不管答案是什麼，都已在愛情逝去的那一刻起，變得不再重要。

回想起那些我們一起走過哭過的日子，很平凡但是很甜蜜。或許是一起早餐，或是互道晚安。在生活中點點滴滴累積的，是我們的愛。然而愛情卻是一場馬拉松，跑得到最後的人才是贏家。不知道從什麼時候開始，我開始望著你的背影，卻望塵莫及，你頭也不回的走了。徒留我在這場一個人的馬拉松，跑得筋疲力盡卻怎麼樣也跑不到終點了。

《詩經．邶風．氓》：「士之耽兮，猶可說也。女之耽兮，不可說也。」對於我來說，你就像這場馬拉松的終點，我一心一意的朝你的方向前進，不曾改變心意，那你呢？是不是像《詩經》棄婦詩寫的，總是三分鐘熱度。關於變心的感覺我依然沒辦法理解，因為把你塞進心裡滿滿的，容不下其他的誰。而放棄你就像放棄全世界，我為你轉動，以你為中心的轉動，就像月亮繞著地球公轉，那樣永恆不變。而現在你卻離我而去，背棄了我們的承諾，我們的約定。能傷害我的人往往是我最愛的人。其實最難過的不是你對我說了什麼難聽的話，也不是你對我露出猙獰的臉孔來表示你的不耐和憤怒。是我在最難過的時候想起你對我說過的每一句甜甜的話，在最深的夜裡，我閉上眼卻會浮現你的臉，那麼清晰。〈邶風．氓〉：「及爾偕老，老使我怨。淇則有岸，隰則有泮。總角之宴，言笑晏晏。信誓旦旦，不思其反。反是不思，亦已焉哉！」就像歌裡唱的一樣，「信誓旦旦給了承諾，卻被時間撲了空。」我們的愛終究敗給時間，敗給生活。於是我選擇放手，選擇離開，回到這場馬拉松的原點，重新開始一個人的旅程。

作者小傳

林秋官，東海大學中文系三年級，至目前為止覺得自己的人生很幸運，生活無可挑剔，非常容易滿足。喜歡看電影，剪紙，還有寫字。哭點低，笑點低，不過我一點也不在意。

邂逅的愛情

廖偉翔

愛情的發生難以預測，可能是那一瞬間，愛情的種子就萌芽了，可能是在路上擦肩而過，不小心撞到彼此；或是坐電梯時，兩人同時按同層樓的按鈕；或是兩人在郵筒前投信時，同時一起將信件投入郵筒裡。這些都是愛情種子的土壤，都可能發展成一段令人銘心刻骨的愛情。而華語女子天團S．H．E有一首歌叫觸電，歌詞裡講的就是兩個不相識的人，在許多意外巧合的情況中，彼此有了愛情的萌芽，歌詞裡寫到：

作詞：施人誠　　作曲：周杰倫

風走在我們前面　甩裙擺畫著圓圈

花美得與高采烈　那香味有點陰險

你在我旁邊的旁邊　但影子卻肩碰肩

偷看一眼　你的唇邊
是不是也有笑意明顯
明明是昨天的事情　怎麼今天我還在經歷
一丁點回憶都能驚天又動地
想問個愚蠢問題　我們再這樣下去
你猜會走到哪裡

但請你不要太快揭開還沉默的情話
先讓我多著急一下再終於等到解答
太容易的愛故事就不耐人回味啦
像這樣觸電　就夠我快樂熔化

我們就耐心培養萌芽不要急著開花
反正有長長的日子　等我們去填滿它
在被全世界發現以前先愉快裝傻
就這樣觸電　一直甜蜜　觸電直到爆炸

像一年四個季節　都被你變成夏天
我才會在你面前　總是被曬紅了臉
像一百萬個鞦韆　在我心裡面叛變
被你指尖　碰到指尖　我瞬間就被盪到天邊

而戀愛的人，似乎周遭的人事物都會變得很美麗，就像〈鄭風．野有蔓草〉：

野有蔓草，零露漙兮。有美一人，清揚婉兮。邂逅相遇，適我願兮。
野有蔓草，零露瀼瀼。有美一人，婉如清揚。邂逅相遇，與子偕臧。

詩中先用春晨的野外美麗景色，接著帶出美麗女子的意象，就和歌詞所寫的「風走在我們前面，甩裙擺畫著圓圈；花美得興高采烈，那香味有點陰險」，戀愛中的人，眼前所見都會變得很美好，而他們的美麗邂逅，讓他們的愛意如噴泉般湧出，兩人眼神的電流，就這樣觸電了，而且一直甜蜜觸電，直到爆炸。可以由第一章中兩人沒有對話，只有凝望中看出，兩人慢慢的探索這段愛情，這可以和歌詞的「偷看一眼，你的唇邊是不是也有笑意明顯」和「但請你不要太快揭開還沉默的情話，先讓我多著急一下，再終於等到解答。」呈現出兩人對於愛情的期盼，但卻又帶有些不確定性，兩人都在用各種方式，探詢彼此的心。剛萌芽的愛情，應該是愛情旅程最美好的一段了，那種對於心愛的人的悸動，是不可言喻的。在《詩經》中描寫愛情的詩很多，但這首是描寫自由戀愛的詩，是難能可貴的，在那時代能夠自由戀愛，真的是一大福氣。不論是在古代還是現代，那愛情初萌的感覺，是古今不變的，那甜蜜的氣氛，那心跳加速的緊張感，都是一致的。這些描述甜美的愛情作品，不論在古代還是現今，都是常見的主題。

作者小傳

　　廖偉翔，高雄人，就讀於東海大學中文系三年級。平時喜歡閱讀小說，也常閉上眼睛、戴上耳機，享受音樂的魔力，喜歡細細品嚐歌詞中所欲傳達之情感，且被其感動，也喜愛欣賞一些小品愛情和青春校園電影，常融入劇情中，不可自拔。

很久不見的你

魏英娟

不論古今，女子的愛情焦慮症非常頻繁，總愛胡思亂想，隨著時間的流逝，那份愛戀的重量也漸漸加深，就像小宇在〈這幾天〉裡唱到「從那天起，不得安寧，無法自拔，期待看見你……」，表達思念是那樣迫切，幾天不見就會心煩焦躁，彷彿心裡的世界只有對方而已；又或像林曉培在〈心動〉中唱到「有多久沒見你，以為你在哪裡……總是想再見你，還試著打探你消息。」深刻感受到那樣的情感、那樣的想念，無法制止。相愛過程中不斷確認對方的心意，總是神經兮兮、疑神疑鬼，不安全感圍繞在旁，來回在甜蜜與害怕之間，一直處於患得患失的心境，好比〈召南・草蟲〉：

喓喓草蟲，趯趯阜螽。未見君子，憂心忡忡。
亦既見止，亦既覯止，我心則降。

陟彼南山，言采其蕨。未見君子，憂心惙惙。
亦既見止，亦既覯止，我心則說。
陟彼南山，言采其薇。未見君子，我心傷悲。
亦既見止，亦既覯止，我心則夷。

蟈蟈唧唧的叫，蚱蜢突突的跳。很久沒有見到你，心焦煩惱；
如今又見了，我就完全放心了。
走到南山坡，去採蕨。很久沒有見到你，憂傷愁苦。
如今又見了，我就滿心歡喜了。
走到南山坡，去採豌豆，很久沒有見到你，內心悲傷；
如今又見了，我就非常心安了。

雖然現在愛情觀趨於現實主義，崇尚務實和帶有享樂的概念，但口頭承諾和關懷體貼仍是戀愛中的女人認為不可或缺，想要時時刻刻保有熱戀時期的感覺，一段時間沒見就會懷疑是否被遺忘了，情緒隨著相見與否有所起伏，徘徊在憂喜之間，然而，那些害怕若到頭來成真，質問對方也是徒勞的，就好比〈秦風．晨風〉裡的：

鴥彼晨風，鬱彼北林。未見君子，憂心欽欽。如何如何，忘我實多！

山有苞櫟，隰有六駮。未見君子，憂心靡樂。如何如何，忘我實多！

山有苞棣，隰有樹檖。未見君子，憂心如醉。如何如何，忘我實多！

鸇鳥急速地飛過，飛入北邊茂密的樹林。很久沒見你，讓我心中充滿憂慮。這樣的牽掛該如何是好？你為何沒有想起我？

山坡長滿那櫟樹，窪地上梓榆叢生。很久沒見你，無法存有快樂的心情。這樣的難過該如何是好？你難道把我忘記了？

山坡長滿那唐棣，窪地上紅梨直立。很久沒見你，內心悲傷不已。這樣的心傷該如何是好？你已經完全不再想起我了！

明確的顯現出一位女子的癡心，等待再見心愛之人那時，望穿秋水，卻只等到心碎神傷的結果，就像蕭亞軒在〈錯的人〉裡唱到「愛得太真，太容易讓自己犧牲，太容易讓自己沉淪，太容易不顧一切，滿是傷痕……」，是那樣的諷刺，自己的真心付出，卻換來對方的不聞不問，和不把自己放在心上，女子悲傷的口吻更加凸顯男子的絕情，在現代的社會裡，不對等的愛情的例子非常的多，尤其女孩子都將感情看得太重，總是有著許多的期待，而在希望落空時，總會弄得傷痕累累。

《詩經》中有許多哀怨的詩，女子責怪對方拋棄自己，深陷在愛情中不可自拔，卻沒有想過應該對自己好一點，就像亦帆在〈淚崩了〉裡唱到「有天時間吃掉那些不快樂……眼淚不會讓愛回流的，饒了自己別和永恆瞎扯」，時間會沖淡一切，別因為一次打擊就把生活完全打亂，放過自己，勇敢地過得更好，就像楊丞琳在〈勇敢很好〉中唱到「讓心學會去思考，強求愛有多可笑，傻瓜才會計較，誰付出多或少」，雖說很難理性地去愛，但別讓感情控制自己的一切思維，與其整天害怕失去，不如好好把握幸福的機會。

作者小傳

魏英娟，目前就讀東海大學中文系三年級，喜愛閱讀書籍或是觀看影片，記錄有感覺的字句。

最正確的談戀愛方式

洪詩涵

現代人除了面臨經濟問題，還有最困難的一關要過：人際關係，尤其是男女之間的情感。現代與古代不同，愛情觀亦是如此。不知道是進步還是退步，看到現在很多男女為了芝麻小事大吵一架，你不讓我，我不讓你。身為情侶或是夫妻該好好一起面對解決問題，而不是就把問題堵著，然後互相推卸責任。正在追求的一方也是一樣，現在很多為情所困，得不到對方的心就要毀掉對方。這真的是一件非常恐怖的事。但在中國古代就完全不一樣，《詩經》中的單純男女追求，不管是等人還是被等的一方都相同。在〈邶風．靜女〉詩中：

靜女其姝，俟我於城隅；愛而不見，搔首踟躕。
靜女其孌，貽我彤管；彤管有煒，說懌女美。
自牧歸荑，洵美且異；匪女之為美，美人之貽！

美麗靜雅的姑娘，在城上的角樓等我，我有意隱藏不露面，她因為看不到我而焦急地搔頭，在樓臺上徘徊著。

美麗靜雅的姑娘，送我一束紅管草。紅管草灼灼閃動紅光，讓我很喜歡。

她送了一把從野外採來的茅芽給我，我覺得那些茅芽很美、很特別；但並非它們本身很美，而是她送我的緣故啊！

如此單純又直接的情感，前面的敘述像是回憶一樣。回憶那美麗又靜雅的女子送過彤管草，詩人稱讚那些茅芽很美、很特別，但他情之所鍾還是女子，因為她的美好，所以她送我的東西也都是美好的。有一說睹物思人，或許詩人是錯過了她？還是追求不成？這些都值得猜想，但可以看到在中國古時候男女對於愛情是表面平淡，內心情感濃烈的，卻沒有激動的地方。就算戀情未果，也沒有說要糾纏或是傷害的意思。美人所贈之物該拿什麼當作回報呢？詩人就只能用自己的心意去好好珍惜吧！

有情未必成眷屬，這世間上用情如此深厚未必能真的在一起，修成正果。因此詩人接受了禮物卻沒有赴約，讓這情緣未了，用自己的思念自我煎熬。但詩人厲害的就是沒有以這樣失落的心情轉化為負面仇恨的筆鋒，只要關於曾經愛過的都是美好，純淨的。情人難追求，愛人難留下，對於這一生只有這一次的緣分，更是難能可貴，必須好好保存。

今日的愛情觀變得勢利，為了錢，為了自己的利益，弄得雙方都是傷。贈送禮物變得斤斤計較。如果能像《詩經》中這麼純真，這麼平和，這是談戀愛正確的方式：保持這份愛的心意。

作者小傳

洪詩涵，外號鮪魚。現就讀東海大學中文系三年級。眼睛很大，喜歡數字三、甜食、姊姊，還有男人們堅定又熱血沸騰的友情、女人們一起想像的情誼。

情・愛，只存乎男與女之間？

羅尹君

上課時聽著老師講解《詩經》，大多數的內容是描寫一對又一對男女之間的戀情。有時是「郎騎竹馬來，遶床弄青梅」的兩小無猜，有時是「一種相思，兩處閒愁」的互有深情、悠悠盼望；有時卻又是「夏雨雪，天地合，乃敢與君絕」的刻骨銘心。而這些愛情詩的意涵，在後代注家解讀它們的意思時，大多是以男性與女性的戀愛視角來觀看，這也是自古來以來中國固有的傳統婚姻觀——「一夫一妻」造成的。

在閱讀這些愛情詩，我卻有些許疑惑，因為裡面並沒有明說寫詩的人是男、是女？抑或者他們書寫的對象是男、是女？雖然中國傳統的婚姻和愛情觀自來是夫與妻、男與女的結合，但是同性的情誼在古代中國也不在少數，而且古代中國人肯定也沒有什麼「同性戀」或「異性戀」這種劃分。《尚書》中〈商書・伊訓〉提到：「敢有侮聖言、逆忠直、遠耆德、比頑童，時謂亂風，惟茲三風十愆，卿士有一于身，家必喪；邦君有一于身，國必亡。」而亂風滋生的罪之一就是「比頑童」，也就是好男色。可以想像商代可能已有同性戀之風盛行。而大家可能曾經聽過的同性戀故事，比如：春秋時代衛靈公與寵臣彌子瑕的分桃之好、戰國時魏王與龍陽君的龍陽泣魚，以及漢哀帝與男寵董賢的斷袖之癖等，這些都是歷史上耳有所聞的典故；雖然多是以男性之間為主角，但是卻可看出同性戀情必是存在於古中國的。

而我從下列幾首描寫愛情的詩中，並沒有很明顯的區分，可以看出是哪種性別之間的情感，只看到了求愛、交往、試情、衷情、思戀等酸甜苦辣各種滋味的戀愛階段：

〈鄭風．山有扶蘇〉

山有扶蘇，隰有荷華。不見子都，乃見狂且！
山有喬松，隰有游龍。不見子充，乃見狡童！

此詩是愛人之間的戲謔，交往之時打情罵俏的熱烈場面。

〈鄭風・褰裳〉

子惠思我，褰裳涉溱。子不我思，豈無他人？狂童之狂也且！

子惠思我，褰裳涉洧。子不我思，豈無他士？狂童之狂也且！

愛人之間情感漸疏，其中一方決定主動出擊試愛，希望另一方拿出誠意，快快表態。

〈鄭風・子衿〉

青青子衿，悠悠我心。縱我不往，子寧不嗣音？

青青子佩，悠悠我思。縱我不往，子寧不來？

挑兮達兮，在城闕兮。一日不見，如三月兮。

思念愛人，帶著一顆殷殷企盼的心立在城闕上，焦躁不安的等待他前來。

〈秦風・蒹葭〉

蒹葭蒼蒼，白露為霜。所謂伊人，在水一方。遡洄從之，道阻且長。遡游從之，宛在水中央。
蒹葭淒淒，白露未晞。所謂伊人，在水之湄。遡洄從之，道阻且躋。遡游從之，宛在水中坻。
蒹葭采采，白露未已。所謂伊人，在水之涘。遡洄從之，道阻且右。遡游從之，宛在水中沚。

這首詩的意涵各家說法不一，不過在此我只以情以愛來解讀它。裡面寫出對所戀、所思之人的渴求，伊人可望而不可及，只能遙遙相望，期待愛情到來。

上面的詩從頭到尾並沒有特別地指出詩人與其詩書寫對象的性別，只純粹的以優美的文字述說了一段又一段美好卻又帶著各種滋味的戀愛關係。我想，戀愛是不分性別的。而《詩經》裡對詩意的各式解讀是後人加入的，總有許多主觀的想法在裡面，但是我們也可以從另一角度來思考不同時代，尤其是古人的思想，也許會有更多不同的發現也說不定。所謂的性別，對於古代人來說又是怎樣呢？詩中所謂的情與愛，不一定只屬於男女之間吧！

作者小傳

羅尹君，現就讀於東海大學歷史系三年級，平時熱愛天馬行空的幻想，喜歡看小說、電視和電影，喜好涉獵廣泛，樂天待人，偶爾不在靈魂上。

二　生活與社會

斷開人言，燒燬可畏，邁向自由人生

趙詠寬

「當我們持著聖靈寶劍！沒有斷不開的魂結！沒有斷不開的鎖鍊！也沒有斬不斷的一切牽連！」

「各位道友，在害怕、疑懼之時，唸著上述『聖靈寶劍咒』，就無有恐怖，顛倒夢想，回家時記得多唸幾遍，晚安！」

我是為什麼而來？我是為什麼而活？一盞盞的路燈，無盡的道路，重重的光影在我臉上劃過，彷彿是道道鎖鍊禁錮我心！

雖然大家說二十一世紀的現在，聯絡方式如此便捷，視訊、臉書、Line等，兩人的溝通如果有心，其實沒有斷訊的時候……

但是我不喜歡用視訊連絡，如果我們真心相愛，為什麼不親自見我？

但是我不喜歡用臉書溝通，如果我們刻骨銘心，為什麼不親自尋我？

但是我不喜歡用Line聊天，如果我們山盟海誓，為什麼不親自覓我？

我非常渴望見到你的本人，摸摸你的臉，聽聽你那低沉的嗓音，為什麼我這微不足道的願望你無法達成？你說你是家中老二，資源都被老大佔盡，沒有足夠的錢，那又怎樣？

我人在臺北，你只不過在地球另一端的美國，坐飛機不過十六小時，為什麼今天情人節你不飛過來見我？為什麼？

你說我不體貼，難以捉摸，那為什你不在乎我的感受？你只要在乎我，我想要什麼你會不知道嗎？做不到嗎？

唉！這一棟棟的大樓看起來好礙眼，能不能消失啊？算了！算了！到家了，不要想這麼多，睡吧！

將仲子兮，無逾我里，無折我樹杞。豈敢愛之？
畏我父母。仲可懷也，父母之言亦可畏也。

嗯……愛就愛，幹嘛怕父母的嘮叨啊？對了，那男的要折杞樹幹嘛呀？

將仲子兮，無逾我牆，無折我樹桑。豈敢愛之？
畏我諸兄。仲可懷也，諸兄之言亦可畏也。

莫名其妙，哥哥有什麼好怕的？不會嗆回去呀？對了，那男的要折桑樹幹嘛呀？

將仲子兮，無逾我園，無折我樹檀。豈敢愛之？
畏人之多言。仲可懷也，人之多言亦可畏也。

無聊！愛就愛，幹嘛理會別人說什麼呀？對了，檀樹這麼硬你怎麼折呀？

雞鳴喈喈、雞鳴膠膠、雞鳴不已。

奇怪！怎麼信義區會有雞叫的聲音？而且我住的三十二樓豪宅應該沒有雞呀？

野有蔓草，零露溥兮。山有扶蘇，隰有荷華。

怎麼回事？這一片自然的原野風景是怎樣？大樓哩？怎麼都不見了？

……………………………………………………………………

親愛的維士，現在的你想我嗎？你還會用視訊、臉書、Line敲我消息嗎？

你是不是覺得我還在耍彆扭，不甩你呢？

不是的！現在的我好希望視訊、臉書、Line可以連到你那邊，可是我辦不到……

我穿越了，現在在兩千年前的中國。二月十四號回去後，記得在睡夢中看到許多奇怪的場景，當時那一對男女真是讓我受不了，男的幹嘛偷偷摸摸，女的幹嘛畏畏縮縮（不過現在我懂了⋯⋯）？

陣陣的雞鳴聲把我吵醒，醒來後不敢相信我的眼睛，這裡是哪裡？眼前一片是臺北不可能出現的秀水山林。之後我到處問人，但他們「不與我言」，我花了好久的時間才學會他們的語言，並且跟他們溝通，也才知道我穿越到兩千年前的中國。

我現在是他們的祭司，以傳道占卜維生，二十一世紀的知識在這裡很受用。我現在才知道以前的我多麼幸福，這裡的年輕男女想談個戀愛都要遮遮掩掩，顧東顧西的，毫無自由可言。

但是維士你知道嗎？雖然這時代的年青男女談戀愛不自由，但也因此讓兩人更加珍惜彼此的情感，他們的愛純真、自然，尊重對方，相互體諒，不像我們二十一世紀說分就分，不把對方的感受當一回事。

可是我覺得他們的禮教、道德的束縛太重，可以再有彈性些，我把一些二十一世紀正向的愛情觀慢慢地教導他們，希望他們能活得更好，這也是我祭司的工作！

維士！我好想你！我好想飛去美國找你！但是！我回不去了！好了，我要傳教了。愛你的舜華！

「子民們！讓我們奉昊天之命，斷開人言，燒燬可畏，邁向自由人生！」

作者小傳

趙詠寬（1981-），出生於臺北市南港區。目前為彰化師範大學國文系博士班學生，喜歡寫作，有詩、散文、小說等相關作品，但尚未發表。目前正與課業奮鬥中，希望自己能早日畢業。

動作小一點

趙詠寬

一日，徐徐的微風吹拂著，伴隨著動物們的呼呼聲，好個溫暖、和平的畫面。該場所應是靜謐、神聖，繼承中國五千年倫理教化，神聖非凡！

吉士：「我們來那個好不好？」

有女：「不要啦……」

吉士：「為什麼不要？」

有女：「現在不方便……」

吉士：「我努力了好久，終於可以讓妳盡情地那個！」

有女：「不要啦！會被看見……」

吉士：「沒有人會看見啦！」

有女：「這地方真的不適合！」

吉士：「趁我現在還有能量，來一下嘛！」

有女：「不要！這樣不太好！」

吉士：「怎麼會？反正又沒有人會注意到！」

有女：「是這樣沒錯啦！可是……」

吉士：「來啦！來啦！」

有女：「動作小一點啦！」

有女：「不要太大聲啦！」

有女：「這樣太明顯啦！」

有女OS：「雖然我對你有好感，也知道你很努力，但你也太宅了吧！我不想跟您一樣宅！」

吉士OS：「妳在矜持個什麼？這事又沒什麼大不了的！而且我又這麼用心！」

…………我是分隔線…………

《詩經》老師：「今天我們要教的是〈國風‧召南〉的〈野有死麕〉，「麕」這個字怎麼唸？請同學回答！」

默然……

《詩經》老師：「好吧！看樣子同學都非常『沉靜』，『麕』這個字音唸起來跟『君子』的『君』一樣。那我們來把課文唸一遍吧！」

野有死麕，白茅包之。有女懷春，吉士誘之。
林有樸樕，野有死鹿。白茅純束，有女如玉。
舒而脫脫兮！無感我帨兮，無使尨也吠！

《詩經》老師悠揚的朗誦聲徘徊在神聖的空間中，更顯出這空間的「靜謐」！

《詩經》老師：「嗯……看來同學都非常『害羞』！算了，我來講解生難字詞好了，『帨』這個字跟睡覺的『睡』同音，尨這個字跟白忙的『忙』同音，各位同學知道嗎？」

……分隔線我又出現了……

有女：「Yes!我抽到小鴨了（註一）！好可愛喔！這隻是什麼種族呀？」

吉士：「是『雁目射手』喔！木屬性，會在樹林中解決敵人喔！」

有女：「這麼厲害，那在神魔（註二）小鴨有幾種呀？」

吉士：「至少有八種以上喔！沒關係！我積點很多，妳盡量抽！」

有女：「真的嗎？謝謝你！」

吉士：「哼哼！我努力這麼久可不是蓋的！就跟妳說，玩一下又不會怎樣。」

有女：「可是我覺得很不好意思耶！」

吉士：「妳想太多了啦！」

有女：「可是我們會不會太囂張了？」

吉士：「不會啦！妳看，四周倒的倒，我們又不算什麼！」
有女：「可是……哇！又抽到一隻小鴨了，這是……」
吉士：「妳很厲害耶！這是『暗影鬥士』，稀有度高達六顆星耶！」
有女：「真的嗎？好幸運喔！」

……………………分隔線我最後一次出現，嗚……………………

《詩經》老師：「我來講〈野有死麕〉的《詩序》吧！在《詩序》中是這麼說的

野有死麕，「惡**無**禮（音量稍大）」也。天下大亂，彊暴相陵，遂成淫風。被文王之化，雖當亂世，猶「惡**無禮**（音量增大）」也。

註一　遊戲「神魔之塔」的一個種族。
註二　一種網路遊戲，以抽牌為主，現流行於大學生之中。

各位同學，懂我說的是什麼嗎？」

彼時，有女、吉士不亦悅乎！

《詩經》老師：「坐在最後面的兩位同學，你們是全班唯二醒著的，你們聽得懂這篇說什麼嗎？」

有女、吉士驚！

吉士：「老師說的是我們嗎？」

《詩經》老師（微笑貌）：「是呀！」

有女：「我就說不要嘛！你看！被老師發現了！」

神聖、倫理的小騷動，隨著無言的時光中流逝……

作者小傳

趙詠寬（1981-），出生於臺北市南港區。目前為彰化師範大學國文系博士班學生，喜歡寫作，有詩、散文、小說等相關作品，但尚未發表。目前正與課業奮鬥中，希望自己能早日畢業。

啾！啾！啾！是靈鳥的呼喚嗎？

趙詠寬

啾！啾！啾啾啾！啾啾！

「YUTAS!（註一）YUTAS! 您看，那是什麼鳥？圓圓的好可愛！而且眼睛還有白色的框框耶！」

「UBUT!（註二）UBUT! ！那是SILIQ啊！（註三）當祂出現的時候，就是對我們有所指示，你看！祂現在叫得清脆婉轉，代表我們祖孫今日有好事喔！」

「真的嗎？好幸運喔！會發生什麼好事呢？好期待！好期待！」

天命玄鳥，降而生商，宅殷土芒芒。

YUTAS! 我現正在您以前帶我玩耍的山林中，這裡一樣蓊鬱，還是在山裡最舒服。

YUTAS! 抱歉！現在我不是「勇士」，只是平凡的上班族，每個月只領固定的22K，無論我做得再辛苦，老闆永遠沒看見……

古帝命武湯，正域彼四方。方命厥後，奄有九有。

YUTAS! 您知道嗎？政府到現在還存著不切實際的幻想，像憲法認為外蒙古仍是我們的，但人家早就獨立了……（註四）

註一　YUTAS為泰雅族稱呼長者或爺爺的意思。

註二　UBUT是泰雅族稱呼最小孫子的意思。

註三　SILIQ是泰雅族靈鳥，具有占卜吉凶能力，亦即「繡眼畫眉」，閩南人稱為「大目眶仔」，為臺灣特有鳥種。

註四　一九四五年十月二十日，外蒙古進行全民投票，投票結果為「全國人民百分之百支持」外蒙古獨立。一九四六年一月五日，中華民國正式承認外蒙古獨立，外蒙古現為「蒙古人民共和國」。

商之先後，受命不殆，在武丁孫子。

現在每個人都過得苦哈哈，甚至舉債到禍延子孫，我不敢娶妻生子，怕會耽誤他們……

武丁孫子，武王靡不勝。

檯面上的官員一個比一個廢，就算有豐富的學歷又怎樣？也只是紙上談兵，不知民間疾苦！把人民搞得這麼苦，卻一個比一個自我感覺良好……

龍旂十乘，大糦是承。

我們年輕人不要說買房子，連機車都買不起，而且這22K要養活自己都很難，但上位者卻認為一個便當吃不飽，不會吃第二個嗎？

邦畿千里，維民所止，肇域彼四海。

我們的國土夠小了，還在進行莫名其妙的都更、國土重劃，YUTAS！您知道嗎？YABA、YAYA（註五）在臺北努力多年買的家被劃進國土，我們住二十多年的家居然變成侵佔國有土地，這些公務人員還要對我們進行法律訴訟，我們又沒作奸犯科，為什麼會變成這樣？（註六）

四海來假，來假祁祁。

領導人一直說要拚外交，讓人民有更寬廣的就業機會，可到世界各地發展，但我只看見他只跟對面拚外交，對面就代表全世界嗎？

景員維河。殷受命咸宜，百祿是何。

註五　YABA，在泰雅族語為「爸爸」的意思，YAYA，在泰雅族語為「媽媽」的意思。

註六　近年侵占國有土地問題層出不窮，新訂法規溯及既往，把過去的合法變成非法。現行國有土地法令也與民法及各單位互有衝突。

YUTAS! 您說臺灣是四小龍之首！漢人們說「臺灣錢，淹腳目」，但現在我看不到希望，也不知道該怎麼辦……

LOKAH! LOKAH! LOKAH!（註七）

YUTAS?

YUTAS! YUTAS! 是您在呼喚我嗎？**YUTAS!** 您知道嗎？我好想好您！真的真的好想您！

UBUT! UBUT!

商之先後，受命不殆，在武丁孫子。

UBUT! 我們**ATAYAL**（註八）以前有兩個太陽，三個勇士帶著柑橘和粟的種子

沿路種植，如果他們三位勇士射日不成，子孫們還可以循著勇士的道路前往射日！（註九）

武丁孫子，武王靡不勝。

UBUT! 我們不能只追求一個救世主，而是每一子子孫孫都是救世主，所以我們才能世世代代繁榮，在山林享用不盡。

龍旂十乘，大糦是承。

YUTAS! 您說得對！我是ATAYAL的「勇士」，我的未來要自己創造！

註七　LOKAH在泰雅族語為「加油」的意思。
註八　ATAYAL為「泰雅族」的意思，更深層的意義有「人」、「勇者」之義。
註九　根據泰雅射日神話，天上突然多一顆太陽，族人便選三名勇士去射日，為了防止忘記回家的路，勇士們沿路灑下柑橘及粟的種子，如果他們成功，便可循著「豐盛的作物之路」而回。如果不成，子孫們也可循著勇士所播之路，完成射日的行動。經過一代又一代的努力，作物之路愈盛，天上多出的太陽也終於射下，族人過著安逸繁榮的生活。

YUTAS! 謝謝您！

邦畿千里，維民所止，肇域彼四海。四海來假，來假祁祁。景員維河。殷受命咸宜，百祿是何。

我們每個人都是救世主，每個人都有責任！榮景雖無法一蹴可幾，但終會達成！

啾！啾！啾啾啾！啾啾！

作者小傳

趙詠寬（1981-），出生於臺北市南港區。目前為彰化師範大學國文系博士班學生，喜歡寫作，有詩、散文、小說等相關作品，但尚未發表。目前正與課業奮鬥中，希望自己能早日畢業。

讀出陳國隱士的心聲

林增文

對於〈陳風．衡門〉這首詩，古往今來的說詩者有著許多不同的解讀。據張樹波彙整本詩計有「作詩誘掖僖公」、「隱居自樂無求」、「賢者婉辭謝勸」、「宣傳安貧寡欲」、「刺國無寄寓」、「刺人營求家計」、「沒落貴族自樂」以及「情人相互悅慕」等說法，可謂眾說紛紜、莫衷一是。近代學者雖仍各本其說、各有所好，甚至偶有創見，如聞一多在〈說魚〉及〈高唐神女傳說之分析〉中以為衡門之下乃當時男女幽會之所；泌水之岸為男歡女愛之地，泌與密同，在山曰密，在水曰泌，都是行秘密之事的地方；飢亦非指腹飢，而是性之飢渴；魚在上古則是匹偶、情侶的隱語，食魚所暗示的恰是男女的合歡或結配。不過，相較之下，「賢者樂道忘飢」的說法，似乎已經普遍得到認同。《詩序》：「〈衡門〉，誘僖公也。愿而無立志。故作是詩以誘掖其君也。」的說法，則因無法直接從詩的文字中考索，則不為現代讀《詩經》的人所接受。這種現象反映出時間遙隔，對於詩本義追尋困難的事實，讀者直接從文字上玩味詩意的現實，這樣的讀詩態度是否合理？恐怕需要進一步的探討。

讓我們先來看看〈衡門〉的原詩怎麼說：

〈陳風・衡門〉

衡門之下，可以棲遲。泌之洋洋，可以樂飢。
豈其食魚，必河之魴？豈其取妻，必齊之姜？
豈其食魚，必河之鯉？豈其取妻，必宋之子？

這首詩非常簡短，只有三章章四句，加上後兩章幾乎全為複沓，因此重點就在於第一章。而首章的四句僅表明「淺陋的衡門下可以遊息」、「廣大的泌水可用以療飢」，後世說詩者便據此配合底下兩章生發出種種說解。其實，不管「隱居自樂無求」、「賢者婉辭謝勸」、「宣傳安貧寡欲」、「刺國無寄寓」、「刺人營求家計」或「沒落貴族自樂」等等說法，皆可統一在「主角生活需求得不到滿足」底下，差別只在於各家所關注的主角不同，以及所關注的角度是「美」或「刺」的不同而已。這一點，由鄭《箋》所云：「飢者，不足於食也」，已說明得非常清楚，即便是「情人相互悅慕」以及上述聞一多「性之飢渴」的說法，不也可說是「感情以及性之需求不滿足」所致乎？

在第一章發出不足之鳴後，詩人在二、三章卻又反覆強調「豈其食魚，必河之魴？豈其取妻，必齊之姜？豈其食魚，必河之鯉？豈其取妻，必宋之子？」這又透露出什麼訊息呢？人本心理學家馬斯洛（A. H. Maslow）曾於一九七〇年提出「需求層次論」（hierarchy of needs theory），「他認為人類的各種動機是彼此關聯的，各種動機間關係的變化又與個體生長發展的社會環境具有密切的關係。」他強調「人類的所有行為係由『需求』（need）所引起，需求又有高低層次之分。他把人類的需求排列為五個層次，每當較低層次的需求因目的達到獲得滿足時，較高一層的需求將隨之而生。」依此，從陳國人民生活的需求而言，只有當基本需求滿足時，才會有更高層次需求的問題，也就是先得求有、才能再求好。而詩人既已在首章坦言遊息於淺陋之地並不足以溫飽的境況，那麼接下來的兩章有感而發地強調「只要有魚可吃就好，何必去追求什麼名產美味呢？」「只要有肯嫁給自己的妻就好，何必去追求什麼名媛絕色呢？」自然就是順理成章、絲毫不足為奇了。當國君能以詩人所言為戒，立志給人民最好的生活，那麼《詩序》所云：「〈衡門〉，誘僖公也。愿而無立志。故作是詩以誘掖其君也」，倒也非毫無根據之言了。

作者小傳

林增文，福建省林森縣人，出生於臺中市豐原區。東海大學中文所碩士、博士班肄業，曾任高中教師、現任東海大學與修平科大兼任講師，喜獨處、愛自由、喜好古典詩詞，著有《從當代譬喻理論解讀李清照》等專書。

對〈將仲子〉的另一種解讀

生活性的環境規劃

施盈佑

〈鄭風・將仲子〉

將仲子兮！無踰我里，無折我樹杞。豈敢愛之？畏我父母。仲可懷也；
父母之言，亦可畏也。

將仲子兮！無踰我牆，無折我樹桑。豈敢愛之？畏我諸兄。仲可懷也；
諸兄之言，亦可畏也。

將仲子兮！無踰我園，無折我樹檀。豈敢愛之？畏人之多言。仲可懷也；人之
多言，亦可畏也。

歷來解《詩》，多關注在三種面向上：一是《詩序》的「刺莊公也」，旨在「刺」；二是淫奔之詩，如鄭樵、朱熹皆持此論；三是女子拒人求愛之詩，也就是單純描繪愛情故事，如屈萬里即不言「刺」，亦不言「淫奔」。其實，〈將仲子〉

一詩，除了前賢們所談三種面向之外，還可從「環境規劃」認識《詩經》的「生活性」。詩文裡，男主角仲子從「里」、「牆」至「園」，乃由遠至近的視覺書寫，而距離遠近的差異，則又以「杞」、「桑」及「檀」進行標示。有關植樹位置的標示，透露出十分有趣且有意義的訊息，此意味《詩經》時代裡的古人，對居住環境是有意識的規劃，甚至可謂符合「生活」的規劃。

先從「里」的「杞」談起，周代以二十五家為「里」，詩文言里牆為杞樹。一般將「杞」解為柳木或旱柳，而樹皮黑灰的旱柳，不僅可作薪材，更是行道樹與防護樹的好選擇。其次是「牆」的「桑」，馬瑞辰《毛詩傳箋通釋》曾言，「古者桑種於牆，檀樹於園。」此牆非里牆，已是圍繞自個住宅的家牆。至於桑樹種植於家牆的意義是？養蠶織絲是古代女性的主要活動之一，將桑樹種植在家牆，可以方便採摘。最後是「園」的「檀」，皮青質硬的檀木，可作為器具或馬車的材料，重要的是檀木帶有幽香氣味，植於最近處的家園，實能滿庭芬芳而宜人宜室。據此可知，杞、桑、檀各自種植在里、牆、園，顯然是有意識的環境規劃，三者在遠近距離的編排上，存有古人對「生活」的想法。換言之，缺乏想法的胡亂種植樹木，只算是「『死』活」；〈將仲子〉的杞、桑、檀，既是有意義的遠近排列，實已提升居住環境的品質，故可稱得上真正的「生活」。

站在現今角度來說，環境規劃與人的生活，一樣是密不可分。舉個簡單的例子，從人口密集的大都會，一路往人口稀少的鄉里，在沒有特殊情況下，道路建設應由八線道柏油大馬路，逐漸縮小變成四線道、兩線道，最後甚至可能是單線的碎石路。反觀另一種道路規劃，大都會至鄉里，全線皆是八線道，撇除未來考量這個層面，規劃想法少了一些人味，少了一些生活性。再如住家陽台外的綠意盎然，總是讓人的生活增添不少朝氣，進一步仔細思考，陽台種植茉莉、桂花、常青藤、仙人掌……，難道會有相同效果，此處正有生活性的思考與否。假使不適合的規劃，將藤蔓植物置於住宅室內，還是家中有鼻炎過敏者，卻在庭園種植木棉花，人的生活，將會是如何?所以，生活性的環境規劃，將「環境規劃」妥切地與「生活」結合，如此一來，人的生活會更有朝氣活力。這些看似平凡的環境規劃，不平凡的影響人的生活。

〈豳風．七月〉也涉及有意義的生活規劃，詩文刻劃了一至十二月的人民生活，表面看似勞苦，然而何嘗不是一種思考妥善的生活藝術。總之，我們如此閱讀〈將仲子〉，遂能明白《詩經》與「生活」的緊密扣合，更可省思自身當下的生活。

作者小傳

施盈佑，一九七六年生，臺灣臺南人。現為東海大學中文系博士班研究生，並於東海大學、靜宜大學、臺中教育大學、朝陽科技大學等校兼任授課，主要研究領域為王船山義理。

生活中不可或缺的「酒」

施盈佑

《水滸傳》的前幾回，有個「魯智深大鬧五台山」的經典橋段，那醉打山門金剛的失態行為，乃因「酒」。不過，李白成為詩中之「仙」，「酒」卻是重要助力，故王勃在贈李白詩文才會說，「平生詩與酒，自得會仙家。」那麼，「酒」在人的生活裡，究竟扮演何種角色？我們或許可從《詩經》得到一些啟發。

《詩經》提到「酒」的次數不少，據統計達六十三次之多，且相關記述多屬正面，如〈女曰雞鳴〉「弋言加之，與子宜之。宜言飲酒，與子偕老。琴瑟在御，莫不靜好。」此詩是男女爭執天亮與否的對話語錄，而「宜言飲酒」四字，顯示「酒」為人民日常的飲食內容，緊接的「與子偕老」，則又指出「酒」能夠促進夫妻和諧。再如〈常棣〉「儐爾籩豆，飲酒之飫。兄弟既具，和樂且孺。」酒在兄弟聚首的家宴裡，也是必備的飲食元素。至於《詩經》少數帶有負面味道的例子，泰半是對比於正常飲酒的非正常飲酒，如〈賓之初筵〉：

賓之初筵，溫溫其恭。其未醉止，威儀反反。曰既醉止，威儀幡幡。舍其坐遷，屢舞僊僊。其未醉止，威儀抑抑；曰既醉止，威儀怭怭。是曰既醉，不知其秩。

人在飲酒之初，態度尚能溫雅恭敬，但酒過三巡，醉意上身時，舉止不安，有失莊重，甚至瘋言瘋行。酒，在人的生活裡，固然可以作為身體舒壓、情感催化或精神解放的觸媒。然而，這畢竟要在合宜飲用範圍，一旦飲酒無度而喪失理性，遂成荒淫縱情與精神迷失。再回歸《詩經》較正面的「酒」文化，酒之所以成為古人生活的必需品，實因它具備了調整的妙效。首先，當人們有衝突矛盾，酒可調整彼此步伐，化解各執一端的對立難堪。所以在《詩經》的王侯宴請詩歌裡，酒不必單純視為助興，同時也可能是政權立場或官階位置等對立的緩衝調節劑。其次，酒可讓人暫時跳脫現實困境。有時短暫跳脫，會有較好的應對方式或態度，困境或許能有轉寰，乃至被解決。當然，有時在短暫跳脫後，困境不動如山，但至少身心獲得喘息機會。〈柏舟〉有言，「汎彼柏舟，亦汎其流。耿耿不寐，如有隱憂。微我無酒，以敖以遊。」詩文強調我不是沒有酒來消除憂愁，反過來說，即酒是可消愁的東西，這即是暫時跳脫現實。最後，酒亦可是熱絡感情的聖品，如前文已提及的〈女曰雞鳴〉與〈常棣〉，人透過「酒」的情感釋放，或使情感迅速燃燒，或瓦解久別重逢的假性陌生，此調整與前二者統併合觀後，酒對生活有了更全面的存在意義。

倘若說《詩經》那個時代，酒是生活不可或缺者，而我們現今所處的時空當下，酒是否還是生活不可或缺者？隨著酒駕肇事的日益嚴重，酒測標準值每每往下調整，酒彷佛是罪惡的代名詞。對此，我有兩項理解：一是，現今的酒駕問題，除了飲酒過度之外，尚有「車」的問題，所以現今相較於《詩經》時代，飲酒過度不再只是酒，牽動層面變得複雜了，令人擔慮的問題也多了，更加嚴厲地警示或處罰酒駕，當然是無可厚非。二是，本末倒置的認知「酒」，前項既言時空變遷後的不同，那麼酒對生活的良善本質，不應當被抹滅，更何況〈小雅·小宛〉不是已言，「人之齊聖，飲酒溫克。彼昏不知，壹醉日富。」顯然罪在人，不在酒。總之，《詩經》所展示的人之生活，其實與「酒」密不可分，因為適時且適度的飲酒，對生命而言，具有正面的意義。

作者小傳

施盈佑，一九七六年生，臺灣臺南人。現為東海大學中文系博士班研究生，並於東海大學、靜宜大學、臺中教育大學、朝陽科技大學等校兼任授課，主要研究領域為王船山義理。

伐木坎坎，淚落漣漣

韓楊

古往今來，詩詞歌賦中對吏治的書寫，已經成為一個任何時代都不可或缺的元素。封建社會高度集中的集權政治造就了統治階級的混亂不堪，大官小吏稱霸一鄉、橫征暴斂，民眾生活苦不堪言。許多懷著為天下先的勇氣和正義感的文人墨客們便隨之湧現，抱臂長歎，登高一呼，借文章來抒發對時局黑暗、吏治殘酷的嚴正控訴。然而這些控訴之詞大多經過了矯飾與修辭，雖具有極高的文學和歷史意義，卻缺少了幾分質樸與率真。我們究其源頭，便可以發現，早在《詩經》這部最早的詩歌總集中，就已經具有了夾雜在人民日常生活敘述中的呼告式吏治控訴。

那些毫無雕飾的文字直接記錄了早期人民生活的困頓與所受的壓迫，它雖沒有「朱門酒肉臭，路有凍死骨。」給人所帶來的強烈對比與反差，也並非「吏呼一何怒！婦啼一何苦！」巧妙的旁觀者敘述視角。而是以第一人稱的方式直抒胸臆，站在被壓迫者的角度看待壓迫者的暴行，更具有了強烈的感染力與震撼力，〈魏風·

伐檀〉便是其中之一。

坎坎伐檀兮，置之河之干兮；河水清且漣猗。
坎坎伐輻兮，置之河之側兮；河水清且直猗。
坎坎伐輪兮，置之河之漘兮，河水清且淪猗。

伐木聲陣陣迴響，河水在腳邊潺潺流過，看似平靜淡然的敘事中實則壓抑著勞動者內心翻滾的波瀾，激烈而忿恨的指責就在胸中，呼之欲出，一位汗流浹背的伐木者在林中工作的場景也躍然紙上。

不稼不穡，胡取禾三百廛兮？不狩不獵，胡瞻爾庭有縣貆兮？彼君子兮，不素餐兮！
不稼不穡，胡取禾三百億兮？不狩不獵，胡瞻爾庭有縣特兮？彼君子兮，不素食兮！
不稼不穡，胡取禾三百囷兮？不狩不獵，胡瞻爾庭有縣鶉兮？彼君子兮，不素飧兮！

伐木者日夜埋首於辛苦的工作，一年到頭依舊無法讓家人衣錦食肉。但那些居於廟堂之高的人們，從不事農桑，卻可以坐擁數百億莊稼的收成；從不事漁獵，卻可以滿屋掛遍享不盡的山珍海味。這種毫無公平可言的差距造成了勞動者和統治者之間巨大的鴻溝，一向被視為軟弱愚昧、逆來順受的勞動者們在日復一日的辛勞中逐漸意識到自身所受到的不公待遇，於是他們開始憤怒與反擊，用直白而有力的語言表達出了自己的不滿——彼君子兮，不素餐兮！

這一段不禁令我聯想到了唐代的白樂天，他也曾在〈觀刈麥〉一詩中寫到：「今我何功德，曾不事農桑。吏祿三百石，歲晏有餘糧。」這句詩與〈伐檀〉中的呼告有著異曲同工之妙，白居易在田壟中看到莊稼人不顧正午太陽的毒辣，用佈滿皸裂與皺紋的雙手耕作，甚至連用來充飢的食物都那麼難以下嚥。因此，作為一個婦孺皆宜的「白話詩人」，他站在統治者的角度，對官吏群體們這種不勞而獲的生活作出了深刻而真誠的反省：「不稼不穡」的自己，有什麼權利獲得三百石的吏祿呢？那些貧苦的百姓，經受著「足蒸暑土氣，背灼炎天光」的煎熬，換來的卻是「家田輸稅盡，拾此充飢腸」的結局，這樣的社會貧富差距令他「念此私自愧，盡日不能忘」。

然而在古代，如白居易這樣體恤民情的官吏畢竟少之又少，更多的是那些魚肉百姓的貪官污吏們。加之古代缺乏一套保證社會公平正義的法律與監督機制，因此，民眾的基本生存權利和財產權利得不到保障，任由官府的人們剝奪、差役。〈魏風．伐檀〉篇中，伐木人的呼告，可謂是時人真實的心理寫照與生活寫照。人們沒有一個可以發出聲音的管道，絕大多數人能做的只有容忍與沉默，面對責罵和鞭打除了加快自己工作的效率別無他法。這種矛盾壓抑的社會狀態便提供了〈伐檀〉這類詩歌生長的土壤，勞動者在勞作過程中自敘苦難，一邊揮舞著鋤頭、一邊高唱著號子，將不平的遭遇吐露給大自然、對高聳入雲的樹木和清澈見底的潺潺流水訴說心聲，在自由和隨意的狀態下完成了壓力的釋放。

縱觀全詩，反覆詠歎、迴旋重沓的句式極富音樂的韻律之美，也在不斷地重複吟唱中加強了情感的抒發，充分地表達出了社會底層人民的憤慨心理。伐檀、伐輻、伐輪三節的循環，在節奏齊整的同時，亦傳遞出了古代勞動者的工作內容與工作環境，令讀者對當時人們生活的細節有了更加深入的認識。

可見〈魏風．伐檀〉一詩在被人們盛讚其思想高度的同時，也直觀地反映了時人的生活情況與心理狀態，其創作的動力和根源與人們的生活密不可分，成為了古代勞動人民辛酸生活的一幅真實寫照。

作者小傳

韓楊，在東海大學中文系三年級作交換生一學期，喜歡讀中國古典文學的各種著作，尤其喜歡宋詞和古典小説《紅樓夢》。讀書寫作之餘，也會在閒暇時一個人外出旅行，走走停停，讓心靈在行走的路上得到最好的放鬆。

反轉金字塔的隱憂

王盈心

「孩子是我們最好的傳家寶」，這是今年政府鼓勵生育票選出來的最佳口號。現代家庭型態以小家庭為主，孩子至多一至二人，和傳統社會大家庭的子孫滿堂已大不相同！再加上現在物價高漲，家庭經濟負擔沉重，許多新婚夫妻為了給孩子良好的生活條件，顧慮到他未來成長的教育環境，決定「重質不重量」，最多只願生育一胎，全心全意的栽培。加上女性意識抬頭，男女工作平等的觀念普及，使得女性有經濟自主的能力，造成不婚、晚婚的現象，嚴重的影響生育率。「孩子是國家未來的主人翁」，生育率的低迷，不僅使國家缺乏人力，也導致下一代孩子肩上的責任更加沉重。

早在三千年前的《詩經》，人們就已唱出他們對多子多孫多福氣的渴求：

螽斯，羽詵詵兮。宜爾子孫，振振兮。

螽斯，羽薨薨兮。宜爾子孫，繩繩兮。
螽斯，羽揖揖兮。宜爾子孫，蟄蟄兮。

他們拿螽斯適應力、繁殖力、群居性強，用來取譬一個家庭人丁興旺，多子多孫。每章前兩句以詵詵、薨薨、揖揖形容螽斯羽聲之盛，好像家中子孫眾多的熱鬧，後兩句則以振振、繩繩、蟄蟄來祝福人多子多孫。由於周代實行宗法制度，須依賴宗族間代代相傳延續血脈，五世其昌。除此之外，傳統農業社會人們殷切期望家中擁有足夠的人力，增加生產，以獲得足夠的生活所需，於是勢必子孫滿堂，繁衍不絕，否則不僅無法提供勞動人力，面對強大的其他家族侵犯，恐亦難以自保。俗諺說「不孝有三，無後為大」，傳宗接代的觀念在《詩經》中是極受重視的。

螽斯大量產卵，孵化的幼蟲一群群，年生兩代或三代，因此《詩經》中以「子孫眾多，言若螽斯」，是最貼切的比喻了。而我們所說的「螽斯衍慶」便出自於此詩，用以祝頌人子孫眾多。反觀現代社會，傳承觀念的淡薄，少子化現象已成政府棘手的問題。扶養比不斷攀升，人口金字塔的底層逐年縮減，頂端的老年人口則年年增加，幾年之後，底層的幼年人口將不堪沉重的負荷而倒塌。為了給孩子舒適的環境，無憂無慮的成長，決定只生育一胎，將最好的都給予他，卻忘了當他呱呱墜地時，就已背負了未來龐大的扶養債務。原因就在於父母一胎化的觀念。

政府應當將傳承的觀念植入人心，而不僅僅只以口號作為鼓勵、宣導。〈周南．螽斯〉就是一個最好的典範，當時的社會，人人都以傳承為己任，生兒育女是一種甜蜜的負擔，也是家族間的盼望，沒有人選擇逃避，也沒有人願意逃避，人人都以子孫滿堂為豪、為樂。那時的上位者不必擔心國力缺乏，更不用費心思考獎勵生育的政策、口號。因為結婚生子是每位成年男女須做的事，也是他們自覺一定要做的事。

「孕育下一代，生命更精彩」，期盼國內未來的生育率會因為傳承觀念的復甦而趨於穩定，讓人口金字塔中的幼兒人口不再只是銳減而是逐年增加。如此一來，下一代的未來才能更加精彩無虞。子孫滿堂、含飴弄孫的祝福語不再只是空談，而是家家戶戶的真實寫照。

作者小傳

王盈心，目前就讀於東海大學中文系三年級。平時喜歡閱讀勵志書籍，從中汲取堅持志向與興趣的原動力。常於閒暇之際，欣賞大自然千變萬化的明媚風光。

連老鼠都不如的官員

常惠

《詩經》時代的普通人，每天的工作就是耕作，上地幹活，他們耕作的所得不是全部都屬於自己，一部分要交給統治者，也就是政府會向他們徵稅。有的官員會體諒勞動人民的難處，為了讓他們生活得以繼續，不會讓他們把大部分的糧食都上交，但是有的官員卻利用自己的權力極力的壓榨百姓，令他們難以度日，作為一般的百姓，他們心中苦不堪言，對於官員和統治他們的人也有滿腹的怨言。歷來許多文學作品都描寫過貧苦百姓的心聲。作為中國詩歌源頭之一的《詩經》中也有這樣的描寫，其中〈碩鼠〉一篇，講述了這樣一個故事：

碩鼠碩鼠，無食我黍！三歲貫女，莫我肯顧。逝將去女，適彼樂土。樂土樂土，爰得我所。

碩鼠碩鼠，無食我麥！三歲貫女，莫我肯德。逝將去女，適彼樂國。樂國樂國，爰得我直。

碩鼠碩鼠，無食我苗！三歲貫女，莫我肯勞。逝將去女，適彼樂郊。樂郊樂郊，誰之永號？

原來是這樣的，一隻碩大的老鼠整天偷吃農民的黍和麥，這位農民心想我養了你這隻貪心的老鼠這麼多年，你一點也不感謝我，反而更加變本加厲，哎！真是傷心，我一定要離開你，另找一處安身之地。試想，生活在《詩經》時代的農民會因為一群偷吃的老鼠而要搬家嗎？那得是多麼嚴重的鼠患啊！如果不是因為老鼠的緣故而搬家，啊！我知道了，這是借老鼠來諷刺統治者無度的剝削人民呢！統治人們的官員原本是身居高位、身穿華服，跟猥瑣的老鼠哪有半點關係，可是農民們卻這樣比喻，可見他們對官員的痛恨，真是比之老鼠都不如。一、二句「碩鼠碩鼠，無食我黍」，開篇即開門見山、急不可耐的控訴道，你這隻大老鼠，不要再偷吃我的糧食了！態度很堅決，可見對官員是多麼的不滿。三、四句「三歲貫女，莫我肯顧」，緊接著便說我養活了你這麼多年，你竟一點也不眷顧、慰勞我，傷心、無奈之情溢於言表，並不是沒有原因的如此痛恨這些老鼠啊！只是我容忍了你這麼多年，你竟一點也不體諒我，我也是被逼無奈啊。五、六句「逝將去女，適彼樂土」，面對這樣走投無路的生活，怎樣才能活下去呢？還是走吧，離開這裡，尋找一個沒有這麼重的賦稅，沒有這麼多貪官的地方吧！七、八句「樂土樂土，爰得我所」，從悲慘的現實中跳脫出去，想像那個沒有貪官的樂園是多麼的美好，在那裡安寧快樂的生活是多麼的幸福，想像有這樣一個美好的生活來慰藉自己。

陳子展《詩經直解》：「食麥未足，復食苗。苗者，禾方樹而未秀也，食至於此，其貪殘甚矣！」《詩經》時代的人多麼有智慧，他們運用短短的一百多字便把官員貪得無厭的本性描寫得入木三分，真是讓人佩服！輔廣《詩童子問》：「首章冀得其所，次章冀適其宜，末章則冀其得免於永號而已。讀〈碩鼠〉之詩固當知民之情不可以久，而又當知民之情亦未敢有過求也。」試想，如果一個古代的西方人遇到官員無道的統治時會怎麼樣，他們會無奈的遠離此地，另尋一個樂園居住嗎？不，他們一定會立刻反抗政府，可是中國人就不會這樣，他們對官員也有不滿，但他們不會反抗政府，但是為了活下去，只好選擇默默的離開，所以當一個統治者看到這首詩的時候，相信他也會被勞動人民樸素、無奈的情感所打動，好好反省他們的施政方法是否得當。

唐詩詩人元結《賊退示官吏・並序》：

昔歲逢太平，山林二十年。
泉源在庭戶，洞壑當門前。
井稅有常期，日晏猶得眠。
忽然遭世變，數歲親戎旃。
今來典斯郡，山夷又紛然。
城小賊不屠，人貧傷可憐。
是以陷鄰境，此州獨見全。
使臣將王命，豈不如賊焉。
今彼征斂者，迫之如火煎。
誰能絕人命，以作時世賢。
思欲委符節，引竿自刺船。
將家就魚麥，歸老江湖邊。

這首詩從詩人自己的角度出發，講述自己看到勞動人民貧苦生活的境況，「城小賊不屠，人貧傷可憐。是以陷鄰境，此州獨見全。」這個城市貧困到什麼地步呢，賊來都不屠城了，連賊看到了都心有不忍，可見城中百姓的生活是多麼的困苦，但是生活已經如此困窘了，官員還是把百姓往死裡逼，「今彼征斂者，迫之如火煎」，那些收稅的人著急向百姓收稅，儘管百姓沒錢交稅，還是百般催促著，著急的像在火上炙烤一樣，這豈不是把人逼上了絕路了嗎？每當讀到這些詩，都忍不住同情那些生活困苦的農民，本來整日幹農活就已經很累了，官府還處處刁難，真是可恨。

《詩經》時代的人們還能在詩歌中發發牢騷，對官員諷刺一番，以解心頭之恨，可是到了唐代，一般人哪裡敢說政府半點不是，所有的不公和折磨都要自己吞下去，連詩人元結都為他們鳴不平。真是慶倖自己不是生活在古代，雖然現在的生活並不能事事如意，也有滿腹的牢騷和不滿，但是至少我們的生活並沒有那麼沉重。

作者小傳

常惠，東海大學中文系交換生，家在秦都咸陽，渭水之畔，常遙想古人，感慨古今變化之大。性情率真，不喜束縛，好讀書，徜徉學海之時，內心繁雜歸於平靜，幸尋得此種愛好，使單調生活充實多彩。

黑心族的豐年祭

徐嘉吟

在《詩經》的時代，即有著明顯的貴族與平民、上位者與下位者、統治者與被統治者的分別，由於有這些劃分，所以無法讓人與人之間的相處取得平衡，當某一些人的聲勢龐大，又盡是不知民間疾苦的領導者時，相對的，另一些人只能在其勢力的籠罩之下，含莘茹苦、忍氣吞聲的生活，為了生活而生活，也不敢冀望未來。

當人被逼進了絕境，卻又無法具體反擊的時候，可以透過什麼方式去宣洩表露呢？於是，文字往往成了最好的寄託之處。如〈鄘風·相鼠〉，一字一句都是深深的、血淚交織而成的控訴：

相鼠有皮，人而無儀。人而無儀，不死何為？
相鼠有齒，人而無止。人而無止，不死何俟？
相鼠有體，人而無禮。人而無禮，胡不遄死？

詩中運用鼠來加以反襯施政者的侵犯、剝削的形象，就連看似微不足道的老鼠都擁有的「皮」、「齒」、「體」，而人卻沒有，事實上並不是人沒有，而是那些人的作為，簡直連老鼠都不如了！以鼠之有皮，反襯人沒有應有的威儀；以鼠之有齒，反襯人的行為不遵守禮節、不懂節制；以鼠之有體，反襯人的沒有禮義、不講禮。

字裡行間說明著人不如鼠，可說是極盡諷刺的，而那些人是誰呢？正是無止盡剝削底層人民的施政者、上位者，他們享盡富貴奢華的生活，走到哪裡都有人阿諛諂媚、吹捧侍奉，用一種盛氣淩人的態度來面對汗水淋漓的勞苦百姓，成日忙著接收銀兩與讚美，哪裡還有閒暇時間顧及他人、體恤人民呢？如此不公平且受壓榨的生活，使人快喘不過氣，作者藉由文字的反覆譴責，以及層層遞增的咒罵，將自身的不滿、痛快淋漓且辛辣一一表現出來。

閱讀完此首詩，不禁使人感歎起作者所處時代的困窘，卻又有所共鳴。原來啊！自古至今，人與人之間的相互欺壓，都反覆地循環著，始終沒有停歇，甚至有時候更悲哀與無奈的，是除了金錢與生活的轟炸，還有對心靈造成的損傷及負擔。聽著時下的流行歌曲，也不乏針砭時事、嘲諷的內容，像是五月天的〈入陣曲〉便有同樣一種感慨與嘲諷之情，歌詞中有幾句是這麼唱的：

「當一座城牆只為了阻擋所有自由渴望／當一份信仰再不能抵抗遍地戰亂饑荒」、「當一份真相隻手能隱藏直到人們遺忘／寫一頁莽撞我們的篇章曾經如此輝煌」及「忘不記原不諒憤恨無疆／肅不清除不盡魑魅魍魎／幼無糧民無房誰在分贓／千年後你我都仍被豢養」。這幾句歌詞，每一句都揭露著當今社會現實的不堪，受阻撓的自由渴望、被摧殘的信仰、受遮蔽的真相……，最終，普通人們毫無所獲，如同被豢養般，看著黑心族分贓。

很多時候，我們所見的、所觸碰的都受了蒙蔽，人們以為雙眼看見的就是真相，實際上，那卻是被包裝過後的謊言。黑心商人賣黑心食品給消費者享用，黑心官員通過黑心政策，謊稱是給人民更好的生活，諸如此類的事件層出不窮，誰才是最大的贏家呢？想當然爾，是那些富貴滿載的黑心族，他們荷包賺得滿滿，可是人民卻過得清苦。冬天又到了，黑心族豐收的一年又結束了，人民過的是寒冬，他們卻享受著暖冬。

擦乾夾雜眼淚的汗水，還是要繼續生活，於是，再為自己打上一針強心劑，在心中天馬行空，假想美好生活，好迎接嶄新一年的嚴峻的挑戰。生活中雖屢屢受挫，但事實上，人們終究是存有對烏托邦生活的幻想，嚮往桃花源般的理想生活，這在〈魏風・碩鼠〉便可見著：

碩鼠碩鼠，無食我黍！三歲貫女，莫我肯顧。逝將去女，適彼樂土。樂土樂土，爰得我所。

碩鼠碩鼠，無食我麥！三歲貫女，莫我肯德。逝將去女，適彼樂國。樂國樂國，爰得我直。

碩鼠碩鼠，無食我苗！三歲貫女，莫我肯勞。逝將去女，適彼樂郊。樂郊樂郊，誰之永號？

文中除了揭露統治者貪婪殘酷的本性，對比百姓的善良，還抒寫了百姓尋找樂園、對理想社會的追尋，我想，亦正是由於有這些美好想像，所以成了大家生活中最強大的動力來源。

作者小傳

徐嘉吟，現為東海中文系三年級學生。喜歡微笑，喜歡分享快樂，亦喜歡放慢步調看生活中的每個角落。

M型社會下的隱憂

王盈心

扛著一身疲憊的軀殼，空洞的雙眼望著牆上滴答作響的時鐘，「唉！已經十二點了」，想起每日早出晚歸的機械化作息，他只能無奈地搖搖頭。漆黑的臥房裡，妻子抱著年幼的孩子安然入眠，礙於工作時間，每日只能似小偷般在床邊窺探孩子，連自己也記不得最後一次和他說話是何時。餐桌上留著的並非是妻子熱好的飯菜，而是一張冰冷的紙條「你賺的錢已經不夠家裡開支和帳單費用了」。這是每個月妻子固定會寫給他的紙條。無形的壓力，使他癱坐在椅子上。在這失業率極高的社會下，人人無不兢兢業業，各個如頭餓虎，一有職缺便爭先恐後，奢求的並非優渥的薪資待遇，而是能養家餬口的一頓溫飽。

出自北門，憂心殷殷。終窶且貧，莫知我艱。已焉哉！天實為之，謂之何哉！

王事適我，政事一埤益我。我入自外，室人交徧讁我。已焉哉！天實為之，謂之何哉！

王事敦我，政事一埤遺我。我入自外，室人交徧摧我。已焉哉！天實為之，謂之何哉！

〈邶風．北門〉中也有一位為工作、生活所迫的小公務員，他下班踏著沉重的步伐回家，沒有卸下一天工作辛勞的輕鬆，想著自己職位卑賤，待遇幾乎無法養家活口，面對堆積如山的公事壓力，終日勞心費力的為工作繁忙奔走。家人非但不體諒，還以生活困苦交相責罵。有苦難言、痛苦不已的詩人只能獨自傷感命不如人，將淒涼的命運歸之於天了。全詩每章末尾，詩人反覆哀嘆：「已焉哉！天實為之，謂之何哉！」加深詩人無可奈何的心境、無力改變現況的苦悶，面對自身命運的窘困，只能無語問蒼天了！

這首詩不就是現代商辦大樓裡每日熬夜加班的小職員心聲嗎？為求一份穩定的工作，對上司不合理的要求只能唯命是從。即使每月只有微薄的俸祿，也要將它視為珍寶，細心呵護，深怕一出差錯，便丟了這份汲汲營營掙來的工作。這是無可奈何的，在這富者越富，貧者越貧的經濟體系下，窮者注定是要被犧牲的。每日收看新聞，報導中總會出現因為長期失業而導致輕生的事件，或是夫妻長期因為經濟壓力失和，攜年幼子女燒炭自殺的社會慘劇。這類悲劇就是M型社會下的隱憂，也是我們應當重視的社會問題。

知名作家黃春明在〈兒子的大玩偶〉一文中寫盡了小人物掙錢的辛酸。主角坤樹為了一家三口的生計，化妝為小丑在烈日中穿梭於大街小巷。在兒子阿龍的記憶中，父親的面貌就只是一張會逗弄他的小丑。因此，當最後坤樹洗去臉上的鉛華時，面對陌生臉龐的阿龍嚎啕大哭，坤樹則成了最熟悉的陌生人！

面對阿龍驚嚇的眼淚，坤樹心中是五味雜陳的。在M型社會中，有許多父母為了子女無虞的生活，身兼二職，早出晚歸，不得不為五斗米折腰。他們的處境就像坤樹一樣，有著深沉而且無法訴說的悲哀！

作者小傳

王盈心，目前就讀於東海大學中文系三年級。平時喜歡閱讀勵志書籍，從中汲取堅持志向與興趣的原動力。常於閒暇之際，欣賞大自然千變萬化的明媚風光。

社會中的貧富差距

〈曹風．候人〉

林雅慧

日本趨勢專家大前研一提出來了「M型社會」的理論，隨著「M型社會」來臨，全球的經濟結構遭受衝擊，社會的財富也將重新分配，在勞動人口中，佔大半比例的中產階級逐漸減少，且慢慢往兩邊移動，就像是英文字母M陷下去不見了，變成只剩左右兩邊極端富有或貧窮的頂點，窮人和富人都變多，但原本多數的中產階級，卻漸漸消失，這種財富分配型態，就像英文字母的「M」一樣，故稱為「M型社會」。

在這種衝擊之下，富有的人能運用大量資源取得第一手資訊，藉此大賺一筆，讓財富快速累積；然而中產階級卻必須為每天生活的基本物資所苦惱，面對一連串的物價上漲，唯有薪水沒漲的情況下辛苦度日，即使拚命工作大半輩子，也許也只夠買下豪宅區的一小間廁所而已，再加上投資理財觀念的不足，無法使有限的資金得到充分的發揮，所以他們逐漸流失在這「M型社會」的一端，未來若無法走向上層，便只能待在下流社會。這後果使「富者越富，貧者越貧」，貧富差距因此逐漸擴大。如此也造成了社會的動盪不安，貧者為了生活，無計可施之下，只好鋌而走險，富者因有權有勢便能享有特殊待遇。然而此議題不是現代社會才有，早在《詩經》時代中就已存在。〈曹風．候人〉中，就表現出了候人辛苦勞動和貴族享受生活的強烈對比。

彼候人兮，何戈與祋。彼其之子，三百赤芾。
維鵜在梁，不濡其翼。彼其之子，不稱其服。
維鵜在梁，不濡其咮。彼其之子，不遂其媾。
薈兮蔚兮，南山朝隮。婉兮孌兮，季女斯飢。

《詩經》中的候人，每天辛勞的服役，但那些權貴們卻可以不勞而獲、無功受祿，就像鵜鶘不僅不沾濕翅膀，甚至連鳥嘴也可以不沾濕就吃到魚，即使整天無所是事，也能過著衣食無虞的生活，看著權貴們如此享樂奢靡的生活，而且個個都身著華麗的衣裳，再想到家中的幼女卻因為貧困而正在挨餓的情景，彷彿再如何努力或忍受痛苦都沒有機會翻身，不免讓人感歎社會貧富分配的極度不均，及身處於下位者的悲鳴，可想而知杜甫詩中「朱門酒肉臭，路有凍死骨」絕非虛構之場景。

要如何在「M型社會」的威脅下，化危機為轉機，都是未來年輕人必須接受的考驗之一，所以平常就該多累積自己的實力和經驗，更要培養敏銳的洞察力，具備宏大的視野和觀點，要擁有自己的主見，不要跟著他人隨波逐流、人云亦云。

作者小傳

林雅慧，現就讀於東海大學中文系，平日閒暇喜歡聽聽音樂，或閱讀其他課外書籍。第一次將詩經和現實生活的人事物互相結合，是個很棒的體驗，使詩經讀來別有一番風味。

豪門深似海

詹佳蓉

總認為，詩詞只是詩人情緒發洩下的產物而已，文辭美則美矣，卻流於不著邊際、於事無補之作，加之言男歡女愛、傷春悲秋之事的作品佔絕大多數，讀多了，總讓人認為文人墨客常常將正事扔著不管，只懂得倚欄杆追憶往事，形象顯得頹靡了，《詩經》主打溫柔敦厚的路線，想來題材與上面所敘述的並無二致，不想〈牆有茨〉卻一不言情愛、二不提百姓，反倒話中帶刺的直指普羅大眾認為高高在上的宮廷，包藏著骯髒齷齪的醜聞，其大膽揭露的態度，有若現今的時報記者追蹤、撰寫新聞。

古時尚無「言論自由」這種基本人權的觀念。封建體制下，「天子」掌有絕對的權威，不容質疑，但〈牆有茨〉卻對貼近天子的生活圈所發生的事提出了負面的意見，這樣的言行表現在當時已屬出格，也就讓今天的我讀來印象更為深刻。

牆有茨，不可埽也。中冓之言，不可道也。所可道也，言之醜也。
牆有茨，不可襄也。中冓之言，不可詳也。所可詳也，言之長也。
牆有茨，不可束也。中冓之言，不可讀也。所可讀也，言之辱也。

句句都有事情不單純的意味，偏生又不直接講明，只說這種事傳出去了難聽，含混過去，卻更吊人胃口，此情此景放在宮中，大有「含情欲說宮中事，鸚鵡前頭不敢言」的意頭。就純粹品味詩文的角度來看，它的藝術性當然是很美的，但放在現代來看，卻讓我想到了現今不少女性嚮往嫁入的豪門，亦藏著如〈牆有茨〉般的不堪，藝人郭昱晴的故事就是如此。

對她的印象，僅限於電視《麻辣鮮師》的萬人美，在該劇中以保守派教師的形象，偶與叛逆的學生發生衝突的她，私底下本是個經濟、個性皆獨立自主的新時代女性，這樣的她，卻曾因深愛豪門背景的男友，而過度的委屈求全。

誰想得到，她男友的媽媽，會要她接受「未來媳婦」的訓練，供人使喚還無資無酬？

誰想得到，她每每煮完三餐，卻只能等男人們吃完才准上桌，忍受男尊女卑的待遇還不能有怨言？

又有誰想得到，在男女平權的社會裡，她只是請男友幫她一個小忙，卻遭到「未來婆婆」無情的辱罵威嚇？

再看看藝人賈靜雯的故事。

我很喜歡她在《倚天屠龍記》演的趙敏，明豔活潑，形象宛如春日裡的陽光，她的一顰一笑，總能觸動人心中最柔軟的那方天地，劇中她與男主角是有情人終成眷屬、幸福快樂的，喜歡她演這個角色的我，自然也是希望戲外的她有著如花美眷般的結局。

可惜，嫁入豪門的她，就像移入陸地種植的荷花，沒有水的滋潤，只能迎來日漸枯萎的終局，當我看著曾經如花般嬌豔、眼中閃動自信神采的偶像，五年後卻為了與前夫爭奪女兒的監護權變得心力交瘁、身心俱疲的蕭條身影，那種揪心、那種心疼，難以言喻。

總說豪門深似海，許許多多女人抱持著夢幻的想法，想加入這個看似閃亮耀眼，只要踏進去就可以大翻身，養尊處優奢華度日的地方，哪裡想得到豪門表面的光鮮亮麗，是女人忍受多少辛酸苦楚所換來的？又有誰能想得到，一個個風頭正茂的青春女子，會因為進入豪門體系而被折磨得近乎枯萎？

我感謝這個時代言論的自由、時報記者勇於揭露實情的勇氣，這讓許多年輕少女有更多管道能看清真相，而非一直抱持著錯誤的憧憬，也感謝封建時代已過，民主的社會讓所有人都有權利選擇自己的人生，不論是藝人郭昱晴還是賈靜雯，她們都曾經被豪門體系束縛過，也因為她們最終捨棄了遵循豪門的類封建規則，重新擁抱民主自由，致使她們的生命又重新燃起了希望，不若古代宮中的所有人，一旦涉足踏入，最終只能在小小的一方宮牆內腐爛死亡、無力自救。

〈牆有茨〉中的蒺藜，並非只存在於古代宮牆之內，現今的豪門，不也藏著除也除不盡的蒺藜、說也說不清的難堪嗎？

作者小傳

詹佳蓉，東海大學中文系四年級的學生，喜歡個人獨處的時間空間，嚮往著不論遇到什麼大風大浪，都能挺直腰桿、化險為夷的從容，以「英姿颯爽」，作為待人處事的指標，並以此為傲。

黑暗中的光，死寂中的一聲吶喊

彭義方

〈行露〉寫一名女子不畏強暴者的威脅，勇於打官司、為自己伸張正義，她是芸芸眾生中的小人物，在受壓迫的汪洋裡拚命浮上了岸，她的精神不禁讓我們想：當我們遭遇他人的欺辱，是否敢於挺身而出為自身發聲？在文字世界裡，也許能不假思索振筆疾書的寫出一篇「勇敢的抗爭故事」，但在現實中、在處於事態的當下，太多人是怯弱而退縮的，本詩女子的描寫，不論是否真為她自身的反暴行為，卻讓我們看到事件背後的精神：

厭浥行露，豈不夙夜，謂行多露？

以露水的意象表示麻煩纏身，但她卻執意要反抗暴行，不畏官司纏身，甚至可能招致的長遠禍害，並且努力正視自身問題，勇敢去解決；在當時，以權貴為中心的時代，弱勢的人免不了被欺壓，多數人默不吭聲，此女子竟大聲斥喝欲壓迫她的奸惡之人：

誰謂雀無角？何以穿我屋？誰謂女無家？何以速我獄？雖速我獄，室家不足。

以尖嘴之雀比喻施暴者，反詰語氣沉重又激昂，不斷連聲逼問、淒厲呼喊，在閉世的空間裡，是否能喚醒當時也飽受欺淩的人們呢？在那一片死寂而怨重的氛圍裡，她的聲音劃開了膽怯，搖動著哪怕只有一人的心底深處，她獨身奮勇的英姿與當代為強暴發聲的人們做連結，他們總是辛勤、懷著痛苦，卻憑著內心那股滾燙的熱血，劈開荊棘、大步邁進，只為成全「希望」，此女子秉持著如此信念：

誰謂鼠無牙？何以穿我墉？誰謂女無家？何以速我訟？雖速我訟，亦不女從。

控訴接二連三，一直到最末，仍以「不從」的堅決態度，宣告自我決心。在現代，當我們看到一件有辱道義的事卻噤聲，害怕生活被撼動、改變而選擇避開時，於客觀事實上無任何過錯，但深入探究，則自己就在助長那你不願正視的問題繼續發生，它被人們的自私、自利、畏懼所掩蓋，繼續處在黑暗的深處，甚至越埋越深；我們平時很少主動去關心社會問題，是因為那些可能與自己太遙遠，既影響不到也觸摸不著，就因為如此，當事情發生在眼前時，若仍躲避而不抗爭，便真的陷入深谷，無重見天光的機會，隨著日子久了，反而趨於習慣，漸漸因無感而安靜。反面思考，我們也有自己意志的選擇權，根據個性的不同也會有不一樣的行為，有人能挺身而出為自己發聲，也有人因害怕、膽小而退卻，這是大世界多種現象中的一節罷了，但就因為有那些勇於改變、反抗壓迫的存在，我們的社會、世界，以某種觀點來說：推進了，希望之光隱隱閃爍在無盡黑的洞口，當光聚集，看到新出口的路就更明顯了。

作者小傳

彭義方，生於臺北市，現就讀於東海大學中文系。喜歡閱讀各類書籍、騎腳踏車和聽音樂。想做有關文書方面的工作。

從戰爭談反戰

林佑憶

我是一個生於和平，也希望死於和平的人。但檢視歷史的長河，古今中外，戰爭隨時可能被觸發。近從北韓的核彈危機、敘利亞的內戰、蓋達組織的恐怖活動、阿拉伯地區國家的茉莉花革命。遠至中國各朝代交替，多是透過戰爭手段改朝換代。一位小說評論家半月仙姑曾說：「戰爭令人心痛的是，恣意剝奪人們自由自在活著的權利，生命可以在瞬間就被掠奪。或許，那些人有好多的夢想，為了博得美好的未來在當下拚命努力著，然而戰爭卻讓他們的生命戛然而止。僥倖存活的人，即使在戰後，也可能持續活在死亡的傷痛裡，至死方休。」

春秋時期的人們認為：「國之大事，在祀與戎。」今日的宗教團體，如基督教、慈濟，無不是勸人向善。戰爭即是政治的延續，春秋時期，政治鬥爭激烈複雜，軍事衝突頻繁發生，因此戰爭成為國家最大的政治之一。回到西元二〇一四年，歷史依舊重演於你我左右，不曾遠去。《詩經》其中大部分的作品產生在西周至春秋中期，縱貫將近五百年的漫長時間。自春秋初期周天子的至尊地位衰落之後，爭當霸主成為諸國之間鬥爭的主要內容，戰爭作為爭霸政治的主要手段在春秋時期的諸侯之中是非常明確的。

豈曰無衣？與子同袍。王于興師，脩我戈矛，與子同仇。
豈曰無衣？與子同澤。王于興師，脩我矛戟，與子偕作。
豈曰無衣？與子同裳。王于興師，脩我甲兵，與子偕行。

這首〈秦風．無衣〉是充滿戰鬥氣息的軍歌，全詩共有三章，後兩章實際只是第一章的同義複唱。張港先生表示這首詩表面只是一個人的獨白，實際是一個人在回答另外的人。

「豈曰無衣？」是個反問句，這句之前，肯定是有人發問了：「你有軍裝嗎？」才回答：「誰說我沒有軍裝，我有跟你一樣的戰袍，而且我已經準備好了武器。」淺意思就是：我也會上戰場。

根據張港先生的說法，既然是有軍裝也有武器，又有上戰場的要求，那為什麼還不能上戰場呢？年齡不夠。這是一個年齡不夠的「青少年」，早就羨慕那些上陣打仗的父兄了。他自己準備好了武器和軍裝，等著一有戰事就上前方。可是人家說了：小鬼，你還小，有軍裝嗎？有武器嗎？於是，才引出了這小傢伙的一席話。

小傢伙的這些話，只是平常的答話，可是寫在紙上，便是一份言辭慷慨、情緒激昂的請戰書，於是被秦人記錄了下來，改寫成了鼓舞鬥志的歌。這份「請戰書」表現出渴望戰鬥的熱情，正好與當時秦人尚武的精神一致。詩的語言質樸無華，但情緒是發自內心的，有震撼人心的力度。

張港先生解釋詩中「與子同袍」、「與子同澤」、「與子同裳」、就是跟你有一樣的軍衣。絕不是「與你穿一件軍衣」。詩中「王于興師」是秦國為周王出兵，或秦以周王名義興兵。「修我戈矛」、「修我矛戟」、「修我甲兵」，意思是一樣的，是同義反覆。這個「修」，如果解釋為「修理」，不妥。戰士的武器平時絕對不得有損壞，臨陣磨槍，貶損了戰士的形象。這個「修」，解釋成修飾的飾，給槍添上紅纓，給甲繪上油彩之類，添了幾分視覺上的豐富，在一片金屬光澤中，凸顯出與眾不同。

「與子同仇」，如果解釋為「與你有共同的仇敵」，這也不符複沓曲式。「與子同仇」、「與子偕作」、「與子偕行」是同義。「仇」不是仇敵，而是同伴。仇，讎也。《說文》：「仇，謂讎也，二人相當相對之誼。」《爾雅．釋詁》：

「仇，匹也，合也。」《周南·兔罝》：「公侯好仇。」《禮記·緇衣》：「君子好仇。」這些「仇」都是同、合、良伴的意思。「與子同仇」意思是：與你為伴，成為你的戰友。

「誰說我沒有軍裝，我有與你一樣的戰袍。現在周王正需兵，我正在修理我的武器。我可以成為你的好戰友。」我們看見了秦人的不畏死難，為國捨命。〈秦風·無衣〉鼓舞鬥志，仍免不了戰爭所帶來伏屍百萬、血流千里的慘況。

戰爭的另一個重要作用是消滅戰爭，這是戰爭的另一種很痛苦的本質。即使戰爭是為討伐罪惡而發的「正義戰爭」，仍然不能免除資源耗損、土地破壞，重中之重的「人命消逝」。人們無盡的慾望親手打造出戰爭的殘酷血腥、白骨森然、家庭破碎。知識文明帶來的可能不只進步，更可能會加速摧毀人類自己。最佳的勝利就是不戰而達到目標，《孫子兵法》所說：「不戰而屈人之兵，全國為上。」

幾千年後，宮崎駿勾勒出《風之谷》，表現反戰意識。巨大文明產業崩解後的一千年，大地被一片蟲類的甲殼所覆蓋，海洋腐敗散發瘴氣威脅到人類的生存。故事主角娜烏西卡，為了拯救她的村莊「風之谷」而勇敢的對抗妄想消滅「腐海」的無知人們。她一步一步的解開「腐海」的秘密，這才明白：原來「腐海」是要幫助人類來淨化世界，而真正在破壞世界的人，其實就是人類自己！

知古方能鑑今，《詩經》流傳至今正是為我們揭露，原來幾千年的人們已遭遇此事。而戰爭無非是暴力形式的延續，人們的生活都不可避免的身在其中，透過知識的學習，希望人們對今日詭譎多變的國際局勢能有一番新體認，了解戰爭、研究戰爭，避免戰爭或減少戰爭對世人的傷害。

願世界和平，不再有戰爭。

作者小傳

林佑憶，現為東海大學中文系三年級學生。喜歡音樂、小說、電影，遨遊其中。體味裡頭的精神，活出自己。

望生同衾，不甘死同穴

羅尹君

自古以來，殉葬即是中國的傳統習俗。從上古時期即有以陪葬品與逝世之人一起下葬的習俗，人們會把死者生前常用或是喜愛的物品與其一同安葬，這是希望逝者能安然而往，也是為逝者祈福守護的祝禱。而除了陪葬物以外，更有所謂的「活人殉葬」。

「活人殉葬」在現代人眼裡也許驚世駭俗，但是在古代卻是其來有自的。最早從上古時期還是奴隸與奴隸主制度的社會時，即有奴隸陪葬主人的禮俗，而在殷商、周代更有許多的君王、貴族有奴僕或是戰俘陪葬，而他們的妻妾也是在他們死後人殉制度下的犧牲品；直到春秋戰國時期人殉才有逐漸減少的現象，人殉在當時被認為是不仁之事，墨子提倡「節葬」也是有此根源，而以俑陪葬漸漸取代了活人陪葬。

不過，到了秦代，人殉的習俗又開始大肆復甦了。秦開始有人殉的記載在秦武公時期，《史記．秦本紀》中提到：「武公卒，葬雍平陽，初以人從死，死者六十六人。」而到了秦穆公時期更是變本加厲：「穆公卒，葬雍，從死者，百七十七人。秦之良臣三人，名曰奄息、仲行、鍼虎，亦在從死之中。」穆公除了增加了陪葬人數外，竟然連當時的三位賢臣也隨之殉死，而秦人皆為失去這三位賢良感到哀痛惋惜，於是作〈黃鳥〉一詩來哀悼此事，以「願以百人來贖回三良性命」道盡了痛失賢能人才的憂傷：

〈秦風．黃鳥〉

交交黃鳥，止于棘。誰從穆公？子車奄息。維此奄息，百夫之特。臨其穴，惴惴其慄。彼蒼者天，殲我良人。如可贖兮，人百其身。

交交黃鳥，止于桑。誰從穆公？子車仲行。維此仲行，百夫之防。臨其穴，惴惴其慄。彼蒼者天，殲我良人。如可贖兮，人百其身。

交交黃鳥，止于楚。誰從穆公？子車鍼虎。維此鍼虎，百夫之禦。臨其穴，惴惴其慄。彼蒼者天，殲我良人。如可贖兮，人百其身。

剛讀到此詩時，心中震驚萬分，對於三位賢者，也對於那眾百人的生命；雖說賢能之士自古皆愛之，但是卻也不能隨隨便便就把一百條人命視如草芥，只為了換取三個人的性命？這對我來說，或者說是現代人權觀來說，根本是不可能發生的事！也許三個對國家有重大貢獻的人是很偉大的，但是他們的偉大也不值得一百個人死亡來成全他們的重生。生命的可貴，不是三言兩語就可以述說的；平等的生命，更是他人所要尊重的。這對於那些被迫殉葬的人們也是一樣的，被殺死後丟入墓中或是活著被埋入墓穴裡，這是多麼深刻而悲慘的痛苦折磨！只是因為身分的貴、賤區別就要淪為別人墓下的塵土。活著，無法享受如那些墓主生前的高級待遇，憑什麼他們死了，竟要無數人陪葬？這是死、活都不甘願的呀！

作者小傳

羅尹君，現就讀於東海大學歷史系三年級，平時熱愛天馬行空的幻想，喜歡看小說、電視和電影，喜好涉獵廣泛，樂天待人，偶爾不在靈魂上。

牧人之歌

〈小雅．無羊〉

王柏豫

我們身處在工商業發達，各種機能皆具備的大都市裡，出門放眼望去盡是大樓林立、柏油路上各種車輛來來往往的景象，傳來耳裡的不是喇叭聲，就是工程中器械運作的聲音，人人手中皆拿著智慧型手機，呆滯的面對著發光的螢幕，一天到晚為生活、為家庭、為事業學業這樣忙著，忙著……隨著時代演進，社會各方面的進步，種種的開發、建設，也許我們早已習慣這種生活，處在這種環境的我們也許早已麻痺。

翻開兩三千年前中國最早的詩歌總集——《詩經》，我們看到了三百多篇可愛純粹的詩歌，其中〈小雅．無羊〉詩中讓我們欣賞到與我們完全不同的生活風調：

誰謂爾無羊？三百維群。誰謂爾無牛？九十其犉。
爾羊來思，其角濈濈；爾牛來思，其耳濕濕。

或降于阿，或飲于池，或寢或訛。爾牧來思，
何蓑何笠，或負其餱。三十維物，爾牲則具。
爾牧來思，以薪以蒸，以雌以雄。爾羊來思，
矜矜兢兢，不騫不崩。麾之以肱，畢來既升。
牧人乃夢，眾維魚矣，旐維旟矣。大人占之：
眾維魚矣，實維豐年；旐維旟矣，室家溱溱。

誰說你沒有羊呀？有三百隻呢！誰說你沒有牛呀？肥牛有九十隻耶！

你的羊群過來了呦！牠們的角都聚在一起；你的牛群過來了呦！牠們正在反芻，耳朵不停搖動著。

牠們有些從小山丘下來，有些在池塘邊喝水，有些正在睡覺，有些則是到處走動。

牧人來了呦！下雨天他們身穿雨衣，艷陽天則戴著斗笠，隨身攜帶乾糧以供食

用。那邊還有三十頭雜色牛耶！祭祀需要的牲口都具備了。

牧人來了呦！他們空閒的時候到處拾取木柴、獵捕野獸。你的羊群過來了呦！牠們一隻隻比鄰相連，隊伍不會散亂，一隻也不會少。牧人把手一揮，羊兒全都進入羊圈裡。

辛苦了一天，牧人回家睡得正香呢！他夢見眾多魚群，又夢見畫有龜蛇的旗子和畫有鳥隼的旗子，早上醒來趕緊找占夢官解夢，占夢官說呀：「眾多的魚群代表豐年之徵，畫有龜蛇的旗子和畫有鳥隼的旗子則是室家人口眾多之象！」

這首詩敘述了牧人一天的生活，細細描繪了牧場裡牲畜活動的景象，清人王士禎《漁洋詩話》：「字字寫生，恐史道碩、戴嵩畫手，未能如此極妍盡態也。」清人吳闓生《詩義會通》也說：「此詩之妙，尤在體物之工，寫生之妙，儼如名手圖畫，在人目中，其精微曲到，為後世所不能及。」

牧人們趕著羊群和牛群，放任牠們隨意吃草、喝水、活動、睡覺，牛羊繁盛，隻隻都很健康，牲畜齊備，可供生活和祭祀之用，牧人們悠然自得，尚有餘閒去收集柴薪、獵捕野獸，而後夢到豐年之象與人口興旺之徵，想必他們心情愉悅，且對未來充滿著希望，全詩清新動人，純樸真摯。唐．王維〈渭川田家〉：「斜光照墟落，窮巷牛羊歸。野老念牧童，倚杖候荊扉……」詩中的情調與本詩相近，或許大詩人王維也有受〈無羊〉這首詩的啟發。

生活在大都市的我們，雖然無法過著這種單純可愛的牧人生活，但只要將此詩反覆詠讀，全詩的畫面必會蘊藏胸中，漸漸能吸收詩中呈現出的清新氣息，而我們麻痺的心神也能得到暫時的放鬆。

作者小傳

王柏豫，臺中人，東海中文系畢業，目前當家教老師，協助日僑小孩學習中文，喜歡聽音樂、散步、欣賞中國古典文學，專長是下圍棋。

三　婚姻和家庭

想像中的回娘家行程

〈邶風．泉水〉

呂珍玉

回娘家對現代婦女而言是件甜蜜快樂的事，臺灣習俗婦女出嫁後三天要回門，父母準備豐盛飲食宴請女兒女婿，以為祝福，並安慰出嫁女兒。出嫁第一年大年初二回娘家的日子，娘家更會派她的兄弟去接她和女婿回來團聚，讓她感覺這個後頭厝永遠是她的後盾依靠。當她婚後生了孩子，和夫婿帶著小嬰兒回娘家，更是美滿到無法言說了。有一首傳唱不絕、膾炙人口描寫婦女婚後回娘家的流行歌即為寫照：

〈小媳婦回娘家〉作詞：孫儀，作曲：湯尼

風吹著楊柳嘛
唰啦啦啦啦啦

小河裡水流得兒
嘩啦啦啦啦

誰家的媳婦
她走得忙又忙呀
原來她要回娘家

身穿大紅襖
頭戴一枝花
胭脂和香粉
她的臉上擦

左手一隻雞
右手一隻鴨
身上還背著一個胖娃娃呀
咿呀咿得兒喂

……

這歌唱得如此樸實，如此真切，把出嫁女兒盛裝打扮，拎著禮物，急著趕回娘家探望家人的喜悅全都融入歌詞中了。然而不是每個時代的婦女都是那麼幸福，舊社會女人受到三從四德禮教束縛，不僅無法受教育，無法在職場上和男人公平競爭，甚至連最基本的說話權利都沒有，一生從父、從夫、從子。沉默、順從是她千年來不變的守則，白居易〈太行路〉詩說：「人生莫作婦人身，百年苦樂由他人」，道盡生為女人的大不幸，一生幸福不能自己作主。新時代女性總算在沉睡千年後覺醒過來，爭得一些屬於她們原本應有的權利和自由。她們美麗又自信，不僅可以接受高等教育，在職場也可以和男性公平競爭。在今日高喊男女平等，兩性平權的時代，吟詠〈邶風．泉水〉，對詩中這位渴望回娘家卻不能的衛國婦女，無不感到悽惻。

毖彼泉水，亦流于淇，有懷于衛，靡日不思，孌彼諸姬，聊與之謀。
出宿于泲，飲餞于禰，女子有行，遠父母兄弟，問我諸姑，遂及伯姊。
出宿于干，飲餞于言。載脂載牽，還車言邁，遄臻于衛，不瑕有害。

我思肥泉，茲之永歎，思須與漕，我心悠悠，駕言出遊，以寫我憂。

娘家是一個女人最堅實的後臺，但是在她出嫁後，卻必須斬斷和娘家的任何關係，想回娘家除非被休棄，或者奔喪弔唁父母，而這又是生為女人、女兒最不願發生的事。《戰國策．趙策》〈觸龍說趙太后〉中說，趙太后在女兒出嫁後，每逢祭祀必祝禱女兒不要回來。同屬於〈邶風〉的〈燕燕〉一詩，寫衛國國君送他的妹妹遠嫁他國時，依依不捨，越送越遠，隨著離別時間越久，天天為她泣涕勞心，讀來沁人心脾，可以想見古代婦女遠適異國，不論她自己或娘家人所懸掛的那份悠悠牽繫。

〈泉水〉詩中這位衛國貴族婦女遠嫁他國諸侯，在嚴苛的禮教束縛下，從此不能再回娘家，她每天望著流向衛國娘家的淇水，無限鄉思湧上心頭，於是她只好去找那些陪嫁過來的姪娣訴說，謀畫一下有沒有方法可以回娘家探視，結果不用說，當然誰也拿不出辦法。

她失落的呆坐房中，想著父母親友，不知他們現在還好嗎？家中的景物可有改變？想得出了神，突然間思接千里，腦海中浮現一張清晰的回娘家行程圖：

在泲水濱住房，在禰水濱用餐，我出嫁多年，遠離父母兄弟，這回能回家探視他們，心中真是雀躍欣喜。回家後一定要去拜望姑姑們，還有和堂姊妹們，大家痛快聊聊。

在干城住房，在言城用餐。將車軸塗一層油脂，這樣馬車才跑得快。很快就回到衛國了，一路上平安順利。

她的心情隨著行程起伏，時而哀傷，時而焦急，時而興奮，時而激動，回過神來，眼前又是那條流不盡的淇水。夢中行盡關山千里，差點就到朝歌附近的肥泉，然後就要到須邑、漕邑，娘家近在眼前。然而如此真實的一切，隨著夢醒消失無蹤，怎不教人扼腕啊！

淇水上漂著一艘小舟，一個清瘦的身影，獨立舟中，她又重複著千百回唯一可以做的事——駕船出遊，排遣憂傷。

作者小傳

呂珍玉，桃園縣人，東海大學中文研究所博士，現任東海大學中文系教授，講授詩經、訓詁學、詩選等課程。著有《高本漢詩經注釋研究》、《詩經訓詁研究》、《詩經詳析》等專書。熱愛教學研究工作，不知老之將至，最高興看到學生有傑出表現。

陌上少年如初見

〈衛風．氓〉新編

宋琛

我又一次看見了你。在鞭炮齊鳴中，在前呼後擁中。

你披紅掛綵，騎著高頭大馬，喜氣洋洋，像當年娶我那樣。

她坐在高高的轎輦上，紅妝嬌豔。

在眾賓客的簇擁下，你體貼地將她擁在懷內。羅敷，今日起，你便是我唯一的妻。

這樣的場景，似曾相識呵。

大婚那夜，你也曾說，從此，我與秦桑結髮為夫妻，恩愛兩不移。

蓋頭下的我低頭不語，心裡卻湧動著脈脈的歡喜。

世事這般無奈，幼稚如我，今日終得體會。比如，我和你在一起的十年，比不上她在你身邊的這三年。

又比如，我為你付出的所有青春與自尊，抵不上她一個梨渦淺笑。

如花美眷，敵不過似水流年。

一　總角之宴，言笑晏晏

記得當時年紀小，你愛談天我愛笑。

我的父母是養蠶繅絲的高手，你的父母是織布販賣的商人，兩家你來我往，我們就成了最好的玩伴。捉迷藏，我擔心你找不到我，總是故意露出衣角；吃桑葚，你擔心樹太高我搆不著，總會自告奮勇地摘下來送我。

你信誓旦旦地說：「阿桑，如果有一天妳變成了一棵桑樹，那我願意變成另一棵，一輩子都陪在你身邊。」

我笑了：「人怎麼會變成桑樹呢？」心裡卻偷偷地想著，如果你我真能變成一對雙生的樹，靜靜守望歲月變遷，看滄海桑田，也很好啊。

可終究，我沒有變成你說的那棵樹，你也沒有用一生的時間陪我變老。

十三歲的那年，布匹貿易越來越難做，你們決定舉家遷回復關老家。

那一天，天氣格外晴朗，門前的那棵桑樹在日光的照耀下，葉片閃閃發亮。我默默地依偎著桑樹，手心裡緊緊地捏著一顆熟透了的桑葚，黏稠的汁液順著指縫流下，染紅了我的手，也淋濕了我的心。我和桑樹就這麼靜默著，直到你們全家乘著馬車的背影在視線中消失。

心從此被狠狠地抽空一塊。有些事情，有些感情，從此之後，再也不能回頭。

二　以爾車來，以我賄遷

在以後的日子裡，很久很久，我都這樣想，如果此後你在我的生命中不再出現，那麼，時間總會讓我慢慢的淡忘你，最終成為胸口的那顆朱砂痣，想起來，微微的疼，淡淡的甜。

這樣的結局，我想，總要好過今日你我的慘烈。

可是命運總是愛和你我開玩笑。

再一次遇見你，天氣還是那麼晴朗，陽光下的桑葉招搖著，綠色流成了一條河。

你拿著嶄新的布匹站在我家門口，有點羞澀，還有點狡黠。漸漸的，你眼中的陌生變成了驚喜：「阿桑，還記得我嗎？」聲音猶如秋風劃過落葉，只聽一遍就讓我想起了你。

剎那間這些年來深深壓抑的思念排山倒海地湧來。我們就這樣對視著，千言萬語哽在喉。

這一刻，我暗暗發誓，此生，定要和你一起。

那時的執迷不悔，到如今，只剩下可憐可笑。

十八歲的那年秋天，我帶著初為人婦的歡喜和羞澀，帶著十里紅妝，成了你的新嫁娘。

那年秋天啊，季節來的特別晚，桑葉依舊那麼綠，天氣依舊那麼暖。許是太緊張了罷！給客人敬酒的時候，我的手在微微地顫抖。這時，隔著衣袖，我感覺到有雙溫暖的大手輕輕地握住了我的手腕，似乎是說，放心，有我。

心裡突然就莫名地滿足起來。

如清晨的露水滴在柔弱的花瓣上一般——那一刻起，在你的面前，我變得渺小而卑微，哪怕是你的一個眼神或一句安慰，都能讓我歡喜地輕輕顫抖。

三　桑之落矣，其黃而隕

婚後的日子，雖清貧，卻琴瑟和諧。

在曦微的清晨，聽著公雞的報曉，你為我挽起髮髻，我們開始了一天的忙碌；在日落的黃昏，點上一盞微弱的燭火，我坐在燈下為你縫長褂布衣，我們開始了一天的休息。

你總是寵溺地看著我笑，那樣溫柔地對我說，阿桑，娶妳，是我一輩子的福氣。

那時，我總是滿足的喟歎，無論生活如何飄搖，只要待兩鬢添霜的時候，仍有你陪在我的身邊，那麼，也算是我們的凡俗逍遙了吧。

可是一切都結束得太快。我們的感情，就如同冬季裡漸漸短促的日光，越走越快，直至消亡。

你開始夜不歸宿，你的身上散發著悠悠的綺羅香。

頃刻間，我就明白了。

天下男子皆薄情，再恩愛的夫妻也難逃宿命。名氣大了，財富多了，自然呼朋引伴四處交友，萬花叢中過，眠花宿柳難免會成為尋常日子裡的尋常事。而我，那個你眼中曾經的唯一，如今，也慢慢淡忘成背景。想起來，那麼平淡，那麼乏味。

君情與妾意，各自東西流。

我的愛是你沉重的行李，絆住你追逐新夢的決心。

那天，你一臉冰冷地對我說：「秦桑，走吧。」站在窗邊，我們親手種的桑樹已經長大，在春風的吹拂下，綠葉翻起了層層波濤，沒有煩惱和憂愁。

忽然覺得造化弄人。在我以為你已經走遠的時候，一轉身，你卻在原地，一如初見時；當我以為你會陪我一輩子的時候，你卻離開了。

淇水湯湯，與君長訣。

我離開你的那一日，瀲灩的春光，似我親手織成的一卷精工曼麗的錦緞，在刺繡泛出的光彩中，鋪開了漫天的豔陽萬里，讓人驚異地幾乎無法睜開眼。

我靜靜的閉上眼睛，似乎回到了那些青梅竹馬的年月。年少稚嫩的你從陌上緩緩走過，溫柔如水的模樣，曾經讓我那樣心動。

總角之宴，言笑晏晏，陌上少年如初見。

作者小傳

宋琛，東海大學中文系三年級交換生，喜讀《詩經》、《飲水詞》等。此篇〈氓〉，從古代棄婦口吻寫起，意圖表現一個被拋棄後決絕、堅強，毫不自傷自憐的女性形象，以示現代女子失戀後無需自暴自棄，生活仍要繼續，明天依然美好。

多子多孫多福氣

常惠

不同於西方人重視個人的尊嚴和價值，中國人傳統觀念中比較重視集體，如果一個家族中人丁興旺，大家便會投以羨慕的眼光，如果一對夫妻沒有小孩子，那他們一定在眾人面前抬不起頭做人了。在古代人眼裡，多子便是多福，子孫眾多是件值得驕傲的事情。《詩經》時代的人們是不是也抱著這種觀念呢？來看下面這兩首詩。

〈周南．螽斯〉

螽斯，羽詵詵兮。宜爾子孫，振振兮。
螽斯，羽薨薨兮。宜爾子孫，繩繩兮。
螽斯，羽揖揖兮。宜爾子孫，蟄蟄兮。

這首詩以螽斯為比，前二句是描述螽斯齊飛翅膀是那樣的多，「揖揖」、「薨薨」、「詵詵」都是眾多、不絕的意思，三、四句是頌揚螽斯的家族興旺，整首詩借蟲喻人。大家一定會很好奇螽斯是什麼動物？打開課本，原來螽斯是一種蝗蟲，雖然用蝗蟲這種破壞莊稼的昆蟲形容人有點奇怪，但是蝗蟲有一個特點，牠多子、繁殖能力很強，聰明的古代人便拿來祝福別人多子多孫，既形象又生動。

〈唐風．椒聊〉同樣也是讚揚子孫眾多的詩歌。

椒聊之實，蕃衍盈升。彼其之子，碩大無朋。椒聊且，遠條且。
椒聊之實，蕃衍盈匊。彼其之子，碩大且篤。椒聊且，遠條且。

聞一多《風詩類鈔》：「椒聊喻多子，欣婦人之宜子也」。把這首詩翻譯成白話意思是，花椒的果實，那樣繁多，裝滿了一升又一升，那個貴族的兒子，像花椒一樣，碩大的無人可比；花椒的果實，真是多啊，用手捧都捧不完，那個貴族的兒子，像花椒一樣，不僅碩大無人可比，而且性情醇厚。這首詩兩章表達相同的意思，反覆致意，加強祝福的濃度。吳闓生《詩義會通》這樣講道：「末兩句詠歎淫溢，含意無窮。憂深遠慮之旨，一於弦外寄之。三代之高文大率如此」。末兩句

「椒聊且，遠條且」（椒聊啊！你的枝條遠揚），與第一句「椒聊之實」相對應，首句讚揚椒聊的籽，末句讚揚椒聊的枝條，表面上讚頌椒聊，實際上讚頌子孫眾多的貴族，給人一種回味無窮、韻味不盡的感覺。

為什麼這首詩用花椒比喻子孫多呢？原來，花椒多籽，諧音多子。古代人贈送新婚夫婦石榴，石榴的籽很多，也有祝福多子多孫、生生不息之意。漢朝時，在皇后所居住的宮殿，用花椒之類的香料塗抹牆壁之上，同樣也是祈求繁衍多子的用意。白居易〈長恨歌〉：「西宮南內多秋草，落葉滿階紅不掃。梨園子弟白髮新，椒房阿監青娥老。」便把后妃居住的地方稱為「椒房」，表示了人們對后妃的期望，希望她多多生育小孩子，使得家族盛大。

以上兩首都是讚揚家族興旺的詩歌，再聯想中國人集體生活的場景，不難想像在《詩經》時代祝福人子孫眾多是很流行的吉祥話，一個人口龐大的家族在社會上很多地位，很多人便紛紛向家族中的大家長祝賀，討得他歡心。對於生活在農業社會的人來說，多一個小孩子就意味著多了一分勞動力，便能收穫更多的糧食，從現實生活的角度考量，也不難理解為什麼多子多孫是一種風尚了。

〈周南．麟之趾〉不僅讚揚子孫眾多，而且讚揚子孫很優秀。

麟之趾，振振公子，于嗟麟兮。
麟之定，振振公姓，于嗟麟兮。
麟之角，振振公族，于嗟麟兮。

姚際恒《詩經通論》：「〈麟之趾〉，蓋麟為神獸，世不常出，王之子孫亦各非常人，所以興比而嘆美之耳。」「趾、定、角由下而及上；子、姓、族由近而及遠，此則詩之章法也。」麟即麒麟，是傳說中的祥獸，「振振」即眾多的意思，貴族的子孫不僅多，而且異於常人，不能再用螽斯和椒聊這兩種常見的東西來形容了，於是便用祥獸麒麟讚揚貴族的子孫與旁人不同。

我們生活的時代距離《詩經》時代很遙遠，多子多孫的觀念不是那麼受歡迎，但是一些老人看到子孫滿堂依舊很高興。就像我的奶奶，她今年七十二歲，她常常對人炫耀說：「我有七個孫子」，每當她這樣對別人說的時候，總是很高興、很驕傲，她也常說：「人多了好」，以前不明白為什麼她老是這樣說，現在明白了，原來跟《詩經》時代的人一樣，她也認為子孫多是件好事，兄弟姊妹不僅可以互相幫助，家族也更加龐大。

作者小傳

常惠，東海大學中文系交換生，家在秦都咸陽，渭水之畔，常遙想古人，感慨古今變化之大。性情率真，不喜束縛，好讀書，徜徉學海之時，內心繁雜歸於平靜，幸尋得此種愛好，使單調生活充實多彩。

簡單中的幸福

陳珮瑜

在二人世界中，什麼是最重要的呢？

當然是二人相處和諧、就算沒有金銀財富，彼此都以對方為自己生活中不可或缺的一半最重要。

那幸福是什麼呢？

有人覺得要有汽車洋房金銀遍屋才會幸福，有人覺得要吃牛奶麵包睡席夢思才是幸福，也有人覺得吃窩窩頭喝麵湯啃鹹菜睡土炕才幸福，各有各的追求，全都無可非議。可是，把汽車洋房和窩窩頭土炕放在一起，難以產生和諧，很難說會幸福吧！我認為，簡單平凡的愛情才是真正的幸福。

曾經，有人和法國名將戴高樂一起在公園散步，看到一對熱戀中的年輕情侶，卿卿我我，濃濃愛意。他用充滿羡慕的口吻說：「還有什麼比戀愛中的青年男女更幸福的？」戴高樂緩緩的說：「有，牽手的老年夫婦。」

有人說，婚姻是愛情的墳墓，也有人認為柴米油鹽醬醋茶才是真正的愛情殺手，不過從〈女曰雞鳴〉裡頭，看到了另外一個典範。非關鮮花，也沒有花前月下，就只是平凡人的謀生和愛情。我認為，這樣的愛情才值得羨慕。

而在《詩經》中，頗多描寫夫妻之情的篇幅，不過〈女曰雞鳴〉這篇倒是雋永的表現出淡然，卻極其相愛的的情感。〈女曰雞鳴〉是〈鄭風〉中唯一一篇描寫夫妻生活的情歌。詩句以平淡的描繪，述寫夫妻間像條終年不枯的溪泉似的情感，每日平淡的過著生活，反而有著一種攜手偕老的情懷，穩穩的向著將來流著。題材也很別致的，由兩個人的對話來表現，打破詩詞通常是個人抒情的慣例，經過精簡的對話，就能夠了解兩人的關係、丈夫的職業、時間、以及愛情，並展示了三個情意融融的特寫鏡頭。

女曰雞鳴，士曰昧旦。子興視夜，明星有爛。將翱將翔，弋鳧與雁。

第一個鏡頭：雞鳴晨催。起先，妻子的晨催，令丈夫有點兒不悅。公雞初鳴，勤勉的妻子便起床準備開始一天的勞作，並告訴丈夫雞已鳴叫。「女曰雞鳴」，妻子催得委婉，委婉的言辭含蘊不少愛憐之意；「士曰昧旦」，丈夫回得直白，直截的口吻顯露出有些不快。他似乎還很想睡，怕妻子連聲再催，便辯解地補充說道：「不信你推窗看看天上，滿天明星還閃著亮光。」妻子是執拗的，她想到丈夫是家庭生活的支柱，便提高嗓音提醒丈夫擔負的生活職責：「宿巢的鳥雀將要滿天飛翔了，整理好你的弓箭該去蘆葦蕩了。」口氣是堅決的，話語卻仍是柔順的。由兩個人往復對答，也使第一個鏡頭更富情趣。

弋言加之，與子宜之。宜言飲酒，與子偕老。琴瑟在御，莫不靜好。

第二個鏡頭：女子祈願。妻子對丈夫的反應是滿意的，而當他整好裝束，迎著晨光出門打獵時，她反而對自己的性急產生了愧疚，便半是致歉半是慰解，面對丈夫發出了一連串的祈願：一願丈夫打獵箭箭能射中野鴨大雁；二願日常生活天天能有美酒好菜；三願妻主內來夫主外，家庭和睦，白首永相愛。丈夫能有如此勤勉賢慧、體貼溫情的妻子，怎能不充滿幸福感和滿足感？因此，下面緊接著出現一個激情熱烈的贈佩表愛的場面，就在情理之中而不得不然的了。「琴瑟在御，莫不靜好」恰似女的彈琴，男的鼓瑟，夫婦和美諧調，生活多麼美好。呈現出丈夫對妻子撒嬌的詼諧情景，家庭的幸福感，在尋常夫妻互動中顯露無遺。而男人對妻子的體貼與感戴，可為古今愛情之典範。

知子之來之，雜佩以贈之。知子之順之，雜佩以問之。知子之好之，雜佩以報之。

第三個鏡頭：男子贈佩。丈夫這一贈佩表愛的熱烈舉動，既出於詩人的藝術想像，也是詩歌情境的邏輯必然。深深感到妻子對自己的「來之」、「順之」與「好之」，便解下雜佩「贈之」、「問之」與「報之」。一唱之不足而三歎之，易詞申意而長言之。在急管繁弦之中洋溢著恩酣愛暢之情。至此，這幕情意融融的生活小劇也達到了藝術的高潮。末章六句構成三組疊句，每組疊句易詞而申意，把這位獵手對妻子粗獷熱烈的感情表現得淋漓酣暢。這段親暱的對話，這份平凡的禮物，讓這對夫妻在這美好的早晨，成為天下最幸福的人。我認為，愛情沒有大悲大喜作高貴，只在平平淡淡之中，快樂地製造小浪漫，而彼此的心就那樣輕易地沉醉在飲食男女的愛情裡。因此，在這首膩戀被窩、纏綿悱惻的情詩裡，形象地描繪出一對靠打獵為生的男女歡寢方濃的甜蜜與恩愛，親切別致，神情畢現。

此詩是首極富情趣的對話體詩，對話由短而長，節奏由慢而快，情感由平靜而熱烈，人物個性也由隱約而鮮明。統觀全篇，實是讚美青年夫婦和睦的生活、誠篤的感情和美好的人生心願的詩作。

而我反覆地問自己，心中最憧憬的愛情是什麼模樣？後來發現，每個人心裡都有個空缺，愛情就是找到可以把那個空缺補上的人，純粹的愛情就是平凡且簡單的陪伴。讀〈女曰雞鳴〉有很深的感觸，無關乎職業，無關乎金錢，只是彼此體貼的心，愛情照樣可以完美無瑕。

作者小傳

陳珮瑜，現就讀東海大學中文系兼修教育學程。喜歡美的事物，擁有對文字的熱情與堅持，不管是繞多少路，作多少調整，仍未忘卻自己的初衷，朝向夢想前行。

美好的婚姻

陳宥蓉

婚姻問題，不管在古代或現代，都是相當被重視的事情，像一部《詩經》就寫了不知多少篇關於家庭婚姻的詩句，因為不管怎樣，家都是一個社會的最基本單位，家家和睦，才能創造一個好的社會，才有能力抵抗天災人禍，所以家要安定和諧，首先夫妻之間的關係維繫是最重要的，正是如此，才衍生出許多讚美愛情婚姻的詩。其中最有名的〈周南・桃夭〉：

桃之夭夭，灼灼其華。之子于歸，宜其室家。
桃之夭夭，有蕡其實。之子于歸，宜其家室。
桃之夭夭，其葉蓁蓁。之子于歸，宜其家人。

「桃之夭夭，灼灼其華」一句就給讀者帶來春天氣氛的美好景色，象徵年輕男女大好的嫁娶時刻，並烘托新娘美麗的青春氣息，接著用果實累累碩大象徵會多子多孫，桃葉茂密象徵新娘于歸後家族興隆昌盛，全詩洋溢一般家庭嫁娶時歡樂熱情的氣氛。

一首簡單樸實的詩，唱出了女子出嫁時對婚姻生活的希望和憧憬。歌中沒有濃厚的色彩渲染，沒有誇張的比喻，整首詩平平淡淡平鋪直敘，魅力就在這裡。它符合一個最原始基本的道理：簡單的就是好的。

就算沒讀過《詩經》的人，一般也都知道這首名詩，詩中塑造的形象頗為生動，例如鮮豔的桃花比喻少女的美麗，眼前彷彿歷歷在目，浮現出像桃樹一樣充滿青春氣息的少女形象，一種喜氣洋洋的氣氛，充滿在字裡行間。

這種情緒反映了人民群眾對生活的熱愛，對幸福、和諧美好家庭的追求。同時也反映了一種正確健康的思想，就是一個姑娘，除了有貌美如花的外表，還需要有宜室宜家的內在本事。這首詩讚頌新婚，但不像一般結婚的詩浮誇地炫耀雙方家財萬貫，而是一再強調「宜其家人」，要使家庭和諧美好。

現代的婚姻問題雖然比古代複雜更多，但其實出發點是一樣的。婚姻不像愛情那麼自在，家庭需要由多種因素構成，感情、兒女、事業，缺一不可。而婚姻是家庭形成的內在因素，所以婚姻與家庭是緊緊聯繫在一起的。想要婚姻美滿幸福，首先夫妻間的關係要處理得當，彼此懂得包容與體諒。再來是處理好與對方親人之間的關係，婆媳問題從古到今都是一個滿大的癥結，這些都需要雙方的共同努力。第三，不是說非要找有錢人家嫁娶，但一定的經濟基礎很是重要，事業成功了，婚姻生活自然就更進一步；事業失敗，很難有順利的婚姻生活。

不過總歸一句，雙方都開心，雙方都因為能與對方在一起而幸福，彼此扮演好自己的角色，做好份內的事，相信對方，樂觀看向未來，我覺得這就是最美好的婚姻家庭了。

作者小傳

陳宥蓉，現就讀東海大學中國文學系三年級，是一位時而人來瘋，時而又沉默寡言的人，喜怒哀樂變化極大，旁人常摸不著頭緒，其實只是單純習慣把情緒顯露出來而已。

不被祝福的幸福

廖偉翔

在現代社會裡，婚姻自主已經成為主流，由父母指腹為婚和聽從媒妁之言而婚的新人們，已經寥寥無幾。但現今，即使婚姻自主，仍有許多的婚姻，是不被家人、朋友、社會所接受和認同的。雖然不是說，沒有了家人、朋友的祝福和支持，這段婚姻、戀情就一定不會幸福，但這些「不被祝福的幸福」也因此沒有了完整的祝福，可能也在這條通往幸福國度的道路上，感到比較艱辛、不順遂，而就因為如此，這些戀人們，更要牽緊彼此，勇往直前，堅持自己的幸福道路，心中存有希望和信念，相信有一天，可能得到那完整的祝福。就像歌手楊丞琳所唱的一首歌「不被祝福的幸福」。

作詞：姚若龍／作曲：張簡君偉

你懂我的酸我懂你的難

我們有的絕不只浪漫
愛不是展覽何必給誰看
隨別人說長道短

我願意不懷疑不哭泣不畏懼不逃避尖酸的耳語
去甜蜜去開心去釋放了不被祝福的委屈
把敵意把打擊把像咒語的話用幸福忘記
那麼地親密那麼地確定在你懷裡不會被雨淋

要真愛要過癮要掌管命運
就勇敢就抱緊就相信自己
一往情深地決定

不懷疑不哭泣不畏懼不逃避尖酸的耳語
去甜蜜去開心去釋放了不被祝福的委屈
把敵意把打擊把像咒語的話用幸福忘記

那麼地親密那麼地確定在你懷裡不會被雨淋

而這首流行歌曲，可以和〈鄘風．柏舟〉相呼應：

汎彼柏舟，在彼中河。髧彼兩髦，實維我儀。之死矢靡它。母也天只！不諒人只！

汎彼柏舟，在彼河側。髧彼兩髦，實維我特。之死矢靡慝。母也天只！不諒人只！

這首詩是描寫一位女子，勇敢反抗父母之命，堅持所愛，大膽的打破傳統，挑戰舊禮教的威權，爭取婚姻自主。詩中寫到，這位女子發誓心中絕無他人，而對方心裡也只有自己，就像歌詞中所講的「要真愛、要過癮、要掌管命運，就勇敢、就抱緊、就相信自己，一往情深地決定」。之後更發出感嘆說，為什麼母親就是不相信我呢？但她並沒有遇到困難就放棄，她堅持自己的眼光，捍衛自己的幸福，她要用「不懷疑、不哭泣、不畏懼、不逃避尖酸的耳語」的勇氣和用甜蜜、開心的心情，去釋放了不被祝福的委屈，因為她相信只有自己選擇的幸福，才能擁有最幸福的愛情，在愛人的懷裡，不會被雨淋。

婚姻不自主的問題和捍衛自己婚姻權利，這些問題，現今也慢慢被重視，而最近吵得沸沸揚揚的多元成家以及同性婚姻合法議題，似乎也可以和這首詩和歌曲相呼應。可以跳脫一般觀點來看這首詩和歌曲，不一定女子所說的愛人一定是男生；而歌詞中所寫的，躺在男生懷裡的，也不一定是女生，雖然現在的社會已經比以往較為開放了，接受度也較高，但同性戀仍無法讓每個人都能接受，但難道他們就沒有所謂的婚姻自主權，他們沒有權力選擇自己所愛嗎？如今，這個社會已經是一個多元的社會，許多複雜、不同的問題漸漸浮上檯面，該如何解決真的是社會上的每一位成員，需要好好的思考解決。而在古老《詩經》中的問題，依然延續到今天，《詩經》依舊深深地和我們現今的生活有所結合。

作者小傳

廖偉翔，高雄人，就讀於東海大學中文系三年級。平時喜歡閱讀小說，也常閉上眼睛、戴上耳機，享受音樂的魔力，喜歡細細品嚐歌詞中所欲傳達的情感，且被其感動，也喜愛欣賞一些小品愛情和青春校園電影，常融入劇情中，不可自拔。

公與私的兩難

巫筱鈺

〈鄘風．載馳〉

載馳載驅，歸唁衛侯。驅馬悠悠，言至于漕。大夫跋涉，我心則憂。既不我嘉，不能旋反。視爾不臧，我思不遠。既不我嘉，不能旋濟。視爾不臧，我思不閟。

陟彼阿丘，言采其蝱。女子善懷，亦各有行。許人尤之，眾穉且狂。我行其野，芃芃其麥。控于大邦，誰因誰極？大夫君子，無我有尤。百爾所思，不如我所之。

故事中可以清楚明白許穆夫人為了抵抗禮教的束縛，而不惜和許國的大夫們對抗，甚至一窺她內心的掙扎與苦痛。然而，身為一國之后的她該以身作則，遵循禮教嗎？儘管她的娘家衛國受到北狄的進犯，然而她亦是許國萬人之上的王后，她能有私人情緒嗎？

每個人或許曾有過這樣的心理經驗：「馬兒快跑吧，摯愛的親人等著我啊！」不僅寫出心裡的焦急，也表述了對家人的重視和眷念，「到底家裡情況如何呢？為何會發生這樣的事？我可以為家裡做些什麼呢？」在得知消息後，心中難抑的激動和無邊無際的恐懼，只待親自確認事實後才能平復！不然，心中的不安只會隨著時間的流逝而更加憂心，直到把整個人吞沒！

亦是凡人的許穆夫人，為何私人情感不被尊重呢？只因古代社會的禮教不允許婦女跨境任意回國；由大夫們一味強烈阻攔許穆夫人，可窺見女性地位的低下。如果今日是男性要出入國境或許並無疑慮。在那樣禮教嚴格的時代，許穆夫人仍能有此作為，其愛國精神的可貴顯露無遺。她不顧夫君國家的大夫勸戒，隻身匆忙返鄉；即使大夫阻止，仍無法撼動她堅定的意志。

對她而言，如果未能返鄉弔唁親人是一輩子的遺憾——一國之母的形象並不在她的思量範圍內；然而，大夫們在意國家的形象是再自然不過的事。許穆夫人貴為一國之母，她是否該為自己的本分有所交代呢？究竟事先或事後有無和大夫們溝通，故事中並未詳細交代。

大夫們勸阻的理由和通權達變的許穆夫人雙方形成立場的角力。因為立場的不同，難以評判誰對誰錯；雖然私情可諒，但全然拋下職責與形象出境，是對的嗎？大夫們的顧慮合乎他們的職分，然而，完全不考慮情況而一味公事公辦，合理嗎？此首小詩可謂成功點出人類身處公私領域兩難的局面，許穆夫人和大夫們各自堅守自己的立場，誰也不讓步。然而，就當時的社會風氣而言，即使許穆夫人願意溝通，大夫們也未必會打破禮教。所以，致使許穆夫人受到極大阻力，到了必須「忘憂」的地步，可見鬱結之深。然而，反面思忖：「何止許穆夫人會痛苦，未能阻止夫人出國的大夫們肯定亦同！」感受都是相對的，沒有哪一方是加害者或受害者。只是因為沒有共識而一同受苦罷了。

傳統社會對女性的律法之繁複，究竟是對弱勢族群的保護還是種侷限？在今日保守的回教國家中，女性的人權之低落已是種常態，甚至晚上出門或單獨和陌生男子走在一塊，都會受到嚴懲！不需要律法約束，親屬極有可能以敗壞門風為由，私下處死！這樣的新聞至今屢見不鮮！然而，就以群體運作為基礎、壓抑個人情感的傳統農業社會而言，此詩破格地著重個人情感的釋放、譴責封建制度下對婦女的壓迫，實屬難得。尤其，以婦女為主要視角，正視女性的思考和行為，別有一番新氣象。

作者小傳

巫筱鈺，現就讀東海大學中文系四年級，偶爾幫忙採訪人物、撰寫新聞稿。平時喜歡散步、唱歌、寫日記、大吃特吃、看連續劇或是什麼都不做。

四　女性自覺

心有猛虎，細嗅薔薇

《詩經》中的女性意識

熊梓彤

愛情，是一個被演繹了無數遍，而後終於成為文學作品中永恆而持久的話題。古今中外，先賢們為我們留下了許多動人的愛情故事，也塑造了燦若星河的女性形象。在愛情裡，她們或以癡情，或以獨立的思想，或以堅持的反抗而發出燦爛動人的光輝。無論是夏洛蒂的長篇小說《簡愛》中那個敢愛敢恨，大膽反抗世俗的簡愛，還是即使心中不捨，仍含淚寫下「聞君有兩意，故來相決絕。」堅持要同負心的司馬相如訣別的卓文君，又或者是誓死不從秦始皇，投海以身殉情的孟姜女，那些動人卻又有幾分淒婉的愛情故事背後，屹立著的，卻是那柔弱卻執著堅強的身影。

自河流泛舟三千年而上，在那個遙遠卻充滿詩情畫意的年代，在那個科學意識根本不知為何物的年代，一群溫柔中透出倔強的女子，也已經早就用她們洋溢的裙襬捍衛著自己的權利，颳起一陣陣柔風。她們中，有不畏世俗流言，為愛義無反顧的女孩，也有不畏強暴，堅決捍衛自己愛情尊嚴的女孩。那一句句吶喊從柔弱的身軀中迸發，撼動著那個時代固有的封建意識。首先看到的是〈鄘風．柏舟〉一詩：

泛彼柏舟，在彼中河。髧彼兩髦，實維我儀。
之死矢靡它。母也天只！不諒人只！
泛彼柏舟，在彼河側。髧彼兩髦，實維我特。
之死矢靡慝。母也天只！不諒人只！

這是一位即使尋覓到了意中人，也得不到家長祝福的女子，她的婚姻得不到自由，她向自己的母親訴說著，卻得不到理解。哪裡有壓迫，哪裡就有反抗。在那個極其封建的年代，她的愛情受到世俗禮教的阻撓，沒有「父母之命，媒妁之言」的愛面臨著十分強大的輿論壓力。但是這愛似乎給了這女子極大的勇氣，就算柔弱又怎樣，她仍要吶喊：「之死矢靡它。母也天只！不諒人只！」她仍心存一絲希望，她渴望得到的只是一份想要的愛情和一個合意的意中人，她發出的控訴直指著那些阻礙婚姻自由的人。不管禮教的束縛是多麼嚴酷，不管外界的壓力是多麼冷漠無情，這個因愛而堅強的少女卻充滿了滿腔的正能量，對自己所認定的愛情和看好的男子一往情深，我想，那個被她深深愛著的男子也一定是無比幸福的，因為他擁有一個敢於同世俗叫板的美好的女子。細細讀來，這短短幾句詩飽含著女子的反抗，卻也透露出一種心酸。在那個「父母之命」包辦婚姻的年代，她的控訴顯得有些蒼白，她怨恨婚姻的不自由，埋怨父母的不開明，她也有對自己愛情充滿波折的辛酸，但她至少吶喊了，她能做到的，也只是吶喊，所以她做了。這便是對封建世俗禮儀最大的抨擊，那個充滿偏見的社會也受到了輕蔑與嘲諷。

再看到〈召南．行露〉一詩：

厭浥行露，豈不夙夜？謂行多露。
誰謂雀無角？何以穿我屋？誰謂女無家？何以速我獄？
雖速我獄，室家不足！
誰謂鼠無牙？何以穿我墉？誰謂女無家？何以速我訟？
雖速我訟，亦不女從！

這首詩中的女子便顯得更加的剛強和執拗了。婚姻本該是愛情的歸宿，是兩個相愛的人感情昇華的結晶，沒有愛情的婚姻顯然是不幸的。這首詩中的逼婚者和那個女子之間，顯然是沒有愛情的，女子對逼婚者進行著堅定的反抗，表現出極其勇敢的不畏強暴的反抗精神。從剛開始的「厭浥行露，豈不夙夜？謂行多露。」十分含蓄地表達了自己對愛情的渴望，只是怕遇人不淑，到「誰謂女無家？何以速我獄？雖速我獄，室家不足！」再到「誰謂女無家？何以速我訟？雖速我訟，亦不女從！」這其中飽含著對權勢的寧死不屈，她努力而頑強地捍衛著人格的尊嚴，樹立了一個堅強女性的典範。我們彷彿可以看到，透過那幽幽的對社會制度的怨恨，一個柔弱卻又堅強的女子努力想要挺直自己的脊背，追求屬於自己的愛情。

從《詩經》中的女子抗婚，訴求平等愛情，到後來祝英台抗婚化蝶而飛，這些就算勢力微小，卻仍然做著勇敢抗爭的女子，為我們樹立了一個個捍衛個人尊嚴的榜樣。也正是因為有了源遠流長的日漸增長的女性意識，我們才能在如今這個看似平等的社會找到那麼一絲的慰藉。她們教會我們，女性也可以追求自己的權利，女性從來也都不該為任何人而活。即使女性生來柔弱，也應該在內心放一頭「老虎」，堅強獨立地追求心中的夢。

作者小傳

熊梓彤，一九九二年生，大陸四川人，現為東海大學中文系交換生。生長在那個滿是貓熊，景色美麗的地方，自幼生性活潑，熱愛攝影，喜歡音樂。任何有關文學的故事，都願意細細聆聽，吸取一二精華。

等待，只爲對的人

熊梓彤

當今社會，大齡剩女越來越多，彷佛「剩」已經成為了一種趨勢，在內地層出不窮的相親節目中，各式各樣的女子都被剩了下來，然後參加節目，碰碰運氣，看能否找到合適的意中人。甚至是大陸的社交網站，也多了許多相親頻道，過了適婚年齡還找不到對象的，就被迫或者自願的把自己的資料放在了網站上，一遇到感覺還不錯的人，就勇敢地表達出自己的感受，大聲開口說愛。其實放眼望去，她們當中的大多數，並不是條件不好，有才華的有，有美貌的也有，也許連她們自己也很困惑，為什麼糊裡糊塗剩下的就是自己了。但其實，那麼長時間的等待，不就是為了那個對的人嗎？讓我們來看看，幾千年以前的古代社會，那個勇敢表達出心中所想所愛的女子的吶喊。

摽有梅，其實七兮！求我庶士，迨其吉兮！

摽有梅，其實三兮！求我庶士，迨其今兮！
摽有梅，頃筐塈兮！求我庶士，迨其謂之！

出自〈國風．召南〉中的這首〈摽有梅〉其實是一首委婉而大膽的求愛詩，表達出了一個到了適婚年齡還未出嫁有些著急的心情，是女子內心深處對情感寄託的欲求。詩歌開頭以「梅」起興，「梅」即「媒」，意在婚嫁，詩歌用梅子成熟的過程比喻女子青春流逝。「摽有梅，其實七兮！求我庶士，迨其吉兮！」梅子已經落了三成，還有七成，此時果實結得正是歡騰啊！那些追求我的眾多男子，趁著良辰吉日趕快來表明心意吧！美好時光錯過便是遺憾啦！詩歌一開始，女子就委婉地表達出了希望男子來追求自己的願望，但是女子心中依舊是孤傲的，所以是「求我庶士」而不是「我求庶士」，一個正當花季年齡的妙齡女子，又怎會缺男子們的追求呢？來到詩歌的第二層，「摽有梅，其實三兮！求我庶士，迨其今兮！」梅子已經落了七成，還剩三成了啊！女子的年齡一天天增加，但對的人依舊沒有出現，此時即使是再自信的女子也會有些擔心了啊！追求我的那些人，就算是今日，我也願意與你成婚。我們似乎都可以想像，詩中那個皺著眉頭的女子，心裡早就難以平靜，她是多麼的期待，可以快些把自己嫁出去。詩歌的最後一層，「摽有梅，頃筐塈兮！求我庶士，迨其謂之！」梅子都快要落光了，女子等待對的人卻還是沒有出現，青春年華就那麼幾年，一天又一天的等待，彷彿沒有盡頭，女子的心中彷彿已有些失望，不禁想說，只要是合適的人，現在也能與他成婚啊！一個本是美好如花的女子，隨著時光的消逝，就連自己求愛的姿態也已放得如此的低，但她等待的那個人，卻終究還是沒有出現，她的心情從最開始的從容相待，到敦促的焦急之情，再到迫不及待，詩歌用三章便形象地寫出了女子急嫁的心情，語言風格質樸而清新，明朗卻也深情。

早在幾千年前的《詩經》，便為我們講述了一個「剩女」急嫁的故事，由此不難看出，《詩經》與我們的社會生活聯繫得有多麼緊密了。青春易逝，年輕女子的美好年華，逝去了便是沒有了，從「花開堪折直須折，莫待無花空折枝。」到「花謝花飛飛滿天」，美好的事物錯過了，便是再也追不回來了，就像平整光滑的女子的皮膚，在歲月的洗禮下，也會變得鬆弛，變出許多褶縐。

這種漫長的等待到底值不值得呢？對任何一個女子來說，也許答案都是不確定的。也許等到最後，你根本等不到你想要的結果，但這漫長光陰中的等待，不也就是為了遇見對的那個人嗎？而我們需要的，就是不斷填滿自己的勇氣，等遇到那個人的時候，大膽表達自己的想法。現在大陸收視率很高的一部電視劇《咱們結婚吧》，劇中的女主角楊桃是一位三十二歲的「大齡」女青年，她漂亮、賢慧、有很好的工作和不錯的家庭，母親不停的催促也讓她很是著急，但是她清楚地明白，著急又有什麼用呢？該來的總是會來。終於，在緣分降臨的那一天，她走出了「剩女」的「光環」，成為了一個幸福而又過得甜蜜的「人妻」，她告訴她的朋友，只要有勇氣，等待，終歸是值得的。

剩女又怎麼樣呢？在這個本來就不算公平的社會，「剩女」這一稱呼本身就是對女性極大的不尊重，誰說女性就一定要適齡而嫁，誰說女性不結婚就得被套上「剩」的名號，我一直相信，只要把自己變得足夠好，耐心地等待著，終究會遇到那個對的人。

作者小傳

熊梓彤，一九九二年生，大陸四川人，現為東海大學中文系交換生。生長在那個滿是貓熊，景色美麗的地方，自幼生性活潑，熱愛攝影，喜歡音樂。任何有關文學的故事，都願意細細聆聽，吸取一二精華。

千年前的紅色高跟鞋

黃瓊慧

高跟鞋，呈現一個女人的完美曲線，她自信地踩過每一條街。

在這個女性意識崛起的時代，無論是在觀念、經濟、生活上，女性多已脫離依附者的角色，反映在婚姻中，亦不再是「女大當嫁」的傳統思維，於是「晚婚」的情況是愈來愈普遍。近幾年偶像劇的女主角，諸如單無雙（敗犬女王）、程又青（我可能不會愛你）、紀安蕾（愛的生存之道），多是事業有成、獨立自主的女性代表，她們毋須憂慮於麵包之上，感情生活卻往往一片空白。也許是因為多數時間都投入在工作中，也許是因為眼光的提高，又也許正因為她們的成功使得男人退避三舍，那些女性被歸於敗犬一族，只能默默細數一個人的孤獨，偶爾發出寂寞的感嘆，雖然是電視螢幕裡的劇情，卻也誠實地呈現了現代社會中的現象。

而《詩經》中早已有〈召南．摽有梅〉一首道出剩女的心聲：

摽有梅，其實七兮。求我庶士，迨其吉兮。
摽有梅，其實三兮。求我庶士，迨其今兮。
摽有梅，頃筐塈之。求我庶士，迨其謂之。

詩中以梅子的成熟過程比喻女子青春流逝，從「其實七兮」到「其實三兮」，再到「頃筐塈之」，隨著年齡的增長，女子的憂慮亦層層加深。先說「趁著吉日趕緊來追求」，而後說「趁著今天趕緊來追求」，最後甚至直言「趁著現在趕緊告訴我」，可見剩女的著急與渴望。

另一方面，隨著女性自我的意識抬頭，在婚戀關係中，女子往往不再處於被動姿態，流行歌曲這樣唱著「要討我的愛／好膽你就來／賣放底心內／怨嘆沒人知／思念作風颱／心情三溫暖／其實我攏知／好膽你就來」（張惠妹〈好膽你就來〉），言語中毫不羞怯，直接且明瞭地傳達：如果愛我就來追求我。亦有這樣唱的「**good bye bye bye tonight**／不愛我就掰掰／再重來／火花也不精彩／**good bye bye bye tonight**／不愛我請閃開／不要耍賴／像個小孩」（蕭亞軒〈不愛請閃開〉），自信、直截了當的表明：不愛就走開，甚至直爽地要男人別像個小孩一般耍賴。類似這樣的歌曲在現今屢見不鮮，在在使我們看見女性的自覺，以及思想的進步。女人已不再只能當〈鄭風．遵大路〉中苦苦挽留的弱女子，也無須再作〈鄭風．狡童〉中那被冷落至「不能餐」、「不能息」，思緒任由男子擺佈的角色。

然而，這樣充滿自信、直截了當的女性，在《詩經》中亦不是完全不可見，如〈鄭風．褰裳〉：

子惠思我，褰裳涉溱。子不我思，豈無他人？狂童之狂也且！
子惠思我，褰裳涉洧。子不我思，豈無他士？狂童之狂也且！

詩中的女子，面對情好漸疏的男子，不以哭哭啼啼的方式解決，而是採取主動試探的手法。先是要男子拿出愛的證據，說「你要是想我，就撩起衣服，渡過溱水/洧水來見我」，而後自信地說「你如果不想我，難道就沒有其他人了嗎？」她手中握著籌碼，直截了當地向男子挑戰，最後甚至使用激將法，直爽潑辣地謾罵男子太不識相了。詩中女子以主動出擊的方式，化被動為主動，不同於傳統害羞、被動的「依附者」角色，她肯定自我的價值，在古代情詩中實屬異數。

紅色高跟鞋，更符合直率女人的品味，優雅地走在千年前《詩經》的文字間。

作者小傳

黃瓊慧，雲林人，現就讀東海大學中文系三年級，喜歡做夢、想像，興趣是動手做卡片，以及遊戲於文字之間。

莫讓情雲遮慧眼

韓楊

俗語常說：「癡心女子負心漢」，女子在社會上的弱勢地位和女性在情感上濃重的依賴性，似乎決定了女性生來便缺乏相應的反抗能力與反抗基礎，是一個容易被欺騙與辜負的群體。《詩經》中關於棄婦的篇章也為數眾多，我們看到〈衛風・氓〉中的女子先是受盡恩寵，在轟轟烈烈的愛情中迷失了自我，對愛人有著「不見復關，泣涕漣漣。既見復關，載笑載言」的期盼，卻只在桑葉落盡的婚姻生活中收穫了「女也不爽，士貳其行。士也罔極，二三其德。」的悲劇結局，最終只能兀自歎息「于嗟女兮，無與士耽。士之耽兮，猶可說也；女之耽兮，不可說也」；我們也看到〈邶風・谷風〉中的婦人本渴望「德音莫違，及爾同死」，但夫君卻「宴爾新婚，不我屑以」。這種甜言蜜語之後的背叛給她們所帶來的是漫長的痛苦，除了每天「夙興夜寐，靡有朝矣」的勞作，她們還要經歷「誰謂荼苦，其甘如薺」的精神折磨，肉體與靈魂的雙重摧殘下，其生活之困苦窮迫可想而知。

因此，當情竇未開的女子面對那些熾熱甜蜜的情話時，學會辨別與冷靜是一件非常重要的技能。在託付終身前多予以考察對方的品行，而不是單純地相信那些經過藻飾的華麗詞句，從而練就一雙甄別「人之為言」的火眼金睛，來儘量保護自己不受傷害，正如〈唐風．采苓〉中所言：

采苓采苓，首陽之巔。人之為言，苟亦無信。舍旃舍旃，苟亦無然。人之為言，胡得焉！

采苦采苦，首陽之下。人之為言，苟亦無與。舍旃舍旃，苟亦無然。人之為言，胡得焉！

采葑采葑，首陽之東。人之為言，苟亦無從。舍旃舍旃，苟亦無然。人之為言，胡得焉！

在首陽山巔採甘草嗎？但甘草生於水隰邊，首陽山並沒有甘草啊！對那些不善之人說的讒言與謊話啊！一定不要輕易相信它。把那些謊話放在一邊吧！切莫信以為真。這樣做的話，那些謊話又怎麼能夠得逞呢？

在首陽山腳採苦菜嗎？但苦菜生於野外，首陽山腳並沒有野菜啊！對那些人說的謊言不要輕易許諾啊！把那些謊話束之高閣、不以為然吧，這樣做的話，那些人的壞心思就不會得逞了！

在首陽山東邊採蕪菁嗎？但蕪菁生於園圃中，首陽山東邊並沒有蕪菁啊！對那些迴響耳邊的謊言，一定不要輕易跟從啊！全都置之不理吧，這樣做的話，就不會被謊話和讒言傷害到了啊！

詩歌用疊章複沓的形式，反覆詠唱，並且在三段中分別提出了「無信」、「無與」、「無從」三種在謊言面前應當採取的措施，即：不相信、不允諾、不跟從。儘管各家詩解中對此詩的解釋都是「刺聽讒也」，但讒言之於君王，不正像那些虛假的甜言蜜語之於涉世未深的女子嗎？那些沉浸在甜蜜愛情中的女子們，當愛情來敲門時，是否可以如詩中所說，先三思之後再敞開心門去迎接呢？

在關漢卿所作的元雜劇〈趙盼兒風月救風塵〉中，那位癡情傻女子宋引章就是一個活生生的例子，她聽信了周舍所謂的對她好，只道「我一心則待要嫁他」，對安秀才的好不聞不問。直到婚後被周舍百般刁難與折磨，才追悔莫及。而周舍在趙盼兒的引誘下露出的色鬼面目，也恰恰說明其之前跟宋引章的海誓山盟都是一時的謊話。對於這樣心口不一、朝三暮四的男子所說的情話，便更要加以考量，先不急於相信。而是察其色、觀其動、透過生活的細節來尋找他的誠意，時刻謹記〈采苓〉中的「三無」——無信、無與、無從，莫讓情雲輕易地遮蔽了我們遠望的慧眼。

當然，不止是熱戀中的女子，生活中的我們都少不了對讒言的甄別，〈采苓〉中所講到的辨別讒言之法，除了對處於弱勢群體的女性有著警示作用之外，在應對生活中其他日常瑣事方面都有著借鑑意義。

因此，「莫讓情雲遮慧眼」中，「情」也可以涵蓋到友情或是親情等其他情感。朋友之間，切不可因關係的親密而無防備地聽信友人的不實之言，一定要事必躬親，親自去驗證並判斷其真偽性；親人之間，更不可互相無條件信任，人往往會傷害最親的人，正是因為親人之間的信任通常是無條件的。也正因如此，才更需要擦亮雙眼，撥開浮在謊言表面那層親情的迷霧，不輕易相信和許諾，三思而後行，做一個理智而嚴謹的人。

作者小傳

韓楊，在東海大學中文系三年級作交換生一學期，喜歡讀中國古典文學的各種著作，尤其喜歡宋詞和古典小說《紅樓夢》。讀書寫作之餘，也會在閒暇時一個人外出旅行，走走停停，讓心靈在行走的路上得到最好的放鬆。

婚前恐懼症

〈周南・螽斯〉

顏郁珊

螽斯羽，詵詵兮，宜爾子孫，振振兮。
螽斯羽，薨薨兮，宜爾子孫，繩繩兮。
螽斯羽，揖揖兮，宜爾子孫，蟄蟄兮。

夜間的窗外蟲鳴不已，女子臥倒在床上，握在手中的手機將幽藍色的螢光映上臉龐，面容似鬼。

手指在螢幕上戳了幾下，FB上的照片及顯示動態表明了，再過幾小時便要嫁作人婦，而結婚對象是交往多年的男朋友，想到這裡，她心裡不由得泛起幾分嬌羞。

窗外不知什麼蟲子「唧、唧」鳴聲越來越大，女子想起男友摟著她的肩，在夜晚訴說著他兩人未來的生活——租下的房子、一輛車，每逢晚間在鵝黃燈下的相依相偎，他說：「妳喜歡旅遊，到了假日，我們可以一起出去玩，遊遍全臺灣。」——而這一切，都會從天亮以後開始實現。女子想起幼年時期最喜愛看的灰姑娘，頓時覺得自己比她幸運許多，天亮後迎接她的，是她與丈夫的新生活。想著心裡愈發甜蜜，窗外的蟲鳴竟也像催眠曲一般，搖著女子緩緩入睡。

接著，她做了夢，是那天在婚禮前的派對上發生的事：幾個閨蜜興沖沖的討論要怎麼玩新郎，她也不阻止，只是在一旁微笑，笑容太閃亮了，單身的閨蜜終於忍不住上前扯了她兩把：「叫妳放閃！」她在沙發上躲來躲去：「幹嘛呀！妳自己也去交一個嘛！」閨蜜長得淘氣，一向是不缺乏男人追求的，只是從不見她穩定下來，有幾次她們問閨蜜，她說家裡是鄉下地方，一交男朋友就會被吵著問什麼時候要結婚，煩死了。「結婚不好嗎？」閨蜜正色回說：「我才不要結婚，想到要照顧那種軟綿綿的小動物就雞皮疙瘩掉滿地。」

女子心裡得意，男朋友也不喜歡小孩，因此他們老早前就協議好了，這輩子就別生小孩了，心理無壓力。閨蜜們聽了臉色變得很是詭異：「親愛的，妳知道妳男人上面有四個姊姊嗎？」

嘻嘻鬧鬧的夢分外叫人輕鬆，因此當那個女人——也就是未來的婆婆——闖進屋子時，她體驗到了生平頭一遭被嚇醒的滋味。

望著眼前的女人，女子一時間沒意識到女人不該在這，愣是呆呆傻傻看著她。

「好了，趁那小子不在，我們母女倆先說說話吧！」婆婆——或者該稱呼為媽——一屁股坐在女子床邊，也不管她身上還穿著睡衣，扯開嗓子便一路說下去：「其實我家小的說要跟妳結婚時，我真的挺高興的。妳看妳的長相，額頭飽滿寬闊、人中清晰、屁股又大，一看就是能生……我們家三代單傳，妳可是要肩負重責大任喔！別不好意思了，你們打算生幾個？要我說，最好先生個女的，女孩子聽話，會幫忙照顧弟弟。不過還有我幫妳去找過算命，他說妳跟我兒子今年的面相易生男……不用擔心，媽我還年輕，生幾個我都幫妳帶。對了，附近的嬰兒用品店正在打折，明天有空我們就先去把小寶寶要用的東西買齊吧！反正會用得到……。」

什麼？女子心裡困惑，忍不住打斷女人的話：「那個……我跟他說好了，暫時不打算生小孩。」

「為什麼不生？」女人瞬間皺起眉頭，言語間多了幾分苛責：「為什麼不生，妳知道小嬰兒有多難養活嗎？長大後還可以幫家裡忙。他爸公司那裡也是要小孩子繼承的，當然要多生一點，哪有不生的？」兀自說著，卻又忽然笑了出來：「對了對了，妳在害羞吧！不用在意啦！我本來講話就是這模樣，以後都是一家人了，放開些、放開些……。」

「唧、唧、唧……。」

「妳聽這蟲子叫得多好，我倒想起我家小子剛出生的時候，叫的也是這樣響亮。一聽就知道是個健健康康的胖小子。」

「唧、唧、唧……唧、唧、唧……唧、唧、唧……。」

尖銳的叫喊聲傳來，女子從夢中驚醒，這時候天還沒亮，窗外的蟲鳴聲卻早被屬於人類的喧嘩聲淹沒。閨蜜衝進房間大喊著她的名字：「新娘子，快點起床！今天只有妳不准賴床！」

「等等，我可以不要結婚嗎？」女子突然抓住閨蜜的手，神色驚慌。閨蜜們妳推著我我推著妳，都在問怎麼了？

嗯，應該只是婚前恐懼症吧！

作者小傳

顏郁珊，臺南市人，一九九三年出生。現就讀東海大學中文系三年級。喜歡一切美好事物，諸如貓咪、蘿莉、正太、洋娃娃、戲曲跟五〇年代電影及影星。

妳是一本值得一讀再讀的書

〈召南．摽有梅〉

李昀娜

「妳是一本值得一讀再讀的書」出自於去年高收視率的偶像劇——《我可能不會愛妳》，劇中的女主角是一個三十歲未嫁，有想法、有內涵、具工作能力的人，總給別人一種強勢的感覺，這樣子的人格特質，或許和傳統定義的女性特質大不相同，但卻可說是現代女性的楷模。

現代社會出現了許多新的名詞來定義三十歲以上未交男朋友以及未嫁出去的女生，例如：「剩女」、「敗犬」等詞彙，這些詞彙是站在傳統立場的角度來定義女生的，傳統觀念認為，女生就應該溫柔、被動、以家庭為重，而且要盡早結婚生子，才是正確的；然而，現在已經是二十一世紀，這樣的觀念，早就不應該死板的存在於大家的心中。「妳是一本值得一讀再讀的書」這句台詞藉由高收視率的偶像劇來宣告，以前那些對女性傳統的定義已經是過去式了。

《詩經》國風中的〈召南・摽有梅〉：

摽有梅，其實七兮。求我庶士，迨其吉兮。

摽有梅，其實三兮。求我庶士，迨其今兮。

摽有梅，頃筐塈之。求我庶士，迨其謂之。

就寫出過去傳統時期過了適婚年齡的女性尚未出嫁的呼聲，從第一章要男方等待良辰吉日再過來，寫到第二章趁著今日良辰就可以前來，再寫到第三章男方沒有任何準備也無所謂，只要趕緊前來求婚就好，一層層的寫出女子心中尚未出嫁的急迫感，可以知道過去「出嫁」一事對女生是何等重要，是關乎於女生的一生幸福，甚至是家族面子的大事。「遲婚」在過去的觀念中，似乎是件令人緊張，需要迫切解決的事。

然而，從現今多元開放的社會價值觀來看，遲婚哪稱得上是一件大事呢？現代社會教育普及，無論男生女生都是平等的，所受到的教育也是相同的，那麼，傳統觀念男性成為社會上的領導者再也不是絕對的了。現在，女性從小就可以自由的追求知識，當作未來競爭的本錢，也能在社會上嶄露頭角，慢慢的累積自己的金錢，靠著自己的能力努力生活，有了這樣獨立生活的能力，哪還需要依循著傳統的步伐，盡早走入家庭呢？

現實生活中，有許多社會新女性認為一個人生活也能過得很幸福快樂，所以，雖然到了所謂的適婚年齡，但還未遇到心中理想的另一半，那麼，寧缺勿濫，慢慢地等待也是值得的，只要心靈、腦袋夠充實，讓自己成為一本有內容、值得一再閱讀的書籍，如歌手蔡琴的〈讀妳〉歌詞中的「讀妳千遍也不厭倦」，那麼，就算身邊沒有另一半，又有什麼關係呢？何必在乎社會世俗的「剩女」、「敗犬」等詞彙？

因此，時代的女性們，好好的充實自我的心靈內涵，活出自己的價值，使自己成為一部經典的「一本值得一讀再讀的書」吧！

作者小傳

李昀娜，就讀東海大學中文系三年級，平時喜歡聽音樂、唱歌放鬆心情，也喜歡戶外運動。

拋開情感
女人當自強

江怡君

《詩經》的背景大約是在西周到春秋中期，中國古代女性，總是給後人悲情棄婦或受封建桎梏之形象，不過到了現代，女子個性堅強獨立，已是見怪不怪的現象，這種改變並不是後來慢慢出現，而是在《詩經》中早有蹤跡的。〈召南．行露〉裡的女子形象就是最好的代表。

厭浥行露。豈不夙夜，謂行多露。
誰謂雀無角，何以穿我屋？誰謂女無家，何以速我獄？雖速我獄，室家不足！
誰謂鼠無牙，何以穿我墉？誰謂女無家，何以速我訟？雖速我訟，亦不女從！

這是一首打官司的詩，男方不合理強娶女方，女子也不甘示弱在法庭上反擊，不畏懼強權，也不害怕訴訟之煩。詩以第一人稱的口吻敘述，並表現出堅強的性格，從現代的角度來看，女子的勇氣十分值得嘉許與肯定，她為後代女子樹立了極好的楷模。

在《詩經》裡許多主角都是無名氏的平民，也是當時社會普遍情形的代表，然而也有不少提到歷史上知名的人物，第一位被記載於《列女傳》中的詩人許穆夫人，從結婚前便顯現出自己的堅持，可惜古代女子婚姻無自主性，她依舊無法嫁給心中理想的對象。婚後，娘家衛國遇上強敵進攻，岌岌可危，於是許穆夫人聯合齊桓公，在他的幫助下解救了祖國。

載馳載驅，歸唁衛侯。驅馬悠悠，言至于漕。大夫跋涉，我心則憂。

既不我嘉，不能旋反。視爾不臧，我思不遠。既不我嘉，不能旋濟。視爾不臧，我思不閟。

陟彼阿丘，言采其蝱。女子善懷，亦各有行。許人尤之，眾穉且狂。

我行其野，芃芃其麥。控于大邦，誰因誰極？大夫君子，無我有尤。百爾所思，不如我所之。

在〈鄘風・載馳〉這首詩裡，詩人代替許穆夫人發言，說出她心裡的話，齊桓公是許穆夫人本來要結婚的對象，婚後為了家國存亡，只能尋求齊國的幫助，雖然最後事情成功落幕，然而當時她心裡夾雜著的，除了對故國的擔憂之外，還有面對齊桓公的尷尬與緊張，以及守舊大夫對她的指指點點，但是正因為這些背景因素，更凸顯出她的果斷謀略、顧全大局的抗爭，雖然心中勢必經過幾番掙扎與矛盾，然許穆夫人最後那載馳載驅的形象，勇敢而堅定，實深入我們心中。

只要讀過《詩經》便能發現這是一本充滿愛的典籍，不管是男追女、女追男，還是男女相悅，都收錄得非常豐富。自古以來，封建社會下，棄婦真是多到極其悲哀之地步，《詩經》中有關棄婦之詩也不少，然而〈邶風・谷風〉中的棄婦形象，讓我覺得印象深刻。

> 習習谷風，以陰以雨。黽勉同心，不宜有怒。采葑采菲，無以下體？德音莫違，及爾同死。
>
> 行道遲遲，中心有違。不遠伊邇，薄送我畿。誰謂荼苦？其甘如薺。宴爾新昏，如兄如弟。

涇以渭濁，湜湜其沚。宴爾新昏，不我屑以。毋逝我梁，毋發我笱。我躬不閱，遑恤我後。

就其深矣，方之舟之。就其淺矣，泳之游之。何有何亡？黽勉求之。凡民有喪，匍匐救之。

不我能慉，反以我為讎。既阻我德，賈用不售。昔育恐育鞫，及爾顛覆。既生既育，比予于毒。

我有旨蓄，亦以御冬。宴爾新昏，以我御窮。有洸有潰，既詒我肄。不念昔者，伊余來塈。

棄婦怨恨丈夫的喜新厭舊，字字句句中，更是充滿對新人的怨惡，並且在在強調自己的賢德賢淑，傾訴失去丈夫的愁悵，雖然詩中還是可以讀出她對家庭的眷戀，以及這段感情結束所帶來的痛苦，然而還是強烈地展現出，她那種內心雖痛苦，依舊認清前夫不顧情義的事實。杜甫〈佳人〉中「但見新人笑，哪聞舊人哭」一句，若從字面上來看，是怨她的丈夫只見到新人的光彩，卻忽略舊人的哀痛，〈谷風〉這篇反而從棄婦角度出發，將舊人的淒涼苦楚，化為勇敢意志，展現女性不同的堅強樣貌。

若我們將時空轉移到現代，最能夠表現市井愛情的莫過於流行音樂了。從電視劇《還珠格格》中的配樂「我不能和你分手」這般柔情的傾訴，到創作女歌手陳綺貞〈旅行的意義〉，隱晦地唱出對前男友離開的心酸，再到情歌小天后梁文音的〈分手後不要做朋友〉，淡然而釋懷地表現出分手後的堅強，呈現出女性在面對愛情時，變得更加勇敢而果決，可以是敢與無禮之徒打官司，並捍衛自身權利的未婚女子；也可以是位於高位，善用權力解救家國存亡的許穆夫人；更可以是即便離了婚，卻因此認清前夫真面目，整理好情感，勇敢往前走的棄婦。

《詩經》中這麼多女子形象，都展現出不管時代如何限制，現實如何拘束，女人當自強，哪怕是在遠古以前的周朝，女子還是都閃爍著耀眼的光芒。

附錄

1. 趙薇〈我不能和你分手〉

當時間停住　日夜不分　當天地萬物　化為虛有

我還是不能和你分手　不能和你分手　你的溫柔是我今生　最大的守候

2. 陳綺貞〈旅行的意義〉

你勉強說出你愛我的原因　卻說不出你欣賞我哪一種表情

卻說不出在什麼場合我曾讓你分心　說不出　離開的原因
勉強說出　你為我寄出的每一封信　都是你　離開的原因
你離開我　就是旅行的意義

3.梁文音〈分手後不要做朋友〉
你愛我　你傷我　不算什麼　反正我　絕不說　我多難過
有你的我　沒有你的我　往後　日子　都得過

作者小傳

哈囉！我叫作江怡君，就是菜市場名那個怡君啦！

這是我一貫的自我介紹，人如其名，我十分平凡，喜歡看著天空發呆或沉思，有強烈的正義感與責任心。覺得能夠沉浸在詩詞歌賦文章中，是種幸福的享受。

被築起的隱形高牆

徐嘉吟

自古以來，中國傳統的女性往往被賦予刻板之形象，傳統禮教不斷教育女子應該溫柔賢淑、保有矜持、順從丈夫，當丈夫身後那小鳥依人、無聲沉默的支持者。這些固有的、既定的價值觀，忘了女子也會有情緒，忽略了男女向來不平等的地位與婚姻制度，使得女人一再受束縛，少有為自己發聲的機會，而實際上，在當時男尊女卑的處境之下，女子的生活重心也幾乎是圍繞著丈夫，丈夫就是她的全世界，若是丈夫（愛人）出走了、心飛了，她們亦只能將這些苦痛難耐往肚裡吞。

而在《詩經》中，即有許多篇章真實反映出如此生活的種種，對男女的婚姻、愛情及相處模式，或是女子面對愛情得失的態度，進行一番的描述。於是不乏棄婦詩與思婦詩的出現，前者是女子不甘被棄的心情，後者則表現出女子思念愛人的惆悵情懷。兩者都顯示女性處於被動的位置，主宰者操之男性，白居易詩說：「人生莫作婦人身，百年苦樂由他人」，對於女性生來悲劇性命運之必然，說得很是憐憫同情。以下就拿其中的棄婦詩來說吧！〈邶風・谷風〉：

習習谷風，以陰以雨。黽勉同心，不宜有怒。
采葑采菲，無以下體？德音莫違，及爾同死。
行道遲遲，中心有違。不遠伊邇，薄送我畿。
誰謂荼苦？其甘如薺。宴爾新昏，如兄如弟。
涇以渭濁，湜湜其沚。宴爾新昏，不我屑以。
毋逝我梁，毋發我笱。我躬不閱，遑恤我後。
就其深矣，方之舟之；就其淺矣，泳之游之。
何有何亡？黽勉求之；凡民有喪，匍匐救之。
不我能慉，反以我為讎。既阻我德，賈用不售。
昔育恐育鞫，及爾顛覆。既生既育，比予于毒。
我有旨蓄，亦以御冬。宴爾新昏，以我御窮。
有洸有潰，既詒我肄。不念昔者，伊余來塈。

詩中道出女子遭夫背叛，心理苦痛悲傷卻又懷念家庭溫暖的心情，面對丈夫另結新歡與無情、新人坐享其成的局面，女子情何以堪？體溫始終是熱的，可是心卻是冰冷至極。婚姻本該是兩人相扶相持、相伴一生，如今卻有一方無法從一而終，當初那白首不相離的愛情誓言，終被丈夫的不能同心、難以掌控的脾氣給違背了。女子緩慢的步伐，流露出她心中盡是不捨，而丈夫只是一心一意欲將她逐出家門，此時，女子心中的苦是更是甚於荼菜。望著丈夫不顧念舊情與新人親熱的畫面，徒留自己孤單的身影，悲苦又有誰知？無論自己如何盡心盡力、為家人甚至為他人不辭辛勞地付出，丈夫仍是將自己棄之如敝屣，視為仇人、毒品一般，這無不使她心痛，但是女子又能有什麼具體作為呢？終究只是徒留傷悲。

字句中表現出女子遭逢婚姻破裂、生變的孤苦無助，也揭露了男子負心、不對婚姻忠誠的態度。從男子對待女子的行為舉止就可發現，女子是扮演著委屈的角色，受苦於丈夫起伏不定、暴怒的性格，甚至對於男子擁有第三者、另結新歡的情形亦是無可奈何，反觀女子處境，假若她敢節外生枝，想必下場將是極為悽慘的，男子豈可容忍呢？一切都在在顯示出男處高位，女處低位婚姻中不對等的關係。女子終究是念舊的，留戀著以往的美好，縱然是深感絕望，還是存有一絲期盼的幻想。

說到不公平的婚姻制度，讓我想起了在湖南郴州，土家族的姑娘要出嫁時，有一種「哭嫁」的風俗習慣，姑娘要會哭嫁，同村親友的女孩也會來陪哭，少則哭個三天，多則哭上一個多月。其實哭嫁正是源於婚姻的不自由，女子用哭嫁的歌聲來反映封建制度，表達對當時婚姻制度的控訴，縱然今日婚姻制度已是自由，土家族的姑娘在結婚時仍留有哭嫁此種習俗。

其實，〈邶風．谷風〉中所透露出丈夫用情不專的《詩經》中的婚姻生活，縱然到了今日也還是存在的，甚至可說並不少見，只是在今昔對比之下，現今的女性可就幸福得多，也聰明得多。《詩經》中的女子顯現其無能為力，而如今的社會男女平等、女權意識高漲，女子可以真正的「做自己」並為自己作主，少了束縛，多了自由，不再只是愛別人，也學會了愛自己，即使面對男子的不專一，女子也不再是自吞苦水、自怨自艾，她們學習充實自己，主動出擊，比起古代的女子，她們更多了些積極主動的心。

作者小傳

徐嘉吟，現為東海中文系三年級學生。喜歡微笑，喜歡分享快樂，亦喜歡放慢步調看生活中的每個角落。

女子當自強

常惠

古代女子的生活是什麼樣子呢？她們不能做自己想做的事情，什麼事情都要聽別人的話，應該蠻可憐的吧。《儀禮》中講「婦人有『三從』之義，無『專用』之道，故未嫁從父，既嫁從夫，夫死從子」。未出嫁前要聽父親的話，出嫁後要聽丈夫的話，等到丈夫死後還要聽兒子的話，從出生到死去都要被別人管得牢牢的，這種情況到了宋代就更加嚴重了，女生不僅要遵守「三從」的要求，還要守「四德」的規範，即婦德、婦言、婦容、婦功，女生要有好的品德，表情要端莊穩重，不能輕浮隨便，說話要慎重，除此之外，還要會相夫教子、尊老愛幼。天哪，真的慶幸自己不是出生在古代，不用被各種各樣的規矩綁得死死的，做什麼事情都要符合三從四德，不能做自己喜歡做的事情就算了，做得不好的話還要被別人指指點點。因為這個緣故，古代的女生大多不是熱情奔放的，而是害羞臉紅的；不是自由自在的，而是低眉順眼的；不是主動的，而是被動受傷的。唐代詩人李白的〈長干行〉

講述了這樣一個故事：

妾髮初覆額，折花門前劇。
郎騎竹馬來，遶床弄青梅。
同居長干里，兩小無嫌猜。
十四為君婦，羞顏未嘗開。
低頭向暗壁，千喚不一回。
十五始展眉，願同塵與灰。
常存抱柱信，豈上望夫臺。
十六君遠行，瞿塘灩澦堆。
五月不可觸，猿聲天上哀。
門前遲行跡，一一生綠苔。
苔深不能掃，落葉秋風早。
八月蝴蝶黃，雙飛西園草。
感此傷妾心，坐愁紅顏老。
早晚下三巴，預將書報家。

相迎不道遠，直至長風沙。

有這樣一個女生，她與丈夫青梅竹馬、兩小無猜一起長大，待出嫁後，丈夫卻出門做生意，婦人長年獨自生活，只能苦苦的等待丈夫回來，她不能對丈夫多加指責咒罵，因為那樣有違婦道，跟丈夫離婚，那更是不可能的事情，這個婦人的喜怒哀樂掌握在丈夫的手中，丈夫回家她就會開心，丈夫離開她就傷心欲絕。是不是所有女生都是這樣在戀愛和婚姻中處處看對方臉色，委屈生活呢？《詩經》中就有一個與眾不同獨特的女生，〈褰裳〉中講到：

子惠思我，褰裳涉溱。子不我思，豈無他人？狂童之狂也且！
子惠思我，褰裳涉洧。子不我思，豈無他士？狂童之狂也且！

讀完這首詩後，你一定會為這個女生的大膽而瞠目結舌！她對男生說：「你如果愛慕喜歡我，就提起下裙渡過溱水、洧水來找我，如果你不來找我，不喜歡我，難道沒有其他男生喜歡我了嗎？你這個愚笨的傻小子。」「求愛不成，還反說男子愚笨，真是潑辣！每次讀詩詞，女性的形象彷彿皆是可憐、哀婉、啼哭不已的，不是為了愛情而傷神，就是被棄後滿腹牢騷，讀完這首詩後，原來女生也可以這樣大膽潑辣，主動追求自己的愛情，真是大快人心！毛奇齡《毛詩寫官記》「女子曰：子思我，子當褰裳來。嗜山不顧高，嗜桃不顧毛。」這位大膽的女子不僅不處於被動的地位，更是主動的對愛情的濃度提出要求，你愛我那就讓我看到你的熱情，看到山高就不敢登，看到桃毛就不敢吃，那你就不夠愛我。孫鑛《批評詩經》：「狂童之狂也且，語勢拖靡，風度絕勝」，既然你不愛我，難道沒人愛我了嗎？如此豪氣、如此自信，真是風度絕勝！

更難得的是，在中國古代男尊女卑的觀念下，此女子敢於說出自己內心的想法，把自己的地位看作和男子一樣，不是被動的依附於他人，而是主動的追求愛情，不依賴任何人，自主自立，雖然她生活在古代，但卻值得現代的很多女性學習。誰說東方女性都是含蓄的呢？看，從《詩經》時代開始已經有女生敢於大膽的說出自己的心聲、追求自己的愛情了，在現代社會自主自立的女性更是比比皆是！男生做的事情女生也能做，有的甚至比男生做得更好，女生不用處處順從父親和丈夫，我們用自己的雙手就能生活，贏得別人的尊重，更能自由的追求愛情，這是身為女性的驕傲。古人常說，男生當自強，同樣的，女生也應該自立自強！

作者小傳

常惠，東海大學中文系交換生，家在秦都咸陽，渭水之畔，常遙想古人，感慨古今變化之大。性情率真，不喜束縛，好讀書，徜徉學海之時，內心繁雜歸於平靜，幸尋得此種愛好，使單調生活充實多彩。

女人就該宜室宜家？

陳葇鈴

雖然覺得結婚這件事離我還很遠，而且未來會不會結婚還很難說，但想像一下出嫁的心情，一定也是萬般不捨……。下面來看〈桃夭〉這首詩：

桃之夭夭，灼灼其華。之子于歸，宜其室家。
桃之夭夭，有蕡其實。之子于歸，宜其家室。
桃之夭夭，其葉蓁蓁。之子于歸，宜其家人。

這是一首祝賀女子新婚的詩。全詩構思工巧，層層遞進。首章「桃之夭夭，灼灼其華」一句就給讀者帶來一片生機勃勃、春光明媚的自然景色，又象徵著青年男女嫁娶的大好時光，並烘托著容貌如花的美麗新娘的青春氣息，預示著婚姻的美滿幸福。接著二章、三章，用桃實碩大且多，象徵新娘多子多孫，用桃葉茂密蔥綠象徵新娘于歸後，家族昌盛，使全詩洋溢著民間婚嫁熱情歡快的生活氣氛，真是天然妙筆！而且〈桃夭〉所創造的比興，還有已固定為成語的「之子于歸」、「宜其室家」，也被後世奉為結婚的楹聯。可見其影響深遠。

「桃之夭夭，灼灼其華。之子于歸，宜其室家」，細細吟詠，一種喜氣洋洋、讓人快樂的氣氛，充溢於字裡行間。「嫩嫩的桃枝，鮮豔的桃花。那姑娘今朝出嫁，把歡樂和美帶給她的婆家。」你看，多麼美好。這種情緒，這種祝福，反映了人民群眾對生活的熱愛，對幸福和諧家庭生活的追求。

這首詩反映了這樣一種思想，一個姑娘，不僅要有豔如桃花的外貌，還要有「宜室」、「宜家」的內在美。這首詩，祝賀人新婚，但不像一般賀人新婚的詩那樣，或者誇耀男方家世如何顯赫，或者顯示女方陪嫁如何豐盛，而是再三祝賀她「宜其家人」，要使家庭和諧，真是樸實又真切。古代的女人嫁到夫家之後，似乎就是要秉持「生是夫家人，死是夫家鬼」的精神，必須為夫家犧牲奉獻一輩子，可能要放棄一些重要的東西，站在同是女性的角度，我是無法苟同的。

現代女性意識抬頭，新時代女性比比皆是，我比較同意女人結婚之後還是可以擁有自己的自由、工作，不要被束縛著，古代的女性太無自我了，古人云：「在家從父，出嫁從夫，夫死從子」，難道一生都要依附著他人過活嗎？只要是人，都會有想要的、喜歡的，當然整個家庭生活也是很重要的，雙方都要有所付出，要找到一個共同的平衡點，幸福美滿的生活是要一起經營的，而且還能擁有一些個人空間。讀完了這首詩，感受到出嫁時的心情，也讓我對婚姻生活有了不一樣的看法，如何在結婚後有美好的家庭生活，同時繼續保有自己的空間，是一個值得思考的問題。

作者小傳

陳棻鈴，一九九三年出生於臺中縣潭子鄉，目前就讀東海大學中文系三年級，自小對中文有興趣並有高於平均的天賦，正努力專研中文領域。

一個人，也很好

吳佳霓

自古以來，女子被賦予的社會意義總是婚姻與家庭，在以前男尊女卑的時代，女子幾乎不能有個人意識，一生注定要奉獻給家庭以及丈夫。而在如今的文明社會，強調男女平權和婚姻自主的時代，卻仍然殘留著以往對女性的價值束縛。一個女人就算事業再成功，若沒有結婚，大眾對於她的評價總會有些偏頗，好像女人不結婚，價值就會打折扣一樣，但男子不婚，卻不會有過於嚴厲的評斷。現代新興名詞「剩女」、「敗犬」，也都是針對女性而言，在這樣兩性平權的時代都已如此，更不用說中國古代了。從《詩經》裡頭就可以看到許多描繪女子年歲漸大想婚的著急心情：

摽有梅，其實七兮。求我庶士，迨其吉兮。

摽有梅，其實三兮。求我庶士，迨其今兮。

摽有梅，傾筐塈之。求我庶士，迨其謂之。

這首〈召南．摽有梅〉將女子想婚的心情表露無遺，以梅子的成熟過程比喻女子的青春年華流逝，由樹上的梅子尚有七成，轉至三成，再至幾近掉落，還有從等待吉時，轉至今日，最後轉為立即馬上，都可以感受到女子急迫的心情。古代女子早婚，一旦到適婚年齡還未嫁出，心裡承受的壓力大概不比現代女子少吧！後來唐代杜秋娘的〈金縷衣〉，也透露了這樣的心聲：

勸君莫惜金縷衣，勸君惜取少年時。
花開堪折直須折，莫待無花空折枝。

同樣也是將青春歲月比喻為花期，勸人要把握時光，趁著花開的最美好時刻將它摘下，不要等到花都枯萎了才後悔。可以看出女子期盼愛情快點到來的模樣。而在《紅樓夢》中林黛玉的〈葬花詞〉，更是讓人感傷女性的遭遇，以下部分節錄：

爾今死去儂收葬，未卜儂身何日喪！儂今葬花人笑癡，他日葬儂知是誰？

試看春殘花漸落，便是紅顏老死時。一朝春盡紅顏老，花落人亡兩不知！

此詞是林黛玉感懷自身遭遇的哀音，但也不禁讓人聯想到女性自古以來的境遇，尤其是最後四句哀傷之情溢於言表，女子青春年華時就如盛開的花一樣美麗，但一旦年華老去，就如同凋落的花沒人愛惜，對照現代女性，即便不婚族越來越多，但在傳統觀念下，女性就是要相夫教子的想法依然濃厚，或許家庭和婚姻固然重要，但女人並不需要將它當作生活的全部，擁有自己的理想以及夢想也很重要，不需要靠別人來證明自己的價值，活出現代新女性的嶄新生命，我覺得比起拘泥於對婚姻的想望裡，是更值得女性好好思索以及學習的課題。

作者小傳

吳佳霓，目前就讀於東海中文系三年級。喜歡文字，因為可以在裡面經歷不同的人生，也喜歡音樂，美好的旋律可以讓人放鬆心情。個性多愁善感，是個眼淚特別多的女生，感性分子遠遠大於理性。

五　人物剪影

謙卑的靈魂

〈周頌．敬之〉

黃守正

對高中生上國文課時，每逢教到「謙詞」，座下常有學生低語傳來「虛偽」、「假仙」。只要時間允許，我總會稍加解說。「謙詞」或許是一種表層語言，但真正的謙卑不是虛假的客套，而是化成個性、深入靈魂的表現在日常生活中。因此處事應對、寫信自稱時，自然就會使用「謙詞」。有時我還會引用《詩經》中我喜愛的篇章〈敬之〉來說明：

敬之敬之，天維顯思，命不易哉。無曰：「高高在上。」陟降厥士，日監在茲。維予小子，不聰敬止。日就月將，學有緝熙于光明。佛時仔肩，示我顯德行。

要戒慎、要恭敬啊！天理昭彰明察，天命不易保住啊！不要說：「蒼天只是高高在上。」祂往來於天上人間察看萬事，日日都在視察。

我這個剛即位的年輕人，要戒慎恭敬的聽從上天之意。

每日要有所成就，每月要有所增益。為學應當持續進步以達到光明。

請眾賢臣們輔助我治國的大任，為我指示光明的德行。

我認為周成王就是一個謙卑的人。「維予小子」是成王自謙之詞，但這是從謙卑的靈魂所發出的聲音。古老的《詩序》說這首詩是「群臣進戒嗣王也。」鄭玄將前六句解為「群臣見王謀即政之事，故因時戒之。」後六句為成王「承之以謙云，我小子耳，不聽達於敬之之意。」前段是群臣進誡成王之語，後段為成王自勉之詞。鄭玄將詩斷作兩方問答，孔穎達、朱熹等後世注家多依此說。方玉潤《詩經原始》則認為此詩一氣呵成，「如自問自答之意，並非兩人語也。」其實不論是君臣兩方問答，或是成王自箴，每當閱讀〈敬之〉，我都深深的感受到成王那謙卑的靈魂。就像吳闓生《詩義會通》說：「獨不思『維予小子』，非群臣所得言乎？」因為群臣不可能對成王直呼「你這個年輕小子啊！」

周成王是武王之子，武王在率軍伐紂後，不到兩年就因操勞過度而辭世，傳位給年僅十三歲的姬誦（成王）。當時姬誦年輕，由叔父周公代理政事七年。成王滿二十歲時，周公才還政歸臣。其後成王執政三十年，謙卑的接受群臣輔佐，守住先人的基業。〈敬之〉這首詩正表達出成王虛心受教的謙卑態度，如方玉潤說：「維予小子，性既不聰，行又弗敬，不能體天命於無形，則唯有日就月將，勉強而行，庶幾積續已至于光明耳。然必賴群臣輔助我所擔荷之任，而示我以顯明之德行。」成王承認自己的才德不足，唯有深切的自我要求，仰仗群臣輔助，才能將治國政事邁向光明大道。

後人總以「文武周公」來讚揚西周的功業，尤其周公「制禮作樂、擊管蔡、擒武庚、平南蠻、伐東夷」，這些偉大的事蹟幾乎佔據了西周歷史的版面。其實，周成王與康王執政共四十餘年，「成康之治」可稱為中國第一個黃金時代。《史記》：「成康之際，天下安寧，刑措四十餘年不用。」當時天下人安居樂業，沒有犯罪，不用刑罰。這樣的政績，難道是普通君王所能達成的嗎？

周公就像耀眼的太陽，曖曖內含光的周成王，卻成了世人遺忘的煙塵。周公的豐功偉業萬古流芳，成王的謙卑守成卻常被忽略。即使有「成康之治」的佳績，常被解讀為「文武周公」的餘蔭，殊不知倘若沒有成王謙卑守成之德，就像「孔明配劉禪」、「范增配項羽」，當賢臣佐庸君、智士輔霸王時，縱然周公有天大的本領，又哪有西周的盛世呢？

每次讀〈項羽本記〉總感嘆項羽的剛愎，太史公一語道破他的缺點：「自矜功伐，奮其私智而不師古。」項羽驕矜自負功業，強逞個人判斷而不向先賢學習，因此難以知人善任而接納諫言。英勇的韓信到他身邊，也只能當面錯過；睿智的范增不僅被迫離去，更有「豎子不足與謀」之嘆。

《華嚴經》善財童子曾說：「知因一切善知識故，圓滿功德，於善知識，尊重謙卑，如弟子禮。」一個人的進德修業，需要善知識的教導，應懷謙卑之心，恭執弟子之禮。相同的，一個國家想要政通人和，全賴群臣的同心協力，領導者更要有尊重專業的胸懷，謙卑的察納雅言。

《楞伽經》裡常說「自心現量」，簡要言之，就是「你的心量決定你的世界」。謙卑是一種浩瀚的生命氣象，唯有謙卑的靈魂，才能感受璀璨的人生。《論語》裡記載：「子與人歌而善，必使反之，而後和之。」孔子與人一起歌唱，聽到他人唱得好，必定請他再唱一次，然後自己學著唱。孔子的謙卑，自然流露在生活中，不只讓他學會好聽的歌，生命也豐富了起來。

親愛的朋友，讓我們也試著敞開心胸，從謙卑的靈魂唱出美麗的歌聲吧。

作者小傳

黃守正，東海大學中文所博士生，經歷國、高中國文教師、東海大學中文系兼任講師。愛好閱讀、學術、教學、音樂。

〈甘棠〉譜出的政治家風範

林增文

〈召南．甘棠〉是一首頌美召伯的詩，原詩如下：

蔽芾甘棠，勿翦勿伐，召伯所茇。
蔽芾甘棠，勿翦勿敗，召伯所憩。
蔽芾甘棠，勿翦勿拜，召伯所說。

〈詩序〉說：「〈甘棠〉，美召伯也。召伯之教，明於南國。」不過，令我們好奇的是：詩中三章複沓，反覆歌詠不要斲傷繁盛的甘棠樹，只因召伯曾在樹下休憩。那麼，召伯是個什麼樣的人，他到底為召南地區的人民做了些什麼事，為何受到該地人民的愛戴與讚頌，甚至連他所歇息的甘棠樹也不忍傷害呢？鄭《箋》給予我們初步的解釋：「召伯聽男女之訟，不重煩百姓，止舍小棠之下而聽斷焉，國人被其德，說其化，思其人，敬其樹。」《史記．燕召公世家第四》有更詳細的說明：「召公之治西方，甚得兆民和。召公巡行鄉邑，有棠樹，決獄政事其下，自侯伯至庶人各得其所，無失職者。召公卒，而人民思召公之政，懷棠樹不敢伐，歌詠之，作甘棠之詩。」

原來，召伯指的是召穆公虎，姬姓。其先祖為西周初期的武王之弟召公奭，周初受封於召地，其子孫因稱召伯。當時召伯到所治理的各地鄉村城鎮去巡察時，體諒百姓農桑繁忙，不願打擾老百姓，所以不入住鄉鎮的庭堂，而是就地在路邊的甘棠樹下搭個草棚辦公、過夜，並在樹下處理政事，決斷訴訟。在召伯的治理下，從貴族到平民都有適當的安置，沒有失職的。召伯令老百姓安居樂業，各得其所，因此受到百姓的愛戴。召伯去世後，老百姓緬懷他的政績，愛屋及烏、也懷念他所止憩的甘棠樹，除了不忍傷害這株甘棠樹，並且作了〈甘棠〉這首詩歌詠他。

儘管目前學界仍未能確定〈甘棠〉詩中召伯的真正身分，當時百姓對他的景仰與愛戴卻是毫無疑問的，否則怎會在召伯過世之後，百姓因思其人、愛其樹，乃至不敢對樹稍有毀傷呢？這點在現代人看來或許有點匪夷所思，勤政愛民本就是從政者的基本職志，召伯只是為所當為，再平常不過了，百姓又何須對他如此厚愛呢？筆者認為應是召伯擁有一顆善體的心，能夠設身處地、站在百姓的立場為人民著想，才能贏得人民的衷心愛戴。試想：召伯下鄉巡察，名正言順入住鄉鎮所安排的庭堂，對政務的推行以及訟案的決斷又有何妨？但他選擇在甘棠樹下搭個簡陋的草棚棲身、辦公，只為不願過度打擾正為農桑繁忙的百姓，這種為民著想的體貼心，正是政治家、領導者所不可或缺的人格特質。

《詩經》中召南人民生活的年代與現代的生活環境當然不可同日而語，政治環境更相差了十萬八千里。也許所有人都認為在政治環境超級複雜的今天，當一個政治家、領導者不是一件容易的事，不搞點權謀、講究些領導統馭之術，根本沒有成功的可能。或許吧！但不管是以理服人、以德服人，甚至是恩威並濟的領導統馭之道，都還不如召伯設身處地、時時為人民著想來得有效。君不見，〈甘棠〉詩早已為我們譜出了千古不變的政治家風範。

作者小傳

林增文，福建省林森縣人，出生於臺中市豐原區。東海大學中文所碩士、博士班肄業，曾任高中教師、現任東海大學與修平科大兼任講師，喜獨處、愛自由、喜好古典詩詞，著有《從當代譬喻理論解讀李清照》等專書。

〈秦風．無衣〉中患難與共的袍澤之情

林增文

參加過大專集訓和服過兵役的人應該都記得，軍歌教唱在基礎訓練和入伍教育時都是非常重要的訓練科目之一，不惟有專業教官授課教唱，早、晚點名固定要唱規定的軍歌，部隊行進間也隨時有唱軍歌和答數的要求。這種藉由演唱軍歌凝聚部隊士氣並表達團結一致、精實紀律的訓練方式卻不是現代部隊的專利，早在《詩經》時代就流傳了這麼一首軍歌。

〈秦風．無衣〉

豈曰無衣？與子同袍。王于興師，脩我戈矛，與子同仇。
豈曰無衣？與子同澤。王于興師，脩我矛戟，與子偕作。
豈曰無衣？與子同裳。王于興師，脩我甲兵，與子偕行。

這詩的寫作背景有許多不同的說法。王夫之認為當為秦哀公出師救楚而作；程俊英《詩經注析》反對王夫之的說法：「王氏自立《左傳》義例，證明〈無衣〉為秦哀公所作之說不能成立。從詩的內容看來，亦不似秦王口氣，它應是流傳在民間的戰歌。」王先謙則說：「王于興師，于，往也。秦自襄公以來，受平王之命以伐戎。」「西戎殺幽王，于是周室諸侯為不共戴天之讎，秦民敵王所愾，故曰同讎也。」各家之說，備供參考。

且不管這首詩的寫作背景，僅由這短短三章複沓的軍歌，已足見當時秦軍戰鬥訓練之精良以及作戰觀念之進步。首先詩中每章的前兩句反覆強調戰士間的相親相愛以及袍澤間的深厚感情。「豈曰無衣」的反問，再由「與子同袍」、「與子同澤」、「與子同裳」的堅定誓約，表現出不論戰鬥中處於何種艱困的環境，誓要與戰友患難與共、不離不棄的精神。因為作戰不是一個人的事，要完成上級交辦的任務或是要在戰鬥中獲勝，團結合作是不可或缺的要件。鄰兵、戰友之間越能有深厚情感，便越能在戰鬥時融洽互助，能擁有上下一體、彼此深刻了解的夥伴，在危險的戰爭中才能建立互信、互相救命，也才能發揮團隊精神、協同一致克服艱難。

接著「王于興師」，以王命為旗號，樹立作戰的中心目標。所謂師出有名，有了王命作為號召，自然是萬眾一心，効力在王旗麾下。尤其是如王先謙所說，秦自襄公以來，受平王之命以伐戎。而西戎殺周幽王，於是將此不共戴天之仇譜入軍歌之中，更能時時提醒、激發將士同仇敵愾之心。最後，呼籲所有的人整治好武器共同赴敵，以末句「與子同仇」、「與子偕作」與「與子偕行」來激勵士氣，真是一首充滿戰鬥氣息的戰歌。

這首軍歌與現代任何一首軍歌相較都毫不遜色，秦軍在幾千年前即能有如此進步的軍歌，無怪乎自商鞅變法一直到秦滅六國，幾乎所有大大小小的戰役，秦軍可說是勝多敗少，或許與這樣培養出來的秦人尚武精神有些關聯吧！

作者小傳

林增文，福建省林森縣人，出生於臺中市豐原區。東海大學中文所碩士、博士班肄業，曾任高中教師、現任東海大學與修平科大兼任講師，喜獨處、愛自由、喜好古典詩詞，著有《從當代譬喻理論解讀李清照》等專書。

美的定義

沈瑞琪

你認為真正的美女長什麼樣子？是像林志玲？隋棠？亦或是中國的四大美女？歷朝歷代描寫美女的詩句不勝枚舉，最有名的無非是「北方有佳人，絕世而獨立，一顧傾人城，再顧傾人國。寧不知傾城與傾國？佳人難再得。」這個讓漢武帝為之傾倒的大美女就是李夫人。她和漢武帝之間還有個故事，李夫人在病危前，武帝親自去看她，她把臉蒙在被中說：「我病久了，容貌很難看，不能再見皇上了，但求皇上待我死後替我照顧昌邑王，和我的弟兄。」武帝堅持要見她，她索性翻過身去，不再開口。武帝不高興的走了。有人問她說，為何不見武帝一面？她說：「皇上如此戀我，無非是因為我昔日的美貌，如果讓她看見我的病容，她一定會厭惡我，甚至會把我拋棄，哪裡會再想念我，照顧我的弟兄呢？」這樣一個睿智的美人，《詩經》中也曾出現。

〈衛風・碩人〉

碩人其頎，衣錦褧衣。齊侯之子，衛侯之妻。東宮之妹，邢侯之姨，譚公維私。

手如柔荑，膚如凝脂。領如蝤蠐，齒如瓠犀。螓首蛾眉，巧笑倩兮，美目盼兮。

碩人敖敖，說於農郊。四牡有驕，朱幩鑣鑣，翟茀以朝。大夫夙退，無使君勞。

河水洋洋，北流活活。施罛濊濊，鱣鮪發發，葭菼揭揭。庶姜孽孽，庶士有朅。

這首詩在描寫美人莊姜的風韻，及出嫁的熱鬧場景。莊姜不光身分高貴，而且美麗非常，修長而健碩。衛國能夠與強大的齊國聯姻，已經很榮耀，娶到的齊國公主又如此美麗，自然舉國歡慶。其中「手如柔荑，膚如凝脂。領如蝤蠐，齒如瓠犀。螓首蛾眉，巧笑倩兮，美目盼兮。」更是後代形容美女的標準之一，美女是受人愛戴喜歡的，但若有一天，美貌不在時，該怎麼辦？李夫人就是感嘆她的傾城之貌不再，害怕秋扇見捐，甚至連累親人，《詩經》中有不少因色衰，丈夫離她而去的棄婦代表，〈邶風．谷風〉、〈衛風．氓〉等刻劃棄婦形象，〈召南．摽有梅〉中少女感嘆青春一逝不返的待嫁心情，外在美那麼容易消逝、難以捉摸，真正能永存，不因外貌而改變的就是女人的內在美了，〈載馳〉中的許穆夫人被大家所擁戴，純是因為她有過人的勇氣和高尚的愛國情操，贏得大家的尊重。

〈鄘風．載馳〉

載馳載驅，歸唁衛侯。驅馬悠悠，言至于漕。大夫跋涉，我心則憂。
既不我嘉，不能旋反。視爾不臧，我思不遠。既不我嘉，不能旋濟。
視爾不臧，我思不閟。
陟彼阿丘，言采其蝱。女子善懷，亦各有行。許人尤之，眾穉且狂。
我行其野，芃芃其麥。控于大邦，誰因誰極？大夫君子，無我有尤。
百爾所思，不如我所之。

詩中可見許穆夫人憂心國難，與許國大夫固守禮教所產生的矛盾衝突，當時，許國君臣都反對許穆夫人返回衛國，他們派了大夫，駕著馬車，去追趕她，百般勸阻，指責她感情用事，有違女子出嫁、不得擅自回娘家的「大義」。許穆夫人卻義正嚴詞地把大夫們反問得瞠目結舌，撥轉馬頭，返回許國去了。她自己終於風塵僕僕地踏上了日夜思念的祖國大地。〈載馳〉這首詩，就是記述她這次回國救亡的經過和思想的光輝詩篇。齊桓公終被她的赤誠感動，發兵救衛。如此聰慧、通權達變、高瞻遠矚的女性，贏得後世子孫的讚揚歌頌，她所依靠的不是美貌，而是過人的智慧及勇氣，尤其是在那個女權微弱的時代，更顯她的不凡之處。

在這個以貌取人的世代，我們該好好反省，究竟是內在美重要？還是外在美重要？

作者小傳

沈瑞琪，目前就讀東海中文系三年級。來自於純樸的雲林斗六，平常喜歡聽聽音樂、看看古裝劇，是一個對於歷史深深著迷，再平凡不過的中文系女孩，企圖在浩瀚書海中，努力尋找自己。

六　親情倫理

母愛如風

談笑鴻儒

〈邶風．凱風〉

凱風自南，吹彼棘心。棘心夭夭，母氏劬勞。
凱風自南，吹彼棘薪。母氏聖善，我無令人。
爰有寒泉，在浚之下。有子七人，母氏勞苦。
睍睆黃鳥，載好其音。有子七人，莫慰母心。

母愛，一個人類永恆的讚美主題。可母愛究竟是什麼呢？我給不出確切的定義，我只知道出生之前她就急切的等待著我，在我成長中呵護著我，這種愛甚至滲入了我每一個毛孔，直至耗盡她自己。每一個生命的呱呱墜地，都伴隨著十月懷胎的辛苦，是母親，她使我得以出生，有機會看看這個世界；是母親，她把我撫育成人，能夠立足於世界的每個角落；是母親，她教導我做人的道理，使我與世界融洽相處。〈凱風〉這首詩就生動地表現了母親辛勞地養育子女的感人形象，從小樹苗到堅硬的樹枝，母親不辭辛勞地撫養了七個兒女，卻沒有一個能夠撫慰母親的心。人們總是會忽略最重要的感情，傷害最愛的人，直到失去才珍惜擁有。樹欲靜而風不止，子欲養而親不待，有太多的遺憾發生過，重複著，不知何時能夠停止。

母愛如風，春夏秋冬各有其美，春風溫潤似撫慰，夏風涼爽像養育，秋風俊朗若指引，冬風凜冽如教誨。母愛如風，看不見摸不到卻處處存在，風吹草動，盡顯自然之美。還記得那首膾炙人口的〈遊子吟〉，外出求學的我也曾有過「慈母手中線，遊子身上衣」的經歷，媽媽怕鈕釦易落，就拆掉重新縫一遍，我坐在一旁，看歲月爬上了她的鬢角。那些細密的針腳，在媽媽手中穿過，彷彿臨行前的細瑣囑託，針針落在我心裡。

最近在看龍應台的《孩子，你慢慢來》，我想，每一個或母親或孩子的讀者都會聯想到自己吧！想到養育過程中瑣碎的喜悅，想到成長過程中零碎的片段，想到午後的陽光融化在呢喃的話語裡，想到肌膚接觸產生的甜膩味道。此刻，我終於體會到什麼是生命的延續。從孕育階段開始，我們就分不開了，她把她所擁有的生命的精華綿延給我，而我，將承載著這珍貴的禮物，繼續這神聖的接力。無論世界多麼大，無論我們多麼渺小，我們的靈魂永存。

記得媽媽曾對我說，每個幼兒的媽媽多少都有些「不正常」，在公共場合又唱又跳只為哄孩子開心，各種兒歌隨口即來，唯恐孩子看不見、聽不懂。細想，媽媽們哪個不是從羞澀少女一路走來，角色轉換打敗了曾經馬路上不吃雪糕的矜持。而這些角色，經歷過才有資格評說吧。

我永遠記得圖書館天臺上的早晨，因為與男友吵架，積攢了半個月的委屈，無助、傷心、愧疚一瀉而出，電話那頭的媽媽默默傾聽我的泣不成聲，輕聲告訴我她早有感應。「沒什麼大不了的，一切都已經過去。」關於心靈感應，她一直堅信不疑，小時候每每我在學校生病，媽媽都會感到不適，想著是不是我的原因。可是，我又很內疚，因為這感應是單向的，我多麼渴望快樂著她的快樂，悲傷著她的悲傷啊，也許是我做的還不夠，也許是我關懷的還不多，烏鴉反哺，羔羊跪乳，我會努力去珍惜，去回報這份愛，希望有一天能夠擁有對媽媽的感應。

親情，親切，關心，體貼，這些冰冷的書面用語都不能夠表達我對她的感情。溫情客氣從來都不是血緣之間的氛圍，在哭過、笑過、吵過、鬧過之後，親愛的媽媽，我只想說，如果沒有妳，我將不是我，妳是我生命中最大的奇蹟。

作者小傳

談笑鴻儒，就讀廈門華僑大學華文學院三年級，現為東海大學中文系交換生，愛好古典文學，尤喜《詩經》，夢想著有一天偶遇桃花源，回歸田園生活。

永遠恆溫的力量

姚宥菱

天底下有一種永遠無法割捨的情感——「親情」，我們不能細數與親情共存的日子，生命旅程的開始到結束，無論經過多少波折與改變，這種情感卻早已牢牢植於我們心中。

童年的我們，仰賴長輩和家人的呵護，得以順利成長。小學時候，首次接觸家庭以外的世界，在懵懂無知的時候，又悄悄轉變成青澀的少年、少女，那個時候的我們開始想像了天馬行空的世界，同時，在不知不覺中學習成熟及獨立。在亟欲被稱作「大人」的年紀，其實內心還住著一個孩子，所以爾後回想過去，或多或少也有幾項令人不禁莞爾的事蹟。終於到了成年之際，我們卻仍在尋找一個屬於自己的定位，一半的成熟，卻也帶著一半的不安。

古今文學作品有許多主題歌詠孺慕之情，都是我們相當熟悉的作品，孟郊〈遊子吟〉：「慈母手中線，遊子身上衣。臨行密密縫，意恐遲遲歸。誰言寸草心，報得三春暉。」在現代作品中，余光中〈母難日〉：「每年到母難日／總握著電話筒／很想撥一個電話／給久別的母親／只為了再聽一次／一次也好／催眠的磁性母音／但是她住的地方／不知是什麼號碼／何況她已經睡了／不能接我的電話。」則是詩人為感念母親辛勞，以及在母親離去後，卻時常懷念起以前的時光，那一種身為兒女對於母親的心疼與不捨，如泣如訴，深受其感動。而我們要透過《詩經》以兒女的角度，來欣賞對母親表達敬愛之心的詩篇。

凱風自南，吹彼棘心。棘心夭夭，母氏劬勞。
凱風自南，吹彼棘薪。母氏聖善，我無令人。
爰有寒泉，在浚之下。有子七人，母氏勞苦。
睍睆黃鳥，載好其音。有子七人，莫慰母心。

〈邶風．凱風〉背後的故事相傳為一母親含莘茹苦，隻身拉拔七個孩子長大的過程，而作者可能為其中一子，他既充滿感謝，又帶著內疚之心所寫下的詩。毛《傳》：「南風謂之凱風，樂夏之長養者。」凱風為母親之比喻。前兩章用酸棗樹來比喻年幼的孩子，「棘心夭夭，母氏劬勞。」孩子們年紀還太小，雖然也貼心地幫忙母親，但母親仍舊辛勤地做著家事，還得照顧嗷嗷待哺的孩子們。「母氏聖善，我無令人。」則言母親睿智慈愛，而我們這群孩子卻不成材，無法回報她啊！後兩章以寒泉與黃鳥起興，「爰有寒泉，在浚之下。」「睍睆黃鳥，載好其音。」寒泉四季皆冷，夏時適飲；黃雀則鳴聲清亮，人們都覺得悅耳。這裡用寒泉、黃鳥來反襯作者自己無法及時慰勞母親的心情。縱使母親一共有七子，卻是仍然這樣的勞苦，七子也不能寬慰母親啊！詩句中可見作者之心，即使有想讓母親不再辛苦的心意，但卻無法以身作則給弟妹看，只能作了這首詩來表達內心那種很深刻，但卻難以說出口的感激，更有種對未來的理想，希望自己能扛起責任，照顧這個家，給所有的家人安定及幸福。

從現代的生活來看，我們有幸生於一個和平的時代裡，無需擔心戰爭過後帶來那些不可想像的後果，而讀完〈邶風．凱風〉，欲以南拳媽媽的〈離家不遠〉歌詞來表達心中的感受：

作詞：宋健彰

太陽才交替月亮　星星又籠罩了窗　爸媽斑駁的鬢角訴說了逝去的時光

就算沒地方流浪　只要你記得方向　家永遠在你的身旁

人生當中，也許不可避免地在外地求學、工作，當我們身心靈緊繃到了一定的程度，或許會有忙碌得「不知為何而忙」之慨，當拖著疲累的身軀回到家裡，當看見家人或手足的那一剎那，即使，只是隨便聊起近況、憶起往事，心中曾經湧起的難過都會不翼而飛，我想，這就是一件很幸福的事。我們對於表達愛的方式可能不同，但無論是什麼樣的方式，只要是真心的，想傳達的對象一定能夠感受得到。人總是孤獨的，所以，我們心中永遠會保留一塊給親人的位置，親情的溫暖將會是永久陪伴我們的力量。

作者小傳

姚宥菱，現就讀東海大學中文系三年級。喜歡閱讀、音樂，也喜歡寫些關於生活中的隨筆。關於那些現在走不了的路、理解不透的情緒和摸不出的輪廓，就從書本裡的一字一句開始吧！

甘苦誰人知

致我的父親

沈瑞琪

父親是個小警員，看似一個優渥且穩定的工作，卻隱藏著不為人知的辛酸和危險。父親的排休十分不確定，有時候我們都放假了，一家人守在家裡等著他回來，但他就是要上班；有時候他卻孤伶伶的一個人回家，面對的是空盪的客廳和孤寂的心情。上班時間通常都在淩晨三、四點，當大家都熟睡之時，他又獨自一人伴著寒意夾雜幾聲淒厲貓哭，緩緩開著車駛去。

記得有一年年夜飯，家家團圓的日子，我們坐在餐桌前，卻空著一張椅子，「爸爸還沒回來！」媽媽說著，「我們再等等，爸爸應該在路上了」，此時電話響起，「老婆，我遇到緊急事故無法回去了，妳和孩子們先吃吧！」滾燙的火鍋，卻暖和不了我們的心，今年，父親又不在了。我心疼父親，更心疼母親，屬不清她有多少次癡癡的等待？最後竟是落空與失望。

〈召南・小星〉

嘒彼小星，三五在東。肅肅宵征，夙夜在公。寔命不同！

嘒彼小星，維參與昴。肅肅宵征，抱衾與裯。實命不猶！

第一次讀這首詩時，我就能理解「嘒彼小星」的無奈，詩人的生活經驗我是多麼的熟悉，那個天未亮就趕著出門的小官吏啊！警局的一通電話，他被迫離開溫暖的被窩，離開妻兒，多麼不得已，但又非去不可。多少年這樣的日子，他走過了，他對天感嘆，感嘆命運捉弄，並把希望寄託在孩子身上，他希望孩子們不要走他這條路，無奈的一生。

〈邶風・北門〉

出自北門，憂心殷殷。終窶且貧，莫知我艱。已焉哉！天實為之，謂之何哉！

王事適我，政事一埤益我。我入自外，室人交徧讁我。已焉哉！天實為之，謂之何哉！

王事敦我，政事一埤遺我。　我入自外，室人交徧摧我。已焉哉！天實為之，謂之何哉！

〈小星〉和〈北門〉常常被拿出來比較，〈北門〉亦描述一個可憐的小官吏，到處奔波，但他比〈小星〉更為悲慘，以為回到家就可以稍為舒緩，得到家人的體諒安慰，殊不知卻是一連串的不諒解及冷嘲熱諷，這是多麼的不堪，多麼令人心碎的一幕啊！最後只能無奈的呼天，感嘆命運的捉弄，使他的心情內憂外患集於一身之無奈，悲從中來。雖有親人，卻像沒有似的，因為家人的不能體諒，回家反而徒增傷悲罷了！

雖然爸爸在外辛苦，但他從來沒有把他的辛苦帶回家，爸爸在家裡是一個幽默的人，經常是他反過來關心我們在生活上所遭遇的挫折，把我們的難過揹在他自己身上，自己年歲越大後，就越能體會爸爸的心情，期望自己趕快長大，讓爸爸揹了二十幾年的辛苦，可以慢慢放下了。

作者小傳

沈瑞琪，目前就讀東海中文系三年級。來自於純樸的雲林斗六，平常喜歡聽聽音樂、看看古裝劇，是一個對於歷史深深著迷，再平凡不過的中文系女孩，企圖在浩瀚書海中，努力尋找自己。

兄弟和睦，一家快樂

許景渝

對每個人來說，身邊最親近的不外乎是自己的父母，接著便是自己的兄弟了。但在現代的社會裡，我們可能難以體會到兄弟之情了。現在的家庭，孩子生得少，而且也因為物質、文明的發展快速，更加深了人與人之間的隔閡，或許，對現代的人來說，自己的另一半跟小孩子才是更為重要的。但古人似乎不這麼想，在古代的觀念裡，對於血親的感情是大於姻親的，因為妻子是娶來的，和自己並沒有直接的血緣關係，更何況在古代，男性地位較高，而且還有傳宗接代的責任，即使是兄弟都要肩負，那麼自然是重要許多了。

可實際上，兄弟相處不和睦、有爭吵的卻比比皆是，若是兒時打鬧就罷了，但是長大後就不那麼簡單。在現代，兄弟互告是層出不窮，而原因往往是父母的財產，就這樣犧牲掉了昔日穿同一條褲一起長大的情誼，就算是在古代，生在皇家，也是為了皇位爭奪而犧牲自己的兄弟。每每在報紙、電視上看到這種新聞或是聽到有關類似情況的歷史，一方面覺得不可理解，為什麼兄弟會走到這個地步，一方面又覺得痛心。所以當我讀到《詩經．小雅．常棣》時，便覺得感慨。

常棣之華，鄂不韡韡。凡今之人，莫如兄弟。
死喪之威，兄弟孔懷。原隰裒矣，兄弟求矣。
脊令在原，兄弟急難。每有良朋，況也永歎。
兄弟鬩于牆，外禦其務。每有良朋，烝也無戎。
喪亂既平，既安且寧。雖有兄弟，不如友生。
儐爾籩豆，飲酒之飫。兄弟既具，和樂且孺。
妻子好合，如鼓瑟琴。兄弟既翕，和樂且湛。
宜爾家室，樂爾妻帑。是究是圖，亶其然乎。

此詩在第一章，便做出了個總論：「凡今之人，莫如兄弟」，說世界上沒有人比得上兄弟，並且用常棣花來比喻兄弟本是同根相生，讀完第一句想起了曹子建的〈七步詩〉：

煮豆持作羹，漉豉以為汁。
萁在釜下燃，豆在釜中泣。
本是同根生，相煎何太急。

雖然講的都是同根相生的兄弟，兩篇作品卻呈現出完全相反的內容。曹植的〈七步詩〉很明顯的點出骨肉相殘的悲哀，而〈小雅．常棣〉卻是說兄弟本來就是同根相生，沒有人能比得上。

此詩為中國史上最早有關兄弟之情的作品，裡面用朋友與兄弟相比，雖然都是密切的關係，但相對來說還是兄弟比較親近，在你有危難時，只有你的兄弟會來救你，雖然會有小摩擦，但遇到問題時也是一致對外。另一個重點，此詩還講到了兄弟和樂相處，才有可能擴及到整個大家族的和諧，這是一個很好的教誨、呼籲，若是兄弟不睦，最傷心的一定是父母，若是連跟自己血緣關係的兄弟都無法信任，那麼跟朋友該如何相處呢？我知道就算是雙胞胎也可能會有不同的性格，所以兄弟之間多多少少會有摩擦，要做到完全和睦是很難的，但有時只要各自退一步，事情說不定會有更好的結果。兄弟沒有隔夜仇，畢竟都留著同樣的血液，我真想讓那些因為財產紛爭，或者是一些小爭執就撕破臉的人來讀讀這一首詩，古人流傳到現在的東西不會沒有道理，雖然這是一首頌揚兄弟之情的詩，但我覺得他最後想表達的是如果兄弟可以和睦相處，那麼這個家庭就可以和諧。因為這首詩首開先例，描寫兄弟友愛，之後也陸陸續續有人以此為題材，像是蘇軾的〈水調歌頭〉（丙辰中秋，歡飲達旦，大醉，作此篇，兼懷子由。），可以很清楚的知道他是在想念遠方的弟弟蘇轍，在這月圓人團圓的中秋佳節，抒發「但願人長久，千里共嬋娟」的無限思盼。

即便如此，蘇軾仍能表達對自己兄弟的想念，《詩經》也告訴我們要珍惜兄弟，而身處於現代的我們呢？因為古代通訊不發達，想見上一面都很難，反之現在通訊、科技太發達了，導致大家都不懂得珍惜彼此之間的感情，我覺得這一點值得每個人深思。

作者小傳

許景瑜，南投縣草屯鎮人，目前就讀東海大學中文系三年級。平時也寫寫日記，記錄自己的見聞，我的興趣是喜歡讀一些奇奇怪怪的書籍，從中發現閱讀樂趣。

七　人際關係

莫愁前路無知己，高山流水覓知音

溫禹

孤芳自賞是種寂寞，相互傾訴則是種幸福。伯牙絕弦，只為子期。人海茫茫，知音何在？千金易得，知音難覓。我們每個人都是一粒來自不同角落的塵埃，不斷探尋著能讀懂自己心靈，能明瞭自己情誼的人。關於知音，古有「相識滿天下，知音能幾人」的孤寂，有「桃花潭水深千尺，不及汪倫送我情」的不捨，有「莫愁前路無知己，天下誰人不識君」的關懷。知音的存在，總能帶給人許多溫暖，帶來內心深處最誠摯的感動，莫怪乎古往今來無數文人騷客寫文訴談，《詩經》中自然也有著有關知音的「鍾期既遇，奏流水以何慚」的經典篇章：

子之還兮，遭我乎猺之間兮。並驅從兩肩兮，揖我謂我儇兮。
子之茂兮。遭我乎猺之道兮。並驅從兩牡兮。揖我謂我好兮。
子之昌兮，遭我乎猺之陽兮。並驅從兩狼兮。揖我謂我臧兮。

我在猺山和獵人邂逅相遇，見對方打獵身手竟是那樣敏捷，不由脫口稱讚「子之還兮」、「子之茂兮」、「子之昌兮」，驚喜不已、激動不已，知音難覓，於是惺惺相惜，一同合作奮力逐獵，而獵人也對我多加讚譽，「揖我謂我儇兮」、「揖我謂我好兮」、「揖我謂我臧兮」。這，便是一種高山流水遇知音的感慨。

到底何謂知音？「生我者父母，知我者鮑子也」的管鮑之交告訴了我們知己之間的親密無間、彼此信任。高山流水覓知音，伯牙鼓琴，子期善聽：「善哉，峨峨兮若泰山」，「善哉，洋洋兮若江河」。伯牙所想，子期必得。子期死後，伯牙絕弦。知音不在，誰懂弦音？世界上再也沒有能懂自己琴音的人了。於萬千的荒原中尋覓到一朵合於心意的花朵，這是多美的奇蹟？然而花自凋零，徒留下滿地泥濘，又如何讓人不痛心疾首？

真正的知音不需要語言，有的只是靈魂相遇後碰撞出的快慰火花，在那電閃雷鳴的剎那，心與心之間相互融合。真正的知音能從對方的眼眸中讀懂彼此，惺惺相惜。於千百人中，遇到彼此，於千百年中，恰好相逢。孟京輝在話劇《柔軟》中曾說過：「每個人都很孤獨，在我們的一生中，遇到愛，遇到性，都不稀罕，稀罕的是遇到了『瞭解』。」知音是一種靈魂與靈魂之間的互動，是彼此相互的欣賞與認同，只有當靈魂碰撞，於千萬個頻率中產生共鳴，才能成為知音。不管是廉頗、相如的刎頸之交，還是陳重、雷義的膠漆之交，是元伯、巨卿的雞黍之交，還是角哀、伯桃的捨命之交，是劉備、張飛和關羽的生死之交，還是孔融和禰衡的忘年之交。都是靈魂的碰撞，精神的共鳴。

然而世上肝膽相照的知音畢竟稀少，岳飛悲歎「欲將心事付瑤琴。知音少，弦斷有誰聽。」在失望和悲戚中抱憾隕落。曹雪芹也曾說「萬兩黃金容易得，知心一個也難求」。現代社會更是知音匱乏的社會，我們越來越自我封閉，習慣在各自的旅途上孤芳自賞，卻又在內心渴求著知音的陪伴。朋友也好，知音也罷，二者都是可遇而不可求的，然而在這不可求的背後，尚可做些努力，充實自己，備好一切，等待靈魂碰撞的那一刻產生的火花。為此，我們要先把自己從物欲橫流的監牢中脫離，將心靈從禁錮的城堡中解放，尋找靈魂中那個真正的自我，或許這之後你會發現阻斷知音的不是其他，正是自己內心被時代汙化的監牢。

禪語道：「真正會聽的人，要聽無聲之聲；真正會看的人，要看內心的世界。」真正的知音應該游離在物質之外，尋找那心靈的交集。在想要得到別人理解的同時，何妨去學會理解別人？學會傾聽，學會奉獻，學會善待，給他人一份關愛，即使是一句微不足道的話語，或許對無助的心靈就是一縷明媚的陽光。我相信，心總是可以互換的，只要我們以一顆真誠的、包容的、謙卑的心去尋覓，我們也能在人生旅途中找尋到自己的知音。以真心相待，以真誠關懷，我們便可以「莫愁前路無知己，天下何人不識君」。

作者小傳

溫禹，目前就讀東海大學中文系三年級。取母親姓氏為名，鄉人評價靦腆內向，朋友則說聒噪瘋狂。身處墮落大潮，卻不甘隨波飄蕩，堅信太陽尚遠，但必有太陽。

快樂的聚餐

〈小雅．南有嘉魚〉

何霄

自古道：「民以食為天」，中國人是愛吃也會吃的一個民族，長城內外，大江南北，無處不能嗅出舌尖上的中國味道。中國人喜聚不喜散，獨樂樂不如眾樂樂，要吃當然是大家一起吃，因此不管是婚喪嫁娶、社交往來，還是逢年過節、大事小情，都要聚在一起吃個飯，這就是聚餐，也就是民間俗稱的「飯局」。這聚餐，絕不僅僅只是吃而已，小小的飯桌上承載著濃濃的情意和深深的韻味。〈小雅．南有嘉魚〉就為我們展現了這樣一次快樂的聚餐：

南有嘉魚，烝然罩罩。君子有酒，嘉賓式燕以樂。
南有嘉魚，烝然汕汕。君子有酒，嘉賓式燕以衎。
南有樛木，甘瓠纍之。君子有酒，嘉賓式燕綏之。
翩翩者鵻，烝然來思。君子有酒，嘉賓式燕又思。

這是一次充滿歡樂的聚餐。一開始詩篇就為我們描繪了一幅高朋滿座、嘉賓雲集的場面：遠方來作客的朋友們啊！感謝你們的到來，就像南國一群美好的魚兒來到了水中，往來翕忽，怡然自得，紛紛擺動著俏皮的魚尾，隨著水流游來游去。我們眼前好像看到廳堂裡觥籌交錯，大擺筵席，推杯換盞，笑語盈門的場景。魚兒很歡樂，人也很歡樂，其實是客人和主人都處在歡樂之中，正如歐陽修在〈醉翁亭記〉中所說：「禽鳥知山林之樂，而不知人之樂；人知從太守遊而樂，而不知太守之樂其樂也。」

這種主客同樂的場面曾經出現在永和九年「崇山峻嶺、茂林修竹」的浙江蘭亭，曾經出現在西晉石崇那烈火烹油、鮮花著錦的金谷園，曾經出現在初唐「群賢畢至，少長咸集」的滕王閣，也曾經出現在開元年間「陽春煙景，群季俊秀」的桃花園。聚餐所帶來的這種主客同樂之樂，擁有一種穿越古今的生命力，在璀璨的中國文壇留下了一代又一代的佳話。那麼，他們究竟為何而樂？

李太白在〈春夜宴從弟桃花園序〉中告訴了我們答案：「夫天地者，萬物之逆旅也；光陰者，百代之過客也。而浮生若夢，為歡幾何？」人生不過匆匆數十載，如同白駒過隙，蘇子與客泛舟遊於赤壁之下，一晃眼也已經是千年以前的事情了，我們又何必在這有限的一生自尋煩惱呢？人生得意須盡歡，莫使金樽空對月！我們唯一能把握的只有當下的這一刻，只要這一刻我們知道自己是快樂的，那也就足夠了，恆持剎那即是永恆。歐陽文忠公早已不在人間，可是那一天他與滁州民眾同遊瑯琊山的快樂就當真不在了嗎？不，那快樂還在，它在每一個久別重逢，歡聲笑語的真摯的宴會裡，從未離開過我們。

在「嘉賓式燕以樂」的「樂」背後，是情，是難以割捨、無比眷戀的友情。「南有樛木，甘瓠累之」，在枝葉稀疏的樹幹上纏繞著層層疊疊的藤蔓，那上面結滿了大大小小的葫蘆，風一吹過，宛如無數只風鈴叮噹作響。藤蔓緊緊纏繞著高大的樹木，這是綠葉對根的情意，是親人摯友之間久別重逢之後難分難捨、不忍別離的情意。黯然銷魂者，唯別而已矣！聚過這一餐，咫尺變天涯，親朋好友，又不知何日再相逢。怎麼能不叫人更加珍惜這一次的相聚？

中國人講「無酒不成席」，酒，是宴席上必不可少的東西，也是傳達心意的最佳載體。「君子有酒」，嘉賓才能「式燕以樂」、「式燕以衎」、「式燕綏之」、「式燕又思」，正所謂「無酒不歡」。勸酒是宴席上最有特色的部分了。主人先將杯中的酒一飲而盡，客人一般也要喝完。不但主人要勸酒，客人與客人之間也要敬酒，為了使對方多飲酒，敬酒者會找出種種必須喝酒的理由，若被敬酒者無法找出反駁的理由，就得喝酒。還是李太白勸酒的功夫了得：「鐘鼓饌玉不足貴，但願長醉不復醒。古來聖賢皆寂寞，惟有飲者留其名。」杜工部也不甘示弱：「張旭三杯草聖傳，脫帽露頂王公前，揮毫落紙如雲煙。」在我看來，最能打動人心的勸酒者，當數白居易，你瞧他在〈問劉十九〉中說的：「綠蟻新醅酒，紅泥小火爐。晚來天欲雪，能飲一杯無？」在這樣一個風雪之夜，與友人一同圍著小火爐取暖，友人請你喝杯暖身酒，試問有誰能拒絕？除了勸酒、敬酒，更為精彩的則是罰酒了。西晉大富豪石崇在金谷園請客吃飯，賦詩不成便罰酒三杯，自此罰酒之風流傳千古，罰酒的方式更是五花八門，為宴席增添了無窮的樂趣。

天下沒有不散的宴席，「翩翩者鵻，烝然來思」，一群翩飛的鵓鳩把大家拉回酒席，大家酒興不減，言笑晏晏，真想再戰三百回合，但不勝酒力正在一旁休息的客人，看著翩飛的鵓鳩鳥，聽著咕咕的鳥鳴聲，也許已經在商量聚餐後的射禮了吧！射中的人可以罰沒射中的人喝酒，祝願在場的賓客福澤綿長，健康平安。

還在等什麼？閑暇時，約上三五好友，像〈小雅·南有嘉魚〉中寫的那樣，共聚一堂，放下手機，放下包袱，喝幾杯小酒，說幾句真心話，或許你會突然發現，人生的美好，就在當下。

作者小傳

何霄，現為東海大學中文系三年級交換生。他是八百里皖江邊上的來客，黃梅戲的故鄉也是他的故鄉。一個喜歡文學，愛讀歷史的大男孩。要效仿古人「讀萬卷書，行萬里路」，心和腳步總有一個要在路上。

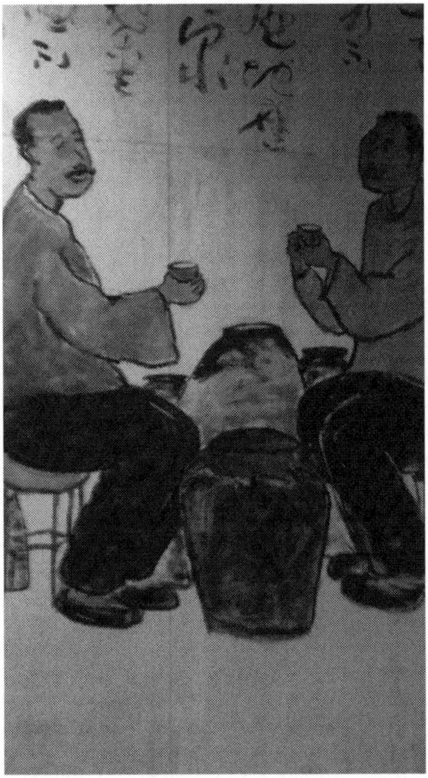

《詩經》祝福卡

呂珍玉

在書局可以買到許多設計精美的賀卡，不論生日、結婚、節慶、問候……琳琅滿目的，可供各種場合選用，透過一張張小卡片來傳達自己對長輩或朋友的心意。在《詩經》中也可以看到許多祝福人的話，像是螽斯衍慶、麟趾呈祥、桃夭之賀、天保九如、壽豈不已、不遐有害……，看來周人也很重視人際間的關心和祝福。世路艱難，若能得到親朋好友的關心祝福，無形中好像多了些加持，有了溫度才有勇氣，人生旅程自然安然順暢一些。周人似乎也非常懂得這種道理，他們對人的祝福，往往採三覆的形式，再三致意，被祝福的人好像神奇似的就接受到了他們的期望。而且他們非常擅長人際關係的經營，尤其經常配合著宴飲，在和諧的氣氛中，傳達對對方的關懷，而不光是酒醉飯飽的交際應酬。時下很流行文創產業，若能將《詩經》中的祝福詩匯集起來，加點美工創意，設計生活中各種場合應用的祝福卡，必然會很吸睛，廣受大眾歡迎。以下我就試著設計四張祝福卡：

第一張是「螽斯衍慶」卡，靈感源自〈周南．螽斯〉，用於祝賀人家生孩子：

螽斯羽，詵詵兮，宜爾子孫，振振兮。
螽斯羽，薨薨兮，宜爾子孫，繩繩兮。
螽斯羽，揖揖兮，宜爾子孫，蟄蟄兮。

詩意是頌揚人家子孫繁衍眾多如蝗蟲，想必《詩經》時代人人都以多生孩子是件幸福的事，值得大大慶賀，詩意濃縮為「螽斯衍慶」一詞，流傳至今。中國人最重視結婚生子，傳宗接代，傳統祝賀人家子孫眾多的賀詞有五世其昌、瓜瓞綿綿，石榴、瓜、花椒、魚等多子的瓜果魚類，常被用來設計為繁殖多又快的圖像。

除了在《詩經》外，倒是未見其他典籍也用繁殖力強的蝗蟲為多子圖像。現今社會流行不婚不生，少子化現象使得家庭結構和人口結構都成為棘手問題，地方政府紛紛推出鼓勵生產方案，結婚送金鏟子、生孩子發獎金、孩子成長過程有育兒補助金、營養午餐、教育補助、義務教育種種利多，希望這些誘因促使年輕人願意結婚並多生幾個孩子。但由於就業困難、薪資低、房價、物價高，雖然政府不斷放送利多，但多數年輕人還是不願意給自己沈重的壓力，看來目前推行人口政策的成效好像不彰。怎樣的人口結構才符合理想？推行節育或鼓勵生產是正常的人口政策嗎？不論臺灣或中國大陸都正面臨這個問題，對以前大力推行節育都開始反思，而做出不同的修正，看來人類對於繁衍下一代的問題，仍應該好好研究一番。

蝗蟲群居團結、生命力強、繁殖快速，所以能通過嚴酷的大自然淘汰，人類因能思考而貴為萬物之靈，然就繁衍種族上若思考憂心太多，長期而言恐大不利於人種的存亡。或許可以就詩意「螽斯衍慶」，畫張稻田草叢中蝗蟲家族龐大和樂圖，借物寓托，這頑強的小生命必能婉轉傳達「強者亦若是」的意義。只有夫妻雙方能決定他們是否要生孩子？要生幾個孩子？若政府公權力強行介入，必然產生許多家庭或社會問題，大陸推行一胎化政策就是個例子。

第二張是「天保九如」卡，靈感源自〈小雅．天保〉，用於祝賀長輩生日：

天保定爾，亦孔之固。俾爾單厚，何福不除？俾爾多益，以莫不庶。
天保定爾，俾爾戩穀。罄無不宜，受天百祿。降爾遐福，維日不足。
天保定爾，以莫不興。如山如阜，如岡如陵。如川之方至，以莫不增。
吉蠲為饎，是用孝享。禴祠烝嘗，于公先王。君曰卜爾，萬壽無疆。
神之弔矣，詒爾多福。民之質矣，日用飲食。群黎百姓，遍為爾德。

如月之恒，如日之升。如南山之壽，不騫不崩。如松柏之茂，無不爾或承。

詩意是歌頌統治者能夠敬天保民，皇天無親，惟德是輔，於是天回報保佑他九如。好像哪九種永恆不衰竭的物象呢？如山、如阜、如岡、如陵、如川水之來、如月之恆、如日之升、如南山不崩、如松柏之茂。這九種物象包含山、水、日、月、松柏，都是上天、下地自然界中永遠不斷增生，循環不已，或具有堅韌生命力的東西，用來歌頌統治者之德，必然會感應天地，得到永恆不衰，欣興向榮。一位有德的長者大壽，若用「天保九如」來祝福他，可以說是最高的致意和敬意了。可以將高山流水松柏日月等永恆不竭的物象融入畫卡中，向最敬愛的長輩表達誠摯的祝福，要比松柏長青、松鶴遐齡、壽比南山意象更為豐富，收到卡片的老壽星一定會樂開懷。

第三張是「桃夭之賀」卡，靈感源自〈周南．桃夭〉，用於祝賀女子出嫁：

桃之夭夭，灼灼其華，之子于歸，宜其室家。
桃之夭夭，有蕡其實，之子于歸，宜其家室。
桃之夭夭，其葉蓁蓁，之子于歸，宜其家人。

前幾年我有幸為一位女學生證婚，想遍要怎樣說出對她最好的祝福，最後決定還是吟詠〈桃夭〉吧！這首詩最能看出周人對婚姻和家庭的重視。一個姑娘要出嫁了，她青春貌美如同一樹燦爛盛開的桃花，嫁到夫家之後，為夫家傳宗接代，持家有道，不僅是個好妻子，也受到夫家親友的喜愛。雖然現在女權高漲，女性已不必處處屈從，有更多機會成就自我，正因為時代對女性的限制越來越少，現代女性往往過於追求事業而輕忽家庭，造成無法挽救的傷害。怎樣才是一個成功的女性？事業女強人？還是賢妻良母？恐怕答案不是唯一的，所以〈桃夭〉這首詩意，至今對女性仍有一定的反思意義。我的「桃夭之賀」證婚辭，獲得參加婚禮嘉賓讚賞，大概可以說明大家對新娘子的期待吧！這張「桃夭之賀」卡，配上開得一樹火紅鮮豔的桃花，讓人感覺春天的生機無限，這個新娘子是夫家未來的希望，能帶給夫家許多好運。

第四張是「不瑕有害」卡，靈感源自〈邶風．二子乘舟〉，用於離別時的祝福：

二子乘舟，汎汎其景，願言思子，中心養養。

二子乘舟，汎汎其逝，願言思子，不瑕有害。

傳統舊注說這首詩是衛國人憂心宣公的兩個兒子伋和壽，看著他們船行江上，影子越來越遠，祝福他們「不瑕有害」，也就是「不有害」，即現在所說的「一路平安」。現代注家都把這首詩視為送別詩，究竟是誰送別誰？則無從有定說。就文字上了解，無庸置疑這是一首送別詩，送行者望著離人的船漸行漸遠，仍不停揮動著雙手，站在岸邊不捨離去，直到離人身影快消失的一剎那，一聲「一路平安」迴盪在江水山澗。生離之悲遠甚於死別，黯然銷魂惟別而已，以其掛懷在別後仍難放下。即便今日交通便利，離別仍是令人斷腸。一張「不瑕有害」卡，是向對方無盡的祝福，是不久相見的期盼，配上江上離人乘舟而去，汎汎其影像，這一消逝之景，「一路平安」之聲，出現在各種送別場合，古今如一，如此熟悉。

如果你有興趣的話，也可以從《詩經》中找靈感，賦予經典新生命，製作與眾不同的祝福卡。

作者小傳

呂珍玉，桃園縣人，東海大學中文研究所博士，現任東海大學中文系教授，講授詩經、訓詁學、詩選等課程。著有《高本漢詩經注釋研究》、《詩經訓詁研究》、《詩經詳析》等專書。熱愛教學研究工作，不知老之將至，最高興看到學生有傑出表現。

友誼的重要

陳珮瑜

記得有首讚頌友情的歌是這樣唱的：

友情，人人都需要友情，不能孤獨走上人生旅途……

亞理斯多德曾說：「喜歡孤獨的人，不是野獸就是神靈。」畢竟生活在人際關係密切的現今多元社會中，只要是正常的人都會有朋友。除非那些甘願遁入山林與野獸為侶，或者是想遠離人群社會去尋求一種更高尚，猶似神仙生活的人。所以，「朋友」在每個人的生命之中是不可缺少的重要元素之一！

生命如果像是一首歌謠，那麼朋友便是替我們合音的天使。如果一個人在沒有友誼和關懷的人群中生活，那種苦悶正恰如古拉丁人的諺語：「一座城市如同一片曠野。」所看到的每一張臉，冷漠的猶如一張沒有色彩的圖案；所聽到的每一句交談，則不過是一片噪音。有人說：「友誼既是快樂之源泉，又是健康之要素。」事實上，根據醫學報導，內心常感孤獨的人，常會疏於照顧自己，過著比較不健康的生活方式。因此醫學專家們建議，我們想要擁有健康的身體，除了要吃得好、睡得飽及常運動之外，也不要忽略和朋友及家人維持良好的人際關係。由此看來，友情在人生之中是佔有一席多麼重要的地位！

中國傳統農業社會是一種群居的生活型態，在這樣的型態下，必定相當注重人與人之間的倫理關係，《詩經》所反映出的倫理關係，便是在這樣的社會下所產生。《詩經》作為中國第一部的詩歌總集，對傳統倫理有著很大的影響作用，對於探究倫理思想的起源也具有十分重要的意義。

《詩經》中的「友」字一共出現二十三次。由此可見，當時候的詩人是相當注重與朋友之間的關係。其中，最具代表性的詩篇即是〈小雅．伐木〉一篇。此篇可說是一首求友之歌，對友情的歌頌給後世留下了極為深遠的影響，以致「嚶鳴」一詞常被人用作朋友間同氣相求或意氣相投的比喻；而成語中的「求其友聲」所指的就是朋友因志趣相投而結交，如鳥鳴聲同相應。此則成語便是典源於此詩：

伐木丁丁，鳥鳴嚶嚶，出自幽谷，遷於喬木。

嚶其鳴矣，求其友聲，相彼鳥矣，猶求友聲。
矧伊人矣，不求友生，神之聽之，終和且平。

伐木許許，釃酒有藇，既有肥羜，以速諸父。
寧適不來，微我弗顧，於粲灑掃，陳饋八簋。
既有肥牡，以速諸舅，寧適不來，微我有咎。

伐木於阪，釃酒有衍，籩豆有踐，兄弟無遠。
民之失德，乾餱以愆，有酒湑我，無酒酤我。
坎坎鼓我，蹲蹲舞我，迨我暇矣，飲此湑矣。

詩分三章，詩一開頭，就以「丁丁」的伐木聲和「嚶嚶」的鳥鳴聲，令我們彷彿置身於一個遠離塵世的仙境。在這裡，時間彷彿停止，一切自在自為。只有這伐木之聲和悅耳的鳥鳴在空曠的幽谷裡迴盪。一個孤獨的伐木者，一個出谷遷喬去尋找知音的鳥兒，這兩個意象在這仙境一般的氛圍中被不斷地進行視覺和聽覺上的重疊和加強：聲音使人聯想到形象，形象又賦予聲音特殊的內涵。

第二章，詩人批評了不顧情誼、互相猜忌的不良現象：「既有肥羜」，「於粲灑埽，陳饋八簋」，邀請「諸父」、「諸舅」而「不來」，又於我「弗顧」。在這世界上的人，雖有千百種；卻有一種很簡單的二分法，就是把所有的人分成「喜歡的」和「不喜歡的」兩類。人與人之間，本來就有不同的磁場，光看一眼好惡立判。而在不是很了解對方的情況下，輕率地幫對方貼上標籤，這種先入為主的成見，就像一座堅實的城牆，阻擋我們進一步認識對方，也失去向他學習的機會。其實，每一個人就像每一片樹葉一樣，長得都不一樣，仔細看看，就會發現其中趣味之所在。心理學博士傑克．柏格說：「人類內心深處一直渴求被瞭解，正如同花朵需求陽光照射一般。」友善的人際關係，其實就是從瞭解開始，一點一滴建立起來的。

第三章則是作者為失去的友情和親情而振臂高呼，作者用飽經滄桑的筆調描繪著自己的希望和要求：普通人之間以誠相待絕不「乾餱以愆」。親友之間相互理解的「有酒湑我，無酒酤我」、信任，和睦快樂地相處。最後作者以一個超越於現實之上的境界結束全詩：在咚咚的鼓聲伴奏下，人們載歌載舞、暢敘衷情，一派昇平景象。

所以從詩中可以知道，鳥類是一種呼朋引伴的動物，鳥兒之間是那樣的和樂，詩人由此起興，認為人類更是需要友愛的滋潤，更需要親情和友情的維繫。朋友之間友情的基礎，可能是共同的利益，也可能是共同的愛好、共同的志趣、共同的理想；而真正的友情歷久彌新，並不會因為彼此的社會地位變遷而有所改變。因此，很多時候，朋友之間互相親愛敬重的程度絲毫不遜色於手足之情。因而，也可以說：「真正的朋友不是親人，然而卻勝似親人！」

知心的朋友能夠分享快樂，更重要的是能夠分擔憂患。如果我們把自己心中的快樂告訴一個朋友，那麼我們將得到兩個快樂；而相反的，如果我們把憂愁向一個朋友傾訴，那麼我們將被分掉一半的憂愁！所以說：「友誼是人生的調味品，也是人生的止痛藥。」

這首〈小雅．伐木〉中所用比喻「知音」，即朋友之間彼此的高度理解與相知，是友情達到的至高境界。由此可見，友情對於一個人是非常珍貴的。有首歌詞是這樣唱的：

要珍惜友情可貴，失去的友情難追。誠懇相互勉勵，要緊握熱情雙手，莫讓那友情溜走。要搭起友誼的橋樑。

我們就必須表現出我們的真誠和尊重。用心傾聽朋友的話語，常多設身處地為對方著想，並樂於和朋友溝通，都是維繫友情的妙方。讓我們珍惜友情，讓友情永永遠遠溫暖我們的心胸。

在自然界之中，物質可以透過結合的作用得到增強的效果；而人與人之間的情感，難道不也是如此嗎？沒有朋友的人，就是啃嚙自己心靈的人！

作者小傳

陳珮瑜，現就讀東海大學中文系，兼修教育學程。喜歡美的事物，擁有對文字的熱情與堅持，不管是繞多少路，作多少調整，仍未忘卻自己的初衷，朝向夢想前行。

兄弟之情

洪詩涵

最近多元家庭法案很紅，但我要說的並不是那個。對，絕對沒有關係。《詩經》也有很多關於愛情的你追我跑，瓊瑤式的糾結情感，有的有著完美的結局，有的成了遺憾，哭死的永遠都是自己……，話題扯遠了。現實生活中除了愛情，我想還有最重要的友情。男男女女皆有，不論東西還是南北。在古代的戰場、商場，女人們都退居二線，在家裡帶小孩，等著自己丈夫何時歸來的時候，男人們之間互相的支持就成了他們往前進的最大力量。

男人們之間的情誼不像女生之間的複雜，有時候會互相罵來罵去，損一下對方的短處，看似幼稚，卻令我羨慕能夠這樣直接無心機，有時候也會打起來。但「不打不相識」，不就從這裡出來的嗎？《詩經》中就有提到，像是〈秦風．無衣〉的袍澤情誼：

豈曰無衣？與子同袍。王于興師，脩我戈矛，與子同仇。
豈曰無衣？與子同澤。王于興師，脩我矛戟，與子偕作。
豈曰無衣？與子同裳。王于興師，脩我甲兵，與子偕行。

在此詩中以戰場為背景，以一名戰士的口吻說出征時的互相扶持、互相激勵之詞。

誰說你上陣無衣？我與你共此戰袍。王啊！他號令著大軍。整頓好我的盔甲兵器，我與你一同雪恥。
誰說你上陣無衣？我與你一同揮灑熱血汗水。王啊！他號令著大軍。整頓好我的盔甲兵器，我與你一同止息。
誰說你上陣無衣？我與你共此裳衣。王啊！他號令著大軍。整頓好我的盔甲兵器，我與你並肩而行。

詩裡字字句句都是直接的情感，讓人也身歷其境。跟同袍兄弟在戰場上互相扶持，互相激勵。在現實生活當中已經很少可以看到這麼令人感動，滿腔熱血的畫面了。我想只有在電視、漫畫動畫中才可以看得到吧。

在文學裡面也有男人友情的描寫，就像是日本文學作家太宰治的《奔跑吧，梅洛斯！》。梅洛斯想要回去參加妹妹的婚禮，但是由於被囚禁並判刑，無法回去。他的朋友利努尼斯想要幫助他，於是請求放梅洛斯回去一趟，並以自己當人質保證他會回來，在感動之餘，國王答應了。不過如果他沒有準時回來，利努尼斯就會被處死。梅洛斯如願趕上妹妹的婚禮，但是在回來的途中遇到重重阻礙，眼看期限即將到來，梅洛斯為了不辜負友人的信任，拚了命跑回去。最後達成了約定。就連現在線上遊戲也主打著男人們的熱血友情，組隊聯盟等。

「兄弟就如同手足，是不可分割的一部分。妻子就如同衣服，可以一換再換。」這句話雖引起很多女性朋友們不平之聲，但也無可奈何地接受了。這是異性在相處上所沒有的，也讓我羨慕不已，單純直接，開心時互虧打鬧，難過時互相扶持。在現代人距離越來越遙遠，但我期望是心能越來越近。男人們之間的熱血的情誼，也能就簡單靠一句：「閉嘴，那些都不重要，他是我兄弟！這樣就夠了。」

作者小傳

洪詩涵，外號鮪魚，現就讀東海大學中文系三年級。眼睛很大，喜歡數字三、甜食、姊姊，還有男人們堅定又熱血沸騰的友情、女人們一起想像的情誼。

跳到黃河都洗不清

吳迺蒨

在我們的生活當中，或多或少都會遭到來路不明流言的重傷攻擊，看看古代多少名人，屈原、司馬遷、蘇軾等等，哪一個不是被讒言所害，輕則貶至偏地，重則屍骨無存。再看看我們生存的現代，許多人捕風捉影、空穴來風，為達到目的不擇手段；或是為了炒話題、上版面，隨意說幾句話讓人憑空猜測，為他人引來禍患。俗話說「世風日下，人心不古」，只要是人就會有私慾，「假君子，真小人」，滿足了他們的好奇心，因而流言四起。

在這樣的社會底下，要我說人性本善我都不太相信，「清者自清」這句話也已經行不通，當流言上身，佈滿周遭之時，有幾個人能大大方方地站出來讓人指指點點，言語和人群眼光的折磨是可怕的，漸漸侵蝕心靈的是自己內心的不甘及羞辱，這是一場痛苦的爭鬥，但是令人手足無措的是，若是連本該相信你的人都不相信你了，這要如何是好？《詩經》中的〈鄭風．揚之水〉一篇說到：

揚之水，不流束楚。終鮮兄弟，維予與女。無信人之言，人實迋女。
揚之水，不流束薪。終鮮兄弟，維予二人。無信人之言，人實不信。

以往的兄弟家人之情早已消失，等待自己的是慘遭親密之人背離遺棄的傷悲，對比外人說閒話的無關緊要，家人的冷眼一瞥是一柄利器，深深地刺進心裡，叫天叫地都無法抹去生存意義崩塌毀壞之感，沒有人顧慮我了，沒有人在意我了，沒有人站在我這一邊了，我到底該怎麼做才能挽回你的相信？自己就像身處於廣闊水面上的孤舟，微微一動都有可能使水波蕩漾，引來群眾的批評撻伐，但是沒有人能夠將我從這種困境中拉我上岸，因為應該是要與自己共患難的親人，卻站在岸邊的人群中冷眼旁觀，我看見你的身影了，你的不聞不問使我心寒。

「兩肋插刀」，「肝膽相照」幾乎已不復存在，呈現的是「大難臨頭各自飛」的寫照。被外人不諒解是一件難過的事，但被親人不諒解就是一件無力的事。你想指責他卻又無可奈何，傷心的程度可能是外人的幾千幾萬倍，關起門來哭個三天三夜也流不盡的眼淚，心靈上的寄託與安慰已經被最有關聯的人硬生生地掐斷，大喊大叫著「你為什麼不相信我」也無可回天，事情似乎就在此刻已被定局，隨之而來的是被流言的浪潮吞沒，回歸平靜後還能看見小船在水面上的悠然飄蕩，但人的身影已經消失無蹤。

這是一則悲傷的慘劇，被世人孤立的無所適從，加之被親人懷疑及拋棄，寧可相信別人也不相信自己的背叛，就好像身上唯一擁有的東西都被別人搶去，那種想怨天都怨不了的悲憤，雖然我不能說完全理解那種傷感之情，但是被家人誤解時真的使我難以忍受，好累，好睏倦，好疲憊，很想一閉上眼睛就再也不要醒來的逃離現實，也許在親人一放手的時候，就不打算要睜開眼睛了吧。

作者小傳

吳迺蒨，臺灣嘉義人，現就讀東海大學中文系三年級，喜好聽音樂和看小說，最大的嗜好是吃東西，對於貓咪有特別的偏愛。

謠言止於智者

〈唐風．采苓〉

黃珀玲

在某些人的世界裡，西瓜是長在樹上，而香蕉卻深埋土裡。我覺得，人之所以為人，貴在擁有辨別是非黑白的能力。從古至今，有許多關於讒言亂語的故事，如《戰國策》中記有一則，內容是說，龐蔥與魏太子同至趙國為人質，臨行前，龐蔥以三人成虎之喻勸諫君王勿信讒言。原文如下：

龐蔥與太子質於邯鄲，謂魏王曰：「今一人言市有虎，王信之乎？」

王曰：「否。」

「二人言市有虎，王信之乎？」

王曰：「寡人疑之矣。」

「三人言市有虎，王信之乎？」

王曰：「寡人信之矣。」

龐蔥曰：「夫市之無虎明矣，然而三人言而成虎。今邯鄲去大梁也遠於市，而議臣者過於三人矣。願王察之矣。」

一個人來說，你不相信；兩個人來說，你可能會有點動搖；三個人來說，那事情便大條了。人的意志很脆弱，非常容易被說服，尤其是身邊親近的人，對他們所說的話，更是不會抱存懷疑之心。

關於讒言，《詩經》中有這麼一則〈采苓〉：

采苓采苓，首陽之巔。人之為言，苟亦無信。舍旃舍旃，苟亦無然。人之為言，胡得焉？

采苦采苦，首陽之下。人之為言，苟亦無與。舍旃舍旃，苟亦無然。人之為言，胡得焉？

采葑采葑，首陽之東。人之為言，苟亦無從。舍旃舍旃，苟亦無然。人之為言，胡得焉？

這首詩主要在告訴人們面對及處理「人之偽言」——無信、無與、無從、舍旃就是最好的辦法。詩裡寫道：采苓於首陽之巔、采苦於首陽之下、采葑於首陽之東。這些植物是古代日常生活經常接觸到的，而它們從來不生長於首陽山。雖然應該提倡人性本善，但是你心正，他人未必心正，如同此篇，我們無從得知為何會有人如此造謠，或許為了有趣，或許有其他目的，這都是我們單方面無法控制的，而最好的應對方法，就是不要應對；一個巴掌拍不響，就是這道理。

我覺得在生活上亦是。相信每個人成長過程，一定都有過混沌的階段，因為年紀小，對於很多是非其實不太能清楚辨別，容易人云亦云，更別說有識人之明的智慧了，好比中學時期（中二病好發時機）：我記得隔壁班有個女生，善於舞蹈，許是從小習慣站在舞臺面對人群，每每看到她都是自信昂首，感覺閃閃發亮。

我們學校人少，晚自習是全年級合併在會議室念書，因此同學們有較多機會相識，我卻遲遲沒機會認識她，偶然一次和朋友閒聊提到她，朋友說了：「那女生聽說個性很不好相處，你看她走路的樣子就知道啦！她班上的同學也不太喜歡她，還是別跟她認識吧！」過了陣子，隔壁班傳出搞派系、鬧不合的說法，而那女生竟是事主，於是又有更多的流言飛進我耳裡，無外乎是詆毀之語。而我在話題風頭終於認識她了，依我的感覺，她是個非常可親的女孩，完全不像別人口中形容的印象。

熟識之後，我與她聊過別人對她的評論，她本人似乎也知曉，只告訴我：「因為表演的關係，被訓練得連平時走路都不自覺抬頭挺胸，我現在已經努力將下巴壓低，不想讓別人覺得我很驕傲。」至於其他瑣事，則是那些誤解她的人，我便不多跟她討論。當年身處其中，就算尚不成熟，看著也就是些無聊的雞毛蒜皮，但更因身處其中，所以也不得不表現的像一回事。

這些事讓我想到〈將仲子〉提到的「人之多言，亦可畏矣」，雖然原詩本意是在描述男女愛情，但此句特別給了我啟發，如我開頭所提，人之所以為人，貴在擁有辨別是非黑白的能力，一旦遭受蒙蔽，再去做任何審度都將偏頗，傷己傷人，絲毫無益呀！流言蜚語這種事情只會多不會少，古今亦同，世界上當然不是非黑即白這麼絕對，所以更要學著如何看清事實真相，才能減少遭受蒙蔽的機會。

作者小傳

黃珀玲，現就讀東海大學中文系四年級。喜怒易形於色，簡單說就是容易立即表現情緒（請不要告訴我可怕的秘密，謝謝）。喜歡觀察生活周遭事物，平易近人，喜歡交朋友，招牌大概是笑聲比笑話好笑。

八　生離死別

逝者已矣，生者如斯

溫禹

花泣殘紅是短暫的傷感；陰陽永訣卻是永恆的絕望。人生最痛苦的事，莫過於當我在思念你的時候，你已不在人世，驀然回首，所有我們曾執手相伴的日子都已遠走。斯人已去，此情猶在。

從古至今，悼亡都是一個令人悲傷的永恆話題，人有生死，情有哀樂。韓紅的〈天亮了〉是悼念逝去的父母：「我看到爸爸媽媽就這麼走遠，留下我在這陌生的人世間。」而《詩經》中的〈綠衣〉則是悼念故去的愛妻：

綠兮衣兮，綠衣黃裏。心之憂矣，曷維其已？
綠兮衣兮，綠衣黃裳。心之憂矣，曷維其亡？
綠兮絲兮，女所治兮。我思古人，俾無訧兮。
絺兮綌兮，淒其以風。我思古人，實獲我心。

那一年，妻子逝去，只留下為詩人縫製的綠衣，用手細細撫摸那每一處針腳、每一個鈕扣，那每一個細節都是亡妻的心意，是她留下的永難磨滅的癡情。回想起妻子活著的時候，那情景歷歷在目。昔日情意纏綿，如今卻已陰陽相隔，睹物思人，又怎能叫人不心碎情傷？穿著妻子做的綠衣，獨自面對這淒涼的寒風，身邊卻已無人相伴。這樣的淒清哀頽下不免更添心傷。「心之憂矣，曷維其已？」，「心之憂矣，曷維其亡？」這沉積於心中的苦悶什麼時候才能夠停止？我什麼時候才能把她忘記？明明相愛，卻要因生死而說再見，從此不再有人噓寒問暖，真情陪伴，只餘自己煢煢孑立，哀思滿滿。平淡的日子中，留下來的也就是些瑣碎的片段，生活中的關照，迷茫時的規勸，所有的一切都如同白水般平淡，然而卻包含著無盡的深情，日後回想，更是「天長地久有時盡，此恨綿綿無絕期」（白居易〈長恨歌〉），令人肝腸寸斷，又如何能忘？

我不禁想起了另一首悼念亡妻的詩歌，蘇軾的〈江城子〉：

十年生死兩茫茫，不思量，自難忘。
千里孤墳，無處話淒涼。

縱使相逢應不識，塵滿面，鬢如霜。
夜來幽夢忽還鄉。小軒窗，正梳妝。
相顧無言，惟有淚千行。
料得年年腸斷處：明月夜，短松岡。

開篇便是沉甸甸的哀情，淒涼至極，十年過去了，歲月流逝，世事變遷，這一切都沒有沖淡詩人對亡妻的深情，生前相知相愛有多濃，死後相思相念就有多痛。

相愛的人是彼此的世界，當你的世界在你面前傾倒，笑容便也會隨之死掉。難怪老年喪妻的賀鑄在想起曾經相濡以沫的亡妻時，也不免落淚，只得作〈半死桐．重過閶門萬事非〉略敘哀思：「梧桐半死清霜後，頭白鴛鴦失伴飛」，「空床臥聽南窗雨，誰復挑燈夜補衣」。

然而逝者已矣，生者如斯。羅密歐與朱麗葉的自殺殉情、梁山伯與祝英台的死後化蝶固然唯美浪漫，但於當今社會來說仍不可取。還記得〈鐵達尼號〉中那驚心動魄的一幕：船轟然斷裂後，男主自己浸在冰海中，讓露絲躺在浮木上，並要她親口許下諾言：一定要好好活下去，活到一百歲。為了實現這個愛的諾言，露絲在看到救生艇後，毅然掙脫了傑克僵死的雙手，向生命之光游去。

當我們與深愛的一方天人永隔時，可以悲痛，可以傷心，但是不能一蹶不振，更應帶著愛好好生活下去。心再痛，也要收拾心情往前看，要知道生者的安好，才是逝者最大的幸福。如果真有靈魂，想必逝去的愛人的最大希望應該是是看到我們好好活著吧！如果愛，更要好好活下去，讓故去的愛人居住在內心最富饒、最柔軟的地方，帶著他一起見證世間的美好。逝者已矣，生者如斯，因為愛你，所以我會好好活下去。

作者小傳

溫禹，目前就讀東海大學中文系三年級。取母親姓氏為名，鄰人評價靦腆內向，朋友則說聒噪瘋狂。身處墮落大潮，卻不甘隨波飄蕩，堅信太陽尚遠，但必有太陽。

生有涯兮，思無極

鄭涵若

古人云：「死生亦大矣。」對於生與死的思考，一直是人類生命中永恆的一個哲學命題。人類是一種貪生而惡死的生物，為了保全自己的性命，有些人甚至會不擇手段地作出許多匪夷所思、違背倫常的事情，以求取苟且偷生的機會。然而〈唐風．葛生〉中卻有這樣一位女子，她放棄了對生的一切眷戀，一心平靜地等待，甚至期望著死亡的到來：

葛生蒙楚，蘞蔓于野。予美亡此。誰與？獨處！
葛生蒙棘，蘞蔓于域。予美亡此。誰與？獨息！
角枕粲兮，錦衾爛兮。予美亡此。誰與？獨旦！
夏之日，冬之夜。百歲之後，歸于其居！
冬之夜，夏之日。百歲之後，歸于其室！

〈葛生〉與〈擊鼓〉以及〈女曰雞鳴〉三篇是《詩經》中筆者最喜歡的詩篇。〈擊鼓〉言「死生契闊，與子成說；執子之手，與子偕老」乃是亙古不變的生之誓言；〈女曰雞鳴〉的「琴瑟在御，莫不靜好」是歲月漸染的點滴幸福；而這篇〈葛生〉則是情到深處，超越了時間和空間的思念。生誓不如死契，情短不若思長。丈夫故去，〈葛生〉中的寡婦獨自跪於墳前，哀婉低唱：葛藤覆蓋著荊條，蘞草長滿山野。蒼翠茂密的花木綠樹佈滿了整個空曠的郊野。想來當時應是早春時節，一切如此美好，充滿生機，然而墳塚高堆，昔日玉顏已染上死亡的灰白，深色的棺木與華美的錦衾都已深埋黃土，生時我們朝夕相對，而死後誰又能在無盡的歲月中與你相伴呢？沒有人。你就這樣靜靜長眠於此，形單影隻地看著日升月落、黎明黃昏。

予美亡此。誰與？獨處！

予美亡此。誰與？獨息！

予美亡此。誰與？獨旦！

一唱三歎，淒涼哀婉。生與死面前，人類的愛恨情仇都顯得那樣渺小。死亡終究是跨不過的一條銀河，寡婦跪於墓碑之前，與她的愛人相隔咫尺，卻生死永別。而後面「夏之日，冬之夜」的反覆唱嘆，更是全詩情感高迭之處，夏日和冬夜是一年中時間最長的部分，失去了愛人，每一個白晝都如夏天的白日一樣持久，每一個夜晚都如冬夜一般漫長，只等著百年之後泉下相會，方解相思。如此度日如年之痛，直催人淚下斷腸。想到元好問的〈雁丘詞〉：

問世間情是何物，直教生死相許。
天南地北雙飛客，老翅幾回寒暑。
歡樂趣，離別苦，就中更有癡兒女。
君應有語，渺萬里層雲，千山暮雪，隻影向誰去。

橫汾路，寂寞當年蕭鼓，荒煙依舊平楚。
招魂楚些何嗟及，山鬼暗啼風雨。
天也妒，未信與，鶯兒燕子俱黃土。
千秋萬古，為留待騷人，狂歌痛飲，來訪雁丘處。

當年，元好問去并州赴試，途中遇到一個捕雁者。這個捕雁者告訴元好問他遇到了一件奇事：今日設網捕雁，捕得一隻，但另一隻脫網而逃。豈料脫網之雁並不飛走，而是在上空盤旋一陣後投地而死。元好問看著捕雁者手中的兩隻雁，一時心緒難平，便花錢買下牠們，接着將之葬在汾河岸邊，壘上石頭作為記號，號曰「雁丘」，並作了這首〈雁丘詞〉。

其實最愛的不是那句膾炙人口的首句，而是「千山暮雪，隻影向誰去」這句文短情長的歎息。〈葛生〉中的寡婦雖已因愛人的逝去而心死，只想著隨他而去，但終究沒有立即自刎全情。她沒有選擇死亡的原因是什麼？筆者猜測，或許還有高堂需要服侍，或是還有未能自立的稚子仍需照顧吧。情固然與生死同重，為了愛人她是不貪戀生命的，但人的一生不是只有「情」這一件事情，更多的是「責任」。女子選擇獨自堅強的生活下去，想著百歲之後便能與墓中人再次相聚，只是在這之前的多少個日日夜夜、寒來暑往，時光如水流逝間轉眼紅顏白髮。夏之晝也苦長，冬之夜亦凄凄，但夏日與冬夜的漫長難度，卻遠不及寡婦對亡夫的思憶難平。生死抉擇之間，思婦對亡夫的哀痛之情不減，卻更添一分生命的沉重感，我想，那便是生的責任吧。

生也有涯兮，思無極。「夏之日，冬之夜」的哀歌還在蔓草叢生的郊野中迴蕩，這樣淒美的歌謠，思婦九泉之下的丈夫已經無法聽見了，但唐國的風卻從《詩經》中吹出，跨越千年，吹紅了我們的雙眼。

作者小傳

鄭涵若，東海大學中文系三年級交換生。平日喜讀古時諸閑詩遊記、瑣碎小語，以窺舊時觀山游水、居室會友之風貌，妄意能從中略浸得些許先人風骨。

與愛別離

陳姵穎

佛說人生有八苦，生是苦、老是苦、病是苦、死是苦、愛別離的苦、怨憎會的苦、求不得的苦和五陰熾盛苦。當年印度悉達多王子在出巡民間之時，望盡人世間的生、老、病、死，於是決定出家修行，成為後來的釋迦牟尼佛，對於年邁的國王來說，親愛的兒子決定實踐更偉大的目標而去，孩子離開父母身邊，這是種愛別離的苦，對於父親與兒子來說，這親情離別而捨去的小愛，是成全世人而得大愛。究竟人的一生有多少次的愛別離？總是一個人來到世上，離開之際又帶著多少人的愛離開？在離世的霎那間，許多人的心也跟著死去。只能說，時間是水，水不間斷的流去，沖淡人們心底的傷痛，等到有天，痛，是會慢慢痊癒的。

綠兮衣兮，綠衣黃裡。心之憂矣，曷維其已！
綠兮衣兮，綠衣黃裳。心之憂矣，曷維其亡！

綠兮絲兮，女所治兮。我思古人，俾無訧兮！
絺兮綌兮，淒其以風。我思古人，實獲我心！

閱讀《詩經．邶風．綠衣》時，有一段歌詞一直在我腦海中迴盪著：「天真瘋狂燦爛過，卻注定失去，忽然明白世間，真有所謂命運，與愛別離……」這首歌就叫作〈與愛別離〉，是在訴說著分手過後的女孩心情，娓娓唱出失戀的痛；而〈綠衣〉是以男子的口吻，望見綠衣，丈夫思念亡妻的痛，這兩者之間彷彿是八竿子打不著之事，思忖後，會發現這不都是愛別離的一種嗎？人打從出生以來便有愛的能力，與家人、朋友、情人相愛，最後找到一生的伴侶。這過程當中，有人走了，有人留下來，終究人們都總是在來來去去，就連親人也不例外。人生好似場筵席，而天下無不散的筵席，許多次的分別當中，有一種分別是因死亡的緣故，就像江惠的〈家後〉唱著：「等待返去的時陣若到，我會讓你先走，因為我會嘸甘放你為我目屎流。」正因為唱得動情，才讓人刻骨銘心。無意間，〈綠衣〉與〈家後〉的背景結合在一塊，彷彿一場夫妻間的對話，就好像妻子生前和丈夫的綿綿情話，一分玩笑中帶有九分認真，然後時光悠悠過了數十年，妻子離世後丈夫睹物思妻，一方面想著妻子就這麼的留下自己一人，另一方面也想著，還好走的是妳，其實我更捨不得妳留下來為我流淚。這是我在〈綠衣〉中感受到的情緒，如此的深情亦如此的憂傷。

人是會生老病死的，無論愛得多麼深，終究都無可避免的不斷經歷悲歡離合，從上學校的第一天學會獨立開始，人生離別的時刻就會不斷地上演。朋友、親人、戀人、夫妻之間不論多麼相愛，有一天終究會因死亡被迫分開，儘管人們都知道，但沒有人可以習慣死亡所帶來的傷口，好在上天給予人們記憶，也似好似壞地賦與人們遺忘的能力，時間將愛別離所帶來的痛楚沖淡後，如同淘金般，沙子去掉後所留下的金子，即是人們腦海中不斷追憶的美好時刻，相信〈綠衣〉中的男子亦如此。思念讓人生病，但是總有一天會開始癒合，有人說，選擇宣洩是痊癒的開始，當男子滿懷思念而帶著傷痛寫下〈綠衣〉，那表示他的傷口正慢慢的癒合，這亦是文學神奇的能力。

《詩經》裡頭每首作品都是過往人們情緒的出口，無論是愛情的片刻、歌頌民族和祖先事蹟也罷，紀錄著古今人們酸甜苦辣的際遇，是大時代下人們的縮影，並且讓後世人們在讀一篇篇佳作時亦能分得那一絲一縷的情思而有共鳴，無一倖免，在不同的時刻中能共同感受相同的情感，有如彼此相扶相持，這就是文學作品的力量。

作者小傳

陳姵穎，綽號姵姬，源於英名Peggy，同儕偶然譯之，遂用至今。長於好風光之臺東，就彷彿已望盡世間美麗風景。滿懷好奇心看待世界，感性到極致，亦理性到極致，在日常生活的頃刻間會走神，別打斷我，因為我正在細細品嚐倏忽來訪的想像力，也許那時候你問我，我就會同你一起分享我怎麼讓它在我腦海中馳騁悠遊。

雙燕桃花箋

肖子陽

〈邶風．燕燕〉

燕燕于飛，差池其羽。之子于歸，遠送于野。瞻望弗及，泣涕如雨。
燕燕于飛，頡之頏之。之子于歸，遠于將之。瞻望弗及，佇立以泣。
燕燕于飛，下上其音。之子于歸，遠送于南。瞻望弗及，實勞我心。
仲氏任只，其心塞淵。終溫且惠，淑慎其身。先君之思，以勗寡人。

遠嫁的妹妹：

展信悅

當妳看到這封信，或許鳳冠霞帔已經披卻在你身上，喜娘有沒有將妳的墨髮綰成百鳥朝鳳髻，記得要告訴她，我送妳的桃木梳子齒數正好，要用它來替妳梳髮綰髻。哥哥還記得小時候常常幫妳梳兩個傻傻的羊角，醜妹妹醜妹妹的叫妳。而如今時光飛逝，白駒過隙，妳已出落的亭亭，哥哥再也無法那樣任性的牽著妳的雙手，帶妳去看郊外巷弄裡的燕群，跟妳指著，這隻小小的笨笨的是妳，那隻飛得快的帶著妳的是我。

如今春寒微雨，我又獨自來到這早已破敗的郊外巷弄，巷口的桃花燦爛荼蘼肆野，彷佛晚春之後最後一口遺憾的歎息。人面桃花相映。只想起兒時帶著妳來，妳非要吵嚷著吃桃，可那小桃樹比我高不了多少，怎麼能受的住妳貪嘴的要求？妳小臉氣的粉紅，只覺得那灼灼其華都不及妳的顏色，而當時那一對燕兒駐紮的屋簷，如今已經是燕巢的天下，啾啾喳喳的都是雛燕的啼叫，又是一年春，不知道這同窩的燕兒今年別過，在千萬里的荒野中，還能否再遇到，認出彼此同根同源，流著同樣的血液，分享著彼此的生命？

落花人獨立，微雨燕雙飛，那成雙的燕兒還在雨幕中穿梭，剪刀樣的尾羽，彷佛裁剪著上天為離人落下的眼淚，落在我的臉上。我已分不清是眼淚還是雨水，只想到稚氣未脫的妳，就要獨自嫁去遠方。荒郊的風是不是跟這裡一樣冷？雨水會不會打濕妳前額的珠墜？妹妹呵！出嫁千萬不要哭泣啊！胭脂成淚，朱唇失色，哥哥可無法再追去幫妳擦去淚痕。已經是小小的新娘，要端莊優雅的走出那道門，把悲傷和眼淚都留給哥哥吧！我彼時常常笑妳是愛哭鬼，而如今我心中的不捨萬千，也唯有眼淚能夠淋漓盡致的表達它們了。看到這裡，妳可千萬不要取笑哥哥啊！

想到妳再次回來的時候，就已經是女兒回門的時候了。那時的妳，就要代表著夫家的尊嚴和榮耀回到我們身邊，也不再是那個天真可愛的小女孩兒了。妳會逐漸變成一個賢德的婦人，讓歲月在妳身上沉澱下最美的痕跡，妳會為人母，體會到這人世間為人父母最不為人道的辛苦，看著他們成長妳會開心，看著他們受傷妳會難過，最後當他們終於成長到足夠強壯要離開妳和妹婿的庇佑，妳要告訴他們，舅舅會永遠愛他們，是他們和妳的最堅強的後盾。如果人世間總有無法迴避的分別，就讓我們都能坦然的接受，高高興興的走出這個門吧！哥哥只恨無法親自送妳千萬里，到妳婆家的門前，但我的心會像伴隨著春雨啼叫哀鳴的燕子一樣，護送著妳到溫暖的南方，然後再銜著妳平安喜樂的消息飛回，給我心中最大的安慰。我從來沒有這樣期盼過春天的到來，妳無法年年都回到娘家，燕子卻能年年帶回屬於妳的消息和我們的回憶，提醒我：妳若安好，便是晴天。

妹妹妳遠嫁異鄉，以後要一切以夫家為重。雖然妳離開這個家，妳仍舊是家門中值得稱道和讚頌的女子。妳性子溫和寬厚，即便心有委屈愁苦也不為外人道也。以往哥哥還能替妳紓解，而現在妳出嫁為人婦，更是不如意事十之八九，能與人道常二三，希望寬厚溫和如妳，能被夫家善待，被上天眷顧，福澤恩厚。在妳離開後，不知道有多少人想起妳的賢良淑德，會和我一樣不住的掛念妳。在妳離開後，甚至再也無人叮嚀我要常常想念父親，我無才無德，只有了妳這樣一位恭順謹慎的好妹妹。我聽聞釋尊在靈山會上，接受梵王所獻的金色波羅花。而世尊在靈山會上，拈花示眾。是時眾皆默然，惟迦葉尊者破顏微笑。世尊曰：吾有正法眼藏，涅槃妙心、實相無相、微妙法門、不立文字，教外別傳，咐囑摩訶迦葉。心有默契，即便彼此曾經默契已屬難得，所以無論如何，因為曾經愛妳，所以感激。

安康喜樂　平安福澤

愚兄　親字

作者小傳

肖子陽，十九歲，摩羯座，男。但始終相信心中住著一個女人。她教我不張嘴就說出教人傷心的話。冷靜沉默地控制一切，再傷心也不落淚，再思念也不慌張。提醒我作者永遠是文字迷津中的局外人。痛恨一切終結。卻總是先想好結局，再逆推出生命軌跡，生命太過豐饒，我得給時間留下腐朽的退路，才能讓它們不慌不忙。我相信第三人稱敘事總是最難也最殘忍。他把全世界的琳琅都裝進眼裡了，卻獨獨空下了她的位置，小得像顆紅豆，大得像個宇宙。我要在茫茫眾生的夢境中找到那個位置。

此生難忘滄海水，來世重逢巫山雲

談笑鴻儒

曾聽過這樣一個故事，夫妻合葬的墓碑上，一邊是風采飛揚的年輕小伙子，一邊是白髮蒼蒼的遲暮老婦，兩張照片一老一少，一新一舊，形成鮮明對比。細想過後心裡一動，時隔大半世紀，兩人在另一個世界的相遇應是相顧無言，唯有淚千行了。此時此刻，彼此之間的等待都有了回應——我知道，妳一直都在。

〈葛生〉講述的就是這樣一個哀悼故人的場景，在愛人墓前，由纏繞相依的藤葛想起從前的種種，無奈生死不由人，只等百歲之後同葬一處時的重逢。

曾記否，從前的我們像葛藤般親密無間，貧賤相依，富貴與共，而今妳撒手離去，留下我在人世間孤獨的影子，獨自歎息。然而現實總是更加殘忍，精緻的角枕和華麗的錦被散發出刺目的光，刺入我那早已流血不止的心。昔人已逝，思念不止，夏日的白晝，冬日的夜晚變成了漫無止境的時光牢籠，生活原來可以這樣的冗長無趣。花開花落，雲卷雲舒再與我無關，只盼落葉歸根後的再次相見，不知那時的妳，還能否認出我的模樣……

失去愛人的滋味大概是這世界上最不能治療的疼痛了，面對空盪盪的房間，那人的氣息仍舊飄散在每一個角落，一切都彷彿從未發生，麻醉的記憶讓人懷疑，那些年、那些事是否真的出現。直至聞到空氣中熟悉的味道，感覺到舉手之間還未落定的塵埃，連呼吸也變得疼痛起來……可是，沒有止痛藥方，生命車輪也不會因此停滯不前，一切的一切，都只能等待時間來將它們化開，沖淡，吹散……

時光荏苒，歲月穿梭，相似的故事，同樣的情節，在不同時空上映，演繹出一幕幕感人至深的愛情悲歌。十年生死兩茫茫，不思量，自難忘。不知今夜妳是否能夠出現在我的睡夢裡，讓我一解相思之苦。朦朧之中，小軒窗旁有個身影在梳妝，是妳麼？我的愛人，妳的那些舊物飾品我都不曾收起，只為等妳有天回來相聚。豪情萬丈的詩人也有深邃細膩的傷痛，睹物思人，物是人非的失落在夜晚的映襯下失控放大，猶如多年未癒的傷口再次被揭開。這麼多年過去了，好想告訴妳我的經歷，可是面對冰冷的碑墓，恍恍惚惚不知如何開口，千言萬語都化成一句「我想妳」，願明月和短松傳達我的思念。

〈沈園〉

城上斜陽畫角哀，沈園非復舊池台。
傷心橋下春波綠，曾是驚鴻照影來。
夢斷香消四十年，沈園柳老不吹綿。
此身行作稽山土，猶弔遺蹤一泫然。

在今天中國的浙江紹興，有一座園林因為一千年前一段淒婉的愛情而聞名於世，世俗的觀念分開了陸游和唐婉的婚姻，分不開的是兩個人相互愛慕的真心。在這春色張揚的沈園，曾經有那麼一個人，他們相識相見卻不能相知相愛，如今滄海水乾，巫山雲散，空留詩人追憶似水的往昔、嘆惜無奈的世事。自古詩人多情重離別，在這短暫的生命中，能夠如此長久的懷念一個人，在多年之後仍舊能夠想起她的音容笑貌，想起在一起時的心動感覺，未嘗不是一件幸福的事情。

一直都很喜歡那首樸樹的〈白樺林〉，溫暖的旋律緩緩講述了一個關於時光和愛情的故事：靜靜的村莊飄著白白的雪，陰霾的天空下鴿子飛翔，白樺樹刻著那兩個名字，他們發誓相愛用盡這一生。有一天戰火燒到了家鄉，小火子拿起槍奔赴邊疆，心上人，妳不要為我擔心，等著我回來在那片白樺林。天空依然陰霾，依然有鴿子在飛翔，誰來證明那些沒有墓碑的愛情和生命，雪依然在下，那村莊依然安詳，年輕的人們消逝在白樺林。噩耗聲傳來在那個午後，心上人戰死在遠方沙場，她默默地來到那片白樺林，望眼欲穿地每天守在那裡，她說他只是迷失在遠方，他一定會來，來這片白樺林……長長的路呀就要到盡頭，那姑娘已經是白髮蒼蒼，她時常聽他在枕邊呼喚：「來吧，親愛的，來這片白樺林」，在死的時候她喃喃地說：「我來了，等著我，在那片白樺林……」

也許看過太多聞名的壯美山河，我們早已忘記滄海巫山當初的模樣；也許聽過太多動人的愛情故事，我們早已忽略身邊瑣碎的美好；也許經歷過太多現實的苦難挫折，我們早已怯於敞開柔軟的心扉。可是每當聽到這首歌，讀到這些美麗哀婉的詩詞，回頭看到我們愛的、愛我們的人在身邊若無其事地寫字，煮飯，打電腦，是不是應該多一些堅定，少一些懷疑，趁著歲月靜好，現世安穩，無怨無悔的去做好「愛」這件事呢？

作者小傳

談笑鴻儒，就讀廈門華僑大學華文學院三年級，現為東海大學中文系交換生，愛好古典文學，尤喜《詩經》，夢想著有一天偶遇桃花源，回歸田園生活。

此去經年，懷思依舊
〈唐風．葛生〉

施孟彣

歲月在事物上烙下痕跡，就算是人，臉上亦留下似樹木一般的年輪，相生相存，直至亡去之時，時間烙下腳步，而情感寫下記憶。情感的記憶並不因人的死去而被銷蝕，記憶跨越了時空，抵達無數個世界，書寫記錄人心裡的共同想念。若被迫失去所愛，人們所費力去做的便是留下一點懷念之物，也許是衣裳，也許只是曾用過一次的茶杯，舉凡曾經有過一點記憶，都將之視作生命般無比細心地呵護著。睹物卻又傷懷，人死是無法復生的，留下的一切事物，亡者已然無覺，唯生者加以弔念或者黯然神傷。

衛敬瑜妻王氏〈連理〉

昔年無偶去，今春猶獨歸。
故人恩義重，不忍復雙飛。

衛敬瑜妻王氏〈孤燕〉

墓前一株柏，連根復並枝。
妾心能感木，頹城何足奇。

詩寫女子悲歡離合，愁情於女子也深沉，在詩人側寫女子以外，由女子自己所道述的別離情愁，更是哀痛淒楚，讓人動容。古時女子的生命多的是在等待中消磨光陰，關於她們的愛情與等待，自古以來詩文中便不缺乏女子的隻身單影。

這位王氏在《南史》中稍有記載，王氏嫁於衛敬瑜為妻，後因衛敬瑜染病亡故而應當告終的婚姻關係，卻因為王氏斷然拒絕再嫁而延展下去了。其實王氏喪夫時才十六歲，在今天的標準來看，王氏可是年華正好的年紀，而在當時也還是芳華猶存，據說其容貌佳麗，那時王氏家人均勸其改嫁，算是為自己再求個安穩的後半生依靠，她卻是毅然決然地拒絕，其一生便只是為丈夫守節，直至終老。

「昔年無偶去，今春猶獨歸」一句說的是燕子，也是雙關說人，燕子失偶孤飛而去，春天依然獨身而返，如此年復一年。而其中原因，「故人恩義重，不忍復雙飛」是因不捨舊時情義，那曾如此美好的愛情記憶，實在不忍心再結偶雙飛，王氏所欲表達的不就是鳥都能如此情恩義重，人也應該是可以如此的。敘述了那生死不渝、死生契闊的情感寫照，是綿綿無垠的愛情，專情真誠令人動容。

民間傳說故事裡，孟姜女哭倒了長城，古來描寫女子失去她一生摯愛的故事最為悽婉動人。而這首〈唐風．葛生〉亦是女子哭悼亡夫的詩：

葛生蒙楚，蘞蔓于野。予美亡此，誰與？獨處！
葛生蒙棘，蘞蔓于域。予美亡此，誰與？獨息！
角枕粲兮，錦衾爛兮。予美亡此，誰與？獨旦！
夏之日，冬之夜。百歲之後，歸于其居。
冬之夜，夏之日。百歲之後，歸于其室。

女子在荒涼的墓地裡，她悲愴地弔念著自己那已去世的丈夫，映入她眼中的是蒼茫大地被野草藤蔓層層地遮蓋，在那野草藤蔓之下，是她此生的摯愛，她多麼心痛，長眠其下的是本該伴在自己身邊的丈夫。野葛無情地蔓生，似乎提醒著自己孤身的時間，唯等待時間過去許久以後，自己能夠長眠之時，女子方才能從孤寂中解脫。她渴望著一日便是一年，晨為夏，暮為冬，如此才能早早與她所愛之人重逢地下，倘若丈夫地下有知，究竟會如何作想，是會笑她的癡，或者是感動不已呢？

作者小傳

施孟彣，東海大學中國文學系三年級學生。戀貓、賞戲都是何其美好的事。倘若，人是無可奈何的，那麼我們又奈何得了誰？又或者有什麼無法奈何的呢？這存在本身就已經是個最無法被容忍的事情了，不是嗎？世事無常，就算是文章裡也總有那麼多的宿命機緣，茶煙懸裊，那就再說點別的事吧！

我會讓你先走

林佑憶

「有一日咱若老……」（〈家後〉）伴隨旋律歌詞揚起，這首鄭進一先生自作詞曲的歌，無論是熱鬧開心的婚禮，或著哀悽傷悲的喪禮，都有人演奏。「你的手，我會甲你牽條條（我會緊緊握住），因為我是你的家後。」點出妻子對丈夫的情深義重。王華容小姐採訪這歌曲背後的故事，是鄭進一先生父母親的真實故事。

「家後」是台語「妻子」的意思。王華容小姐寫道，一個幸福家庭的背後，需要有一位賢淑的妻子用她的雙手支撐著這個家。鄭進一先生所描述的詞意非常簡單平實，沒有華麗的字眼，就像是一對老夫妻的小小私語，那份平易近人的感覺，自然讓人置身在歌詞的意境中，細細描摹那個愛到深處無怨尤的「家後」。《詩經》中也有許多描寫關於夫妻生活的故事，以下這首詩是〈邶風．綠衣〉，今人以為悼亡詩的先河：

綠兮衣兮，綠衣黃裡。心之憂矣，曷維其已？
綠兮衣兮，綠衣黃裳。心之憂矣，曷維其亡？
綠兮絲兮，女所治兮。我思古人，俾無訧兮。
絺兮綌兮，淒其以風。我思古人，實獲我心。

〈邶風．綠衣〉娓娓道出丈夫對亡妻的依戀不捨，透過一件衣服，鏡頭緩緩滑出。丈夫摸摸有點褪色的暗綠衣裳，包裹著暖黃色的襯裡，這是愛妻第一件親手為我織就的衣服，指頭還戳出幾個洞。披著她做的衣裳，她生前的情景點滴在心頭，我心底的悲傷永遠無法停止，何時才能相忘。身上的一針一線，每一個縫補的痕跡，都是她對我深切的愛。

她從前的小心規勸，使我避開朝堂上明爭暗鬥。回想到她勞心勞智只為我一人，如今物是人非的痛楚止也止不住。寒風冽冽，我依然披著她縫製的單衣。她在世的時候，我的穿著全由著她來安排，奈何天妒紅顏，早早離去的她再也看顧不到我，我竟然找不到她為我收拾的衣裳。北風襲來，她溫暖的身軀，她再難重來的巧笑倩目，消逝不見的曼妙影子。只有她與我靈魂投契，無人可以取代。

〈邶風．綠衣〉前三章說的是癡情男子望著妻子生前為自己縫製的衣服，追憶起當年的深厚情誼，感念妻子的關愛體貼和規勸誘導。最後一章側重表現男子現今的生活境況，衣衫單薄難以遮擋風寒，從而感嘆只有「古人」實獲我心，只有妻子才是自己稱心如意的好伴侶。

鐘黎平先生指出這首詩的獨特之處在於詩中並沒有對妻子的正面描寫，而是反覆描寫妻子生前替丈夫親手縫製的綠色外衣和黃色內衣，從而以普通的物件勾畫出一個勤快、能幹、明理的賢內助形象。全詩構思精巧，一詠三嘆，使人自然聯想到夫妻間的相互體貼和關愛。但天地無常，世事難料，昔日的點滴生活已化作遙遠的回憶，往日的恩愛時光霎時煙消雲散，這怎能不讓人痛徹心扉、哀怨惆悵。

《莊子》〈至樂篇〉云：「莊子妻死，惠子弔之，莊子則方箕踞鼓盆而歌。」莊子了解到這種死亡是一種自然循環的道理便停止悲傷。因為天道自然、萬物一體，死亡就像四季輪替一樣，是一種不變的真理。而順應天命自然就是他的處事態度。所以莊子「鼓盆而歌」。

潘岳的〈悼亡詩〉，「黽勉恭朝命，回心反初役。望廬思其人，入室想所歷。幃屏無髣髴，翰墨有餘跡。流芳未及歇，遺掛猶在壁。悵怳如或存，回遑忡驚惕。如彼翰林鳥，雙棲一朝隻」。詩人剛剛從深深的悲痛中擺脫，看到亡妻的衣物用具或所製作的東西，又喚起抑制的悲愴，重新陷入傷痛之中。同樣是寫情，〈悼亡詩〉使用比較文學性的描述，少了〈邶風．綠衣〉的直白和強烈的感情，生活的瑣屑有時讓人膩味，生命的平庸有時讓人忽略了對周遭的關愛，世事的無常，有時讓人對別人的付出視若無睹。即使是無微不至的生活關照和耐心規勸，也終會讓人覺得平淡。劉瑩小姐指出了重點，生活中的細節，往往紛繁堆砌，在新鮮過後，便讓人沉重，直至無意間的忽略。但造化注定是個悖律，所有的這些，其實浸潤著無窮的情意，而一旦失去，便如紙落水中，在人們的悵然中，思緒的印痕就逐漸清晰起來，直至又生長成人們的愁緒，枝枝蔓蔓，纏繞難解，讓愛人的心靈作痛，連呼吸都困難。

「美人自古如名將，不許人間見白頭。」有情未必能終老，所有的美好也終究會慢慢變老，慢慢逝去。蘇軾的〈江城子〉說：「十年生死兩茫茫，不思量，自難忘。」陳昇自作詞曲的這首〈不再讓你孤單〉唱道：「儘管有天我們會變老，老得可能都模糊了眼睛」、「我不再讓你孤單我的風霜你的單純，我不再讓你孤單一起走到地老天荒，我不再讓你孤單我的瘋狂你的天真，我不再讓你孤單一起走到地老天荒」。即使白頭仍相愛，在死亡面前，總會有一人提前先走一步。

王實甫的《西廂記》第四本第四折有這麼一句：「不戀豪傑，不羨驕奢，自願地生則同衾，死則同穴。」即使能「死則同穴」，然而生死天注定，無論再相愛，也沒辦法同時闔眼，總有一個人會被痛苦地留下。〈不再讓你孤單〉唱：「路遙遠，我不再讓你孤單。」〈家後〉道：「等待返去的時陣若到（當死亡的時候來到），我會讓你先走，因為我會不甘放你為我目屎流（因為我不忍心讓你為我流淚）。」我揣度過〈邶風．綠衣〉裡頭的丈夫睹物思人，其實他最想讓妻子能夠對他說「我不再讓你孤單」。《詩經》提醒我們惜取眼前人，牽緊手不要放開，把握每一秒和他或她的相處。

作者小傳

林佑憶，就讀東海大學中文系三年級。喜歡音樂、小說、電影，遨遊於其中。體味裡頭的精神，活出自己。

憂傷向誰訴？

蕭盈芷

古人說「最沉重的離別，是生離和死別。」距離的分別，可以因為科技、交通工具的進步、通訊軟體的發達獲得改善，使得距離不再是問題。但自古以來，不管科技再怎麼推陳出新，人類終究無法脫離死亡的魔爪。死亡本身並不可怕，反而是被留下來的那些人，一但經歷這樣的一次離別，就是天人永隔，永不再相見。離去之人好似拍拍屁股就這樣瀟灑的離去，可以無牽無掛地，和人世說再見。

但被留下來的人不是。

當他們看到亡人之舊物，抑或是在他生前居所，還殘存著他的氣味，恍惚有種錯覺，好似他還活在這世上活動著。睹物思人之時，再一次的喚醒過去相處的點滴回憶，當一切歷歷在目，怎麼可能不憂傷！

這樣的思念、憂傷又還能向誰去訴說呢？

綠兮衣兮，綠衣黃裡。心之憂矣，曷維其已？
綠兮衣兮，綠衣黃裳。心之憂矣，曷維其亡？
綠兮絲兮，女所治兮。我思古人，俾無訧兮。
絺兮綌兮，淒其以風。我思古人，實獲我心。

《詩經》中的〈邶風．綠衣〉，即已娓娓道出最深沉的思念之苦了。這是一男子，看見妻子親手製成的綠外衣和黃裡衣，妻子活著時的許多細節，就在回憶中點點滴滴地浮現在眼前。不禁悲從中來，而反覆自問這樣的悲傷思念，要到什麼時候才能停止呢？什麼時候才能停止呢？

在〈唐風．葛生〉中，也同樣傾訴了對離世之人綿綿不盡的思念。活著的人總是擔心著在另一個世界的你，過得好不好？是否待在陰暗荒涼的地方，沒人能像我照顧你關心你？

葛生蒙楚，蘞蔓于野。予美亡此，誰與？獨處？
葛生蒙棘，蘞蔓于域。予美亡此，誰與？獨息？
角枕粲兮，錦衾爛兮。予美亡此，誰與？獨旦？

夏之日，冬之夜。百歲之後，歸于其居。
冬之夜，夏之日。百歲之後，歸于其室。

當這位女子，看見了以前一起共度無數夜晚的床上，擺著的「角枕」、「錦衾」依舊如此光鮮明亮，但你卻已離我而去，教我情何以堪？而對我來說，沒有你的日子已不需要時間，不如就讓我隨你而去吧！

死去的人固然可憐，活著的人卻更為孤獨。這樣的思念，只能化為一首首的詩歌，傾訴我滿腔的憂傷。潘岳的〈悼亡詩〉，即在訴說著這最沉重的思念。

荏苒冬春謝，寒暑忽流易。之子歸窮泉，重壤永幽隔。
私懷誰克從，淹留亦何益。僶俛恭朝命，回心反初役。
望廬思其人，入室想所歷。幃屏無髣髴，翰墨有餘跡。
流芳未及歇，遺掛猶在壁。悵怳如或存，回遑忡驚惕。
如彼翰林鳥，雙棲一朝枝。如彼游川魚，比目中路析。
春風緣隟來，晨溜承簷滴。寢息何時忘，沉憂日盈積。
庶幾有時衰，莊缶猶可擊。

這首詩約作於潘岳妻子終喪一年後。這年潘岳五十二歲，已經進入人生的暮年，喪妻之痛對他的打擊，是超乎尋常的。詩中述說的是，雖然已經過一年，冰雪消融、春風吹拂、晨溜滴瀝、時節交替、光陰流逝，而我對妳的哀念並不因此淡薄，反而越來越沉重。所有的景象都歷歷在目，妳我曾經居住過的房屋、妳遺留的舊物、妳殘留在房間的氣味，恍惚之間，彷彿妳還活著，這樣物是人非之感，多麼強烈，每天生活在這充滿回憶的空間，教我該如何忘懷對妳的思念之情呢？而我對妳的思念，妳感受到了嗎？

古往今來，多少世代輪替。只要是人，就無法避免經歷這種殘忍的死別，在我們心口上劃上一道又一道的傷疤。

而在人的漫漫一生中，又會有多少人從你生命中背對著離去，而我們又能夠承受多少次這樣哀痛的離別呢？

作者小傳

蕭盈芷，現就讀東海中文系三年級，因喜歡書的紙本形式，那與作者最為貼近的溫度，而喜愛閱讀，而後連插圖、排版設計皆愛上，從而喜歡攝影，加以文字註解，認為是忠貞記錄人生命存在的根據。

天下無不散的筵席，離別是爲了下次的重逢

陳盈璇

人與人之間因緣分而相遇，在聚散離合之間，也得學會如何去承受離別的苦澀，即使經歷過好幾次的離別，學會微笑地說再見似乎還是一件難事。人的一生，會有很多次的離別，有家人的離別、朋友的離別、戀人的離別等，俗話說：「天下無不散的筵席」，有聚就有散，既是無法避免的，也是必然的。我們所面臨的離別的原因也有很多種，有的是因為有苦衷被迫而不得已如此，有的是面臨人生道路的轉折，是成長中必經的路程，就像在求學的過程中，從讀幼稚園開始，到國小、國中、高中、甚至到了大學，在每一個階段中，我們都會認識到不同階段中的朋友，我們會一起讀書、一起玩樂、一起分享心事，也會一起走到了畢業。畢業的那天，一同唱著驪歌，一起回憶曾相聚的時光，散場後一齊擁抱著師長和朋友們，眼裡盡泛著眼淚，在踏出禮堂的那瞬間，有各自即將要開始的新人生，也才深刻體驗到什麼叫離別，什麼叫各奔東西。「畢業」是一個圓滿的結束，意味著下一個階段的人

生起程，即使難免因為不想分離，而會傷感不已，但倘若我們能以積極、正面的態度去迎接離別所牽掛的情緒，會發現離別不是只有悲傷而已，也可以有歡笑的。那瞬間，一開始的萬般愁悵、悲苦的情緒，就會轉而平靜，而漸漸釋懷，並坦然的接受這如此的無奈。如此傷感的離別情緒，正如〈邶風．燕燕〉：

燕燕于飛，差池其羽。之子于歸，遠送于野。瞻望弗及，泣涕如雨。
燕燕于飛，頡之頏之。之子于歸，遠于將之。瞻望弗及，佇立以泣。
燕燕于飛，下上其音。之子于歸，遠送于南。瞻望弗及，實勞我心。
仲氏任只，其心塞淵。終溫且惠，淑慎其身。先君之思，以勗寡人。

這首詩首先用鳥的意象來起興，鳥飛就猶如人離，見鳥飛遠去因此觸景，而傷離別之情，原來是送女子出嫁的場面。送嫁送到出了外城的野外，此時詩人送到必須分離的時刻，還捨不得離去，停留在原處，瞻望目送，直到完全看不到為止。看著遠去的背影，他不禁情感失控，淚如雨下！並且繼續站在原地，流著眼淚……。直到如此泣涕心勞後，最後他的情緒已逐漸地平復，雖不捨，但女子嫁人已是事實，也只能在心中祝福她，並期許她不要忘記自己。整首詩隨著時間的變化，而情感漸漸加深、加重，有初別時的泣涕如雨、已別時的佇立以泣、既別後的實勞我心，直到最後的轉折，用釋懷的態度，去祝福了對方。

在面臨如此傷感的離別，難免會覺得不捨、難過，但是離別不是永別，並不是永遠都不再見面了，讓我們用祝福的態度而不是束縛的方式，在傷心之餘，更不要讓對方擔心，讓對方離開得有負擔或不放心，我們要學會的是，用祝福的態度，讓對方乘著祝福的力量，能走得更好。正如這耳熟能詳的歌曲，張學友〈祝福〉中的歌詞：

幾許愁　幾許憂　人生難免苦與痛
失去過　才能真正懂得去珍惜和擁有
情難捨　人難留　今朝一別各西東　冷和熱　點點滴滴在心頭
願心中永遠留著我的笑容　伴你走過每一個春夏秋冬
傷離別　離別雖然在眼前　說再見　再見不會太遙遠
若有緣　有緣就能期待明天　你和我重逢在燦爛的季節

不要問　不要說　一切盡在不言中
這一刻　偎著燭光　讓我們靜靜的度過
莫揮手　莫回頭　當我唱起這首歌
願心中留著笑容　陪你度過每個春夏秋冬

歌詞唱出了人生的坦然態度，人與人間因緣而遇，一起歷經歲月的穿梭與變化，也創造了屬於彼此間的回憶，就算有一日將會面臨離別，人離開了，但情是不會因此而改變的，若有緣，就一定會再見面。距離的遙遠並不會拉開彼此間的感情，只要雙方願意維繫情感，在這個日新月異的時代，還是可以透過許多方式能保持連絡，甚至再見到面的。所以讓我們一起用歡笑代替了悲傷，在想起對方的同時，回顧那些曾聚在一起的歡笑畫面，如此會心一笑後，就會覺得特別溫暖。

作者小傳

陳盈璇，現就讀東海大學中文系三年級，有時候難免多愁善感些，常容易因小事而感動不已。喜歡聽歌曲，聽旋律裡的歌詞，聽文字間所帶來的撼動。期許自己在人生的過程中能盡己所能、發揮所長，活出一個完滿的生命。

別後才懂牽腸

吳佳霓

人的一生其實就是不停在分別，還有相聚，遇見了一些人，同時也告別了一些人。如果把人的一生比喻為坐火車的旅途，我們會在某些站停留，在那裡我們會遇見很多人，但不是每個人都會停佇在自己的生命裡，有些人，可能此生你只有這次與他短暫的相聚，而離別後，你們的生命旅程將再也沒有連結。而有些站我們也許不會選擇下車，但同時也就錯過在那裡遇見其他人的可能。

人的生命裡就是不停面臨著生離死別，從古至今，都是個難以面對的課題。而中國古人也常以「送別」為主題撰寫詩文，而追溯到最早的送別詩，應是《詩經》中〈邶風．燕燕〉：

燕燕于飛，差池其羽。之子于歸，遠送于野。瞻望弗及，泣涕如雨。

燕燕于飛，頡之頏之。之子于歸，遠于將之。瞻望弗及，佇立以泣。

燕燕于飛，下上其音。之子于歸，遠送于南。瞻望弗及，實勞我心。
仲氏任只，其心塞淵。終溫且惠，淑慎其身。先君之思，以勖寡人。

此詩從描寫燕子高飛遠去的畫面，而描寫送別之情，隨著越送越遠，傷感之意也越濃越深，哀傷之意久久無法消散。而現今，我們也常有送朋友或親人離開的經驗，每當送人離去，心中總會有股哀傷之情，有時候明明不是此生已再無見面的機會，但眼淚卻還是從眼眶溢出來，無法抑止。生離如此，更何況是死別呢？「死別」就真的是此生再也無相見的機會了，從此永遠天人永隔，而對方的一顰一笑、舉手投足，將只能放在回憶裡好好保存。我曾經有兩次告別親人的經驗，看著葬禮上的遺照，怎樣也無法置信，曾經存在於自己生命中如此重要的人，竟然已離自己遠去了。

遠在古代，交通沒有現代發達，省份間的相隔，有時候常常就如同天涯海角般遙遠，還有醫藥科學也沒有現在進步，一場小病輕易奪走人的性命也是常有的事情。所以在古代，生離和死別的哀慟之情更為頻繁常見，這也難怪乎文學作品中此類型的作品數量最多。

銀燭吐青煙。金樽對綺筵。離堂思琴瑟。別路繞山川。
明月隱高樹。長河沒曉天。悠悠洛陽道。此會在何年。

唐人陳子昂的〈春夜別友人〉，就深刻描寫了生離如死別的悲傷，此詩一開頭就先寫送別筵席已經將盡，離別在即時，詩人的複雜心緒。詩人在將離別時，他的傷感並不下於送別的友人。「別路繞山川」可看出離開的這趟旅途的遙遠以及艱辛，最後的「此會在何年」更是讓人感到心酸，此時一別不知何年才能再相見，甚至很有可能就再無相見的機會了。但諷刺的是，人常常在擁有時不會懂得珍惜，反而是在分別之後才開始後悔想念，而這時往往為時太晚了。別後的離思，竟成為此去經年日日月月無法放下的牽繫。

作者小傳

吳佳霓，就讀於東海大學中文系三年級。喜歡文字，因為可以在裡面經歷不同的人生，也喜歡音樂，美好的旋律可以讓人放鬆心情。個性多愁善感，是個眼淚特別多的女生，感性分子遠遠大於理性。

離別

林于婷

人的一生當中，要面對多少大大小小的離別呢？而在每一次的離別當中，又有何不同的感受？有時離別是痛心，有時離別是難過，有時離別是祝福，有時離別是朝暮思念，各種不一樣的情緒在你我離別的時刻及時湧出，別後時刻掛心那個離去的人，他的影子揮也揮不去。

人生有聚有散，緣分是一件很奇妙的事，說來來得快，說去去得也快，我們能做的便是珍惜。生活中，相愛的戀人無法白頭偕老，但那些相聚的日子，怎麼說也是人生中的一部分，相愛是美好的，然而在離別時，我們所感受的正是難以言喻的哀傷，不管是因何原因而分開，我們都會悼念那段曾經重視的感情。家人是每個人的重要依靠，每當自己在困頓的時候，我們總不會忘記有人仍在背後支撐著自己，對於我自己來說，寵物也是家人，家人總是給我最多的力量，但每當要短暫離別時，自己心裡仍是會深刻的惦記著家，我的人生中第一次離別，有深刻感觸的便是在與姊姊離別時，她大我許多歲，我們倆感情很好，在我小時候因為她要到外縣市念書，每次離別我總是會心裡很不舒服，當時不曉得如此的感受是什麼，但現在當然是知道了，是離別之苦與思念在作祟的啊！

〈邶風．燕燕〉

燕燕于飛，差池其羽。之子于歸，遠送于野。瞻望弗及，泣涕如雨。

燕燕于飛，頡之頏之。之子于歸，遠于將之。瞻望弗及，佇立以泣。

燕燕于飛，下上其音。之子于歸，遠送于南。瞻望弗及，實勞我心。

仲氏任只，其心塞淵。終溫且惠，淑慎其身。先君之思，以勖寡人。

這是一首送嫁的詩，一開始以燕子飛離來比喻人的離開，以此觸景傷情，當雙方的距離越來越遙遠，遠至不見對方的背影之時，這樣的情境，有如我們現實生活的送別場景般，那種心情的起伏是明顯可見的，有不安、不捨與擔心，種種的情緒在文字裡頭揮灑，送嫁一方的情感有如在鳥籠裡的鳥兒一樣無法飛翔，更是無法釋懷，一股不捨紛紛地湧上了心頭，又是哭泣，又是傷心；而我們有如第三者般的在觀看這樣的場景，心情是客觀的，但是卻也漸漸地被影響了，再一次的觸景傷情，於是我們會想起在自己人生當中離別的經驗，回想當初的酸甜苦澀，或是排山倒海來的無盡思念。此詩最後不忘祝福，也讚賞女子的美好品德，並叮嚀女子勿忘自己的本心，真切的表現出關心與不捨得。此詩的反覆句式，更是加強了抒情，也更深的表達無窮的憂傷與掛念。

自古「生離死別」，乃人生必經之路。蘇軾〈水調歌頭〉一詞中：「人有悲歡離合，月有陰晴圓缺，此事古難全。但願人長久，千里共嬋娟。」蘇軾將人的悲歡離合比喻為月的陰晴圓缺，運用得非常巧妙與貼切，並且說明事無兩全其美，可見世間上的分分合合是我們所應該要坦然接受的事實，需樂觀待之。雖人人皆有送別、離別之經驗，但是面對自己赤裸的感受之時，我們該如何調適自我，是重要的一環，當離別之不得已，悲傷侵蝕內心時，不妨往更好的未來著想，為自己找尋一個新的出口，那便是一個全新的開始，回歸生活重心，有時雖會思念人、事與物，那也是美好的回憶和心路歷程，人的成長在於此，離別有助於自我的成長，離別並不是代表結束或是結局，相反的，離別是一個開創新的內心世界的起點，重新省思自己的人生。

作者小傳

林于婷，就讀東海大學中文系三年級，喜歡簡單自然的生活，享受生活中閱讀的樂趣，喜歡觀賞電影和喜愛動物。

愛你，是我唯一不想失去的記憶

吳品誼

〈長恨歌〉：「天長地久有時盡，此恨綿綿無絕期。」金庸的《神鵰俠侶》亦云：「問世間情為何物，直教人生死相許。」……男女情愛，古今中外，多少英雄紅顏曾為此上演一世的悲歡離合。《詩經》中亦有許多與愛情相關的故事。

綠兮衣兮，綠衣黃裡。心之憂矣，曷維其已！
綠兮衣兮，綠衣黃裳。心之憂矣，曷維其亡！
綠兮絲兮，女所治兮。我思古人，俾無訧兮！
絺兮綌兮，淒其以風。我思古人，實獲我心！

這首詩是〈邶風．綠衣〉，描寫丈夫目睹亡妻遺物，不禁悲從中來，悼念亡妻的深長感情，由外在世界進入內心情感，層層推進，含蓄委婉、纏綿悱惻。此首詩有四章，採用了重章疊唱的手法創作。睹物思人，是悼亡詩中最常見的一種心理現象。一個人好不容易剛剛從深深的悲痛中擺脫，到只要一看到死者的衣物，或者死者所製作的東西時，便又喚起心中的苦痛，而重新陷入悲傷之中。

第一章說：「綠兮衣兮，綠衣黃裡。心之憂矣，曷維其已！」表明男子把亡妻所縫製的衣裳拿起來反反覆覆、翻裡翻外地看，他心情是十分憂傷抑鬱的。第二章的「綠兮衣兮，綠衣黃裳。心之憂矣，曷維其亡！」是說妻子活著時的一些情景是男子他所永遠無法忘懷的，因此他的憂愁也是永遠擺脫不了的。第三章寫：「綠兮絲兮，女所治兮。我思古人，俾無訧兮！」指男子細心看著衣裳上的一針一線，由此他感受到，衣裳上的每一針都反映著妻子對他深切的愛情、每一線都包含著無盡的關心。進一步去聯想到妻子平時對他在一些事情上的規勸，使他避免了不少過失，而在這當中又包含著多麼深厚的感情啊！第四章的「絺兮綌兮，淒其以風。我思古人，實獲我心！」則描寫到天氣寒冷的時候，他還穿著夏天薄薄的衣裳。因為妻子活著的時候，四季換衣都是妻子為他張羅，衣來伸手，飯來張口。一直到妻子去世後，都還沒有辦法養成自己照顧自己的習慣，等到身體實在是忍受不住寒風的侵襲，才自己尋找衣裳保暖，於是這便勾起他失去賢妻的無限悲慟。從針線的細密到衣服的合適，使他深深覺得妻子事事合於自己的心意，這是任誰也替代不了的。

所以，他對妻子的無限思念、他失去妻子的悲傷，都將是無止無盡的。如此這般重情的男子對亡妻的真切思念，相信也已經撼動了每個有情人胸中那顆為愛而跳動的心臟，這也是為什麼〈綠衣〉在悲傷之外所散發的柔情會讓人格外地心疼。

整首詩歌哀傷的語言、幽深的意境，恍惚間讓我好像置身在一幕幕模糊卻又清晰的場景裡。花兒紛紛凋零散落，男子的容顏漸漸消瘦而老去，夫妻相愛原是希望白頭偕老、共伴一生，但兩人之間的緣分，注定讓人倍感無助，本該是物在人在，如今卻是物是人非。

「時間」就是這麼悄悄地蛻變兩個人世界的一切，那種龐然無邊的距離會在彼此之間不斷地蔓延、擴散。還活著的人的時間會不斷地往前流逝，只有死去的人是靜止的，且我們深愛的人的死並不會停止地球的轉動。因此緬懷那些過去的時光是沒用的，如此的執著只會讓自己更痛苦而已。我們只要相信那些死去的人，依舊住在我們的心裡，好好地活著，這般簡單的愛、真摯的思念，相信遠在天國的他們一定能夠收到。

作者小傳

吳品誼，目前就讀東海大學中文系三年級。喜歡文字帶來的想像空間，因此沒事老愛做白日夢。喜歡哼著不成調的曲子、喜歡生活充滿熱鬧的感覺，但偶爾也喜歡一個人的寧靜。

九　離鄉背井

遠行不如歸

〈王風．葛藟〉

呂珍玉

安土重遷，落葉歸根是中國人普遍認同的觀念，然而在現實生活中，因為求學、謀職、結婚、逃難等各種不同原因，迫使人們不得不離鄉背井，在文學作品中反映懷鄉主題的數量也特別多。俗話說：「在家千日好，出門萬事難。」家是安全的避風港，家人之間因為血緣或婚姻關係，緊繫著彼此而不容切割，彼此間必須相互包容，相互扶持，甚至毫無怨悔不求回報付出；對待外人則不然，他既和我非親非故，為何要幫助他？更別說為他付出，或是主動去照顧他了。

「遊子他鄉」的生活經驗幾乎人人都有過，除了要克服鄉愁，習慣孤獨一人，乏人照顧的生活外；還要挑戰學業、事業的艱難，完成光耀門楣，衣錦還鄉的理想；更難的是必須學會察言觀色、忍氣吞聲，建立良好的人際關係。看來這些課題並不容易，否則就不會有這麼多動人心魄的鄉愁之作了。且看下面這首充滿戲劇性的漢樂府〈豔歌行〉：

翩翩堂前燕，冬藏夏來見。兄弟兩三人，流宕在他縣。故衣誰當補，新衣誰當綻。賴得賢主人，攬取為吾袒。夫婿從門來，斜柯西北眄。語卿且勿眄，水清石自見。石見何累累，遠行不如歸。

詩寫一個出外謀生的男人衣服破了，女主人好心幫他縫補，不巧被她丈夫瞧見，懷疑他們之間有私情，妻子頓時陷入百口莫辯的尷尬，異鄉人對女主人好意幫忙他，竟引來這場誤會，深感抱歉，馬上解釋兩人間的清白。一件補衣小事，引發三人內心波瀾，異鄉人蒙受不白的猜疑，使他不禁感慨還是回家好。這類抒發遊子他鄉之作還真是特別打動人心。漢末建安時代，王粲因逃避董卓之亂，避難荊州依附劉表，但因形陋體弱，不被重用，離鄉遠遊，又所託非人，於是寫〈登樓賦〉：「雖信美而非吾土兮，曾何足以少留。」此句已然成為異鄉遊子心聲。一九四九年國民政府遷臺，許多從大陸隨政府遷臺作家寫他們的鄉愁，像是余光中的〈鄉愁〉、洛夫的〈邊界望鄉〉都是其中膾炙人口之作。一九六〇年左右，有一首臺語流行歌曲：

〈黃昏的故鄉〉

作詞：愁人／文夏
作曲：橫井弘

叫著我　叫著我　黃昏的故鄉不時地叫我
叫我這個苦命的身軀　流浪的人無厝的渡鳥
孤單若來到異鄉　不時也會念家鄉
今日又是來聽見著喔～　親像塊叫我～

叫著我　叫著我　黃昏的故鄉不時地叫我
懷念彼時故鄉的形影　月光不時照落的山河
彼邊山　彼條溪水　永遠抱著咱的夢
今夜又是來夢著伊喔～　親像塊等我～

叫著我　叫著我　黃昏的故鄉不時地叫我

含著悲哀也有帶目屎　盼我轉去的聲叫無停
白雲啊～你若嘜去　請你帶著阮心情
送去乎伊我的阿母喔～　不倘來忘記～

這首寫鄉愁的流行歌紅透半邊天，不論是被列入海外無法回臺政治黑名單中人士，或是南部離鄉背井到北部討生活的人，都透過歌聲來抒發對故鄉、父母的呼喚，至今早已解嚴，而且臺灣南北交通便利，此曲經過許多名歌手詮釋，展現各種不同唱法和風格，依然傳唱不衰，沁人心脾，撫慰不少異鄉遊子的哀愁。

早在三千多年前周代的《詩經》中，也有一首動人的異鄉人悲歌，詩人用樸素的文字，寫盡他流落異鄉的遭遇：

〈王風．葛藟〉

綿綿葛藟，在河之滸，終遠兄弟，謂他人父，謂他人父，亦莫我顧！
綿綿葛藟，在河之涘，終遠兄弟，謂他人母，謂他人母，亦莫我有！
綿綿葛藟，在河之漘，終遠兄弟，謂他人昆，謂他人昆，亦莫我聞！

流浪異鄉的人像蔓生的葛藟，沒有高大的喬木可以攀爬，長在荒野河岸，無所依附。出門在外處處要看他人臉色，即便你再謙虛卑微，作小伏低，以父輩、母輩、兄輩尊敬他人，別人對你也是不顧、不親、不恤，得不到絲毫的關心和溫暖，這人唱出他在異鄉受到歧視和冷落的心情，渴望故鄉的土親人親。

一個人離開家鄉，就像失去根的植物，接觸不到土壤，吸收不到養分，他必須放低身段，仰人鼻息，找到一塊可以立足之地。〈葛藟〉詩中這位異鄉人唱出他離開家鄉嚐盡人情冷暖的辛酸，他在呼喚故鄉和親人，歌聲中迴蕩著無限蒼涼沉鬱。

作者小傳

呂珍玉，桃園縣人，東海大學中文研究所博士，現任東海大學中文系教授，講授詩經、訓詁學、詩選等課程。著有《高本漢詩經注釋研究》、《詩經訓詁研究》、《詩經詳析》等專書。熱愛教學研究工作，不知老之將至，最高興看到學生有傑出表現。

異鄉人的悲歌

吳迺倩

每次來到一個新的環境，不熟悉的街景、不熟悉的人潮、不熟悉的方向，哪怕知道待會兒將往何處去，但我就是會開口問自己：「我在哪裡？」

那是一種像是被世界拋棄的慌張與焦慮，尤其是在大都市裡，我看著馬路上的車潮洶湧，看著街上的人來人往，一切的腳步都是那麼的快速與陌生，好似我的生活與此刻的世界脫軌，在詔告著天下，我就是從鄉下來的鄉巴佬，滿滿的惡意向我撲面而來，我無處閃躲，也無處逃奔，就像站在十字路口中央待宰的羔羊，驚慌而不知所措，一步步走向老虎口中尖銳的銀牙，掙扎，入口，血流一灘。

〈王風．葛藟〉

綿綿葛藟，在河之滸。終遠兄弟，謂他人父。謂他人父，亦莫我顧。

綿綿葛藟，在河之涘。終遠兄弟，謂他人母。謂他人母，亦莫我有。

綿綿葛藟，在河之滸。終遠兄弟，謂他人昆。謂他人昆，亦莫我聞。

我知道我無法做到什麼，因為我必須像葛藟、菟絲一般纏繞依附這個陌生的世界，像遊魂一般，永無止境地隨處流浪到世界的盡頭。來到這個異鄉，我就已經背負了拋棄家人的罪孽，就算他們體貼諒解我，但我也已鑄下了足以後悔一生的大錯，無法回頭。嘴裡叫著別人大哥大姊，替人倒水送暖，這不是我應該為家人做的事嗎？而今，我站在這擁擠的人流，感受到椎心的冰冷，因為不管我再怎麼親暱地稱呼與體貼入微，換來的只是別人的不屑一顧，雖然我早已知道會有這樣的結果，但我還是得繼續做著，因為我只是個外來人，我來自異鄉。

我冷眼旁觀著這陌生世界的生息，與苟延殘喘的我形成對比，我被無情地排除在外，又得緊緊掐著最後一根繩索，其他人的冷嘲熱諷讓我想放開這最後的希望，黑暗中我只能默默哭泣，眼淚流到大海裡，注入，消失，一切又回復原樣，無限循環。

我真正的家人啊！我想告訴你們，我已迷失在這無法連續的迷宮中，找不到自己的道路，這個世界的不熟悉使我發抖，那些大哥大姊的碎語使我心寒，我現在身處的地方空虛又死寂，沒有家鄉的春暖花開，沒有家人的笑語溫存，看不見你們的面龐，看不見世界的光芒，我該何去何從？我好像已失去了一切，我什麼都沒有了。

什麼時候才能回到我真正溫暖的家？我這樣問著自己。但是這個問題沒有人能回答，我依舊繼續徘徊在這個世界裡，孤身一人。我不相信會有英雄來拯救我脫離苦海，我不認為我自己能夠大澈大悟超脫眾生，我仍然需要這個世界給我生存。也許在遙遠的某一天，我不再像葛藟一樣纏繞依附著這個令我傷心的地方，那麼我就可以回去看望你們，與你們生活在一起，回復到我最為歡喜的時光，那時的我就不會再是孤身一人了，對吧？

作者小傳

吳迺蒨，臺灣嘉義人，現就讀東海大學中文系三年級，喜好聽音樂和看小說，最大的嗜好是吃東西，對於貓咪有特別的偏愛。

戰後遊子的返家心聲

江怡君

由臺灣與大陸合作的電視劇《回家》，去年底在公視首播，勾起許多人對當時戰亂流離的記憶，這齣戲的背景源於一八九五年，甲午戰爭清朝戰敗，簽訂馬關條約，將臺灣割讓成為日本殖民地，一九四五年，被日軍強徵送上戰場的三十多萬臺籍子弟們，於二戰結束後下落未明、生死未卜。劇中主角就是其中之一，與哥哥一起被徵召的蘇台英，在意外中跟受重傷的哥哥蘇台昌失聯，之後又經歷好幾次危急的生死關頭，最後在貴人幫助下終於回家，然而這條返鄉之路，他走的十分忐忑而危顫。

劇中第一集，穿著日本軍服的台英與台昌，兩人穿梭在槍林彈雨中的場景，許久後，槍聲停止，兄弟倆偷歇息在黃土坡旁，台昌對弟弟說：「你會讀書，可以當醫生，以後是我們家的榮耀。在戰場上，你該做的不是用醫術救人，而是活下去，平安回到家，才是你的責任」，其實綜觀古今，「回家」是每個久戰遊子心中最盼望之事，尤其對他們來說，身上穿著日本軍服，對面敵人則是中國人，那種精神上之糾結更是格外痛苦。

幸運的是到了我們這一輩，戰爭已經鮮少，所以對那種戰爭所帶來的死亡與恐懼，相對也就沒那麼多體會，但是透過好的影視或文學作品，依舊可以感受到身歷其境的愁苦，特別是遊子思鄉之情緒，在《詩經》中也有許多類似的詩篇，並且運用不同的筆法來表現。〈王風．君子于役〉這篇就以思婦對征夫的角度去呈現那種內心深刻的掛念，並體現在日常景物中，同時也暗示著征夫對返家及與妻子相見的渴望。

君子于役，不知其期；曷至哉！雞棲于塒；日之夕矣，羊牛下來。
君子于役，如之何勿思！
君子于役，不日不月；曷其有佸！雞棲于桀；日之夕矣，羊牛下括。
君子于役，苟無饑渴！

《詩經》中有許多行役詩，其中〈魏風．陟岵〉從對面設想，詩中寫父、母、兄長對征夫行役久未返家的思念與擔憂，從家人的盼望與想念出發，延伸到其實是征夫思鄉的心聲。

> 陟彼岵兮，瞻望父兮。父曰：嗟！予子行役，夙夜無已。上慎旃哉！猶來無止。
>
> 陟彼屺兮，瞻望母兮。母曰：嗟！予季行役，夙夜無寐。上慎旃哉！猶來無棄。
>
> 陟彼岡兮，瞻望兄兮。兄曰：嗟！予弟行役，夙夜必偕。上慎旃哉！猶來無死。

確實，在家裡苦苦守候等待的家人，更是遊子的精神支柱，在《回家》裡，於基隆苦撐家業的台英母親，與最小的弟弟台傑，還有青梅竹馬的日本女孩雪子，這些家人絕對是遊子心裡最大的牽掛。《回家》片尾曲「只有月亮全看見」裡開頭這麼唱著

> 同樣一彎明月／照亮一片海面／人卻隔在思念的兩邊
>
> 預習過重逢時的臉／準備好了萬語千言／愛卻又讓我近鄉情怯

而《回家》的電視劇小說，在內容介紹時還說了這麼一段話：

回家，是每個人心底最溫暖的歸屬，是人性最基本的需求，地圖上的回家之路，只不過兩點一線，但是戰爭的殘酷、船難的驚駭、愛情的磨難、際遇的無常……，家卻讓多少人只能魂牽夢縈、遙思遠念，一路蜿蜒了一甲子。

我很喜歡這段話，它不僅道出遊子的心酸，也傳達戰爭的無情、人民的無奈與世事的無常，而歌曲中的「月亮」意象，亦象徵著對故鄉思念的最深沉情懷。

作者小傳

哈囉！我叫作江怡君，就是菜市場名那個怡君啦！

這是我一貫的自我介紹，人如其名，我十分平凡，喜歡看著天空發呆或沉思，有強烈的正義感與責任心。覺得能夠沉浸在詩詞歌賦文章中，是種幸福的享受。

漫漫返鄉路
〈豳風・東山〉

施孟彣

距離，阻斷異鄉人回家的路，不少離開家鄉的人半生漂泊，難以再回故土、再見故友。無數個夜晚輾轉難眠，在異鄉陌生的土地上，望看茫茫人海，得不到真正的關懷，每逢佳節更是想念家人。有些離鄉的人往往拗不過這樣痛苦的情懷，只好放棄理想，踏上回家的路途。

在這個世界，卻也不是所有人都能以自我的想法為意見，常是僅只能任憑世事顛覆。〈豳風・東山〉中正是一位征戰多年的士兵，終於在戰爭結束以後，得以選擇往後的日子，為戰爭而磨耗日子多得不計其數，這位兵士在離鄉如此久長的日子以後，選擇踏上了歸途。世界變化之大，早不是一個人所能理解並忍受的了。

我徂東山，慆慆不歸。我來自東，零雨其濛。我東曰歸，我心西悲。制彼裳衣，勿士行枚。蜎蜎者蠋，烝在桑野。敦彼獨宿，亦在車下。

男子出征多年未能回家，如今終於可以啟程返鄉，若不是因為男兒有淚不輕彈這句話，已是多久未返鄉的思念，倘若能有淚，那淚下定也似是這片飄落著細雨的蒼穹，男人這一刻或許抬頭，望著這片與他心有靈犀的天，雨似男人未落的淚串成了線，紛紛不止地落著。每每想起家鄉卻歸不得的悲傷，這次總算能如願以償了，征戰不休的日子，那屬於性命隨時將垂危的恐懼，都將成為男人記憶中的一部分，征戰得以歸鄉，男人會永遠記憶著那屬於戰場上的日子，他與他的同袍曾經像葉上的小蟲一般脆弱，在戰車底下蜷曲狼狽的求生，成就一片輝煌的歷史，他們得以回家，活著回家。

我徂東山，慆慆不歸。我來自東，零雨其濛。果贏之實，亦施于宇。伊威在室，蠨蛸在戶。町畽鹿場，熠燿宵行。不可畏也？伊可懷也。

走在回鄉的路途上，細雨依舊綿綿不絕，歸途映入男人眼簾盡數是蒼茫，景色荒涼，孤單寂寞的歸途之中，男人只是格外地想念故鄉。自他那次離開故鄉以後，已是三年，他不是不想回家，只是征戰滾滾地黃沙裡，哪裡有他回家的機會，那時回家的，只有不幸亡去的弟兄們，僅只是一筆又一筆的記錄。如今終於有個機會回鄉，男人充溢著想像的腦海，關乎他的家鄉，屬於他的小房，他的妻子和他記憶中的過去時光。

我徂東山，慆慆不歸。我來自東，零雨其濛。鸛鳴于垤，婦歎于室。灑掃穹窒，我征聿至。有敦瓜苦，烝在栗薪。自我不見，于今三年。

重逢，男人等了三年，足足三年，三年的時間或許不會在戰場上烙下多少記號，然而對戰場以外世界的洗刷，卻足以令一切滄海桑田。男人想著妻子，三年前他才娶了妻，然後不久便告別了父母妻子前去戰場殺敵，與死亡無數次擦肩而過，那命懸一線的日子總算是結束了。男人想著妻子是否還在屋子裡因擔憂自己而長嘆著，或者三年如一日地打掃著屋舍，團聚之時終於來到他眼前，心中盡是忐忑與不安。誰能保證三年的時間，男人所熟知的世界不會人事已非，冒著大雨，他所能做的就只是更加緊地趕路，追趕著三年前的時間，矛盾地在他的心中衝突著，他既是盼望卻又有些害怕。

我徂東山，慆慆不歸。我來自東，零雨其濛。倉庚于飛，熠耀其羽。之子于歸，皇駁其馬。親結其縭，九十其儀。其新孔嘉，其舊如之何？

男人尚未到家，尚在回家的道途上，他想起先前記憶中的美好日子，他浸淫於自身的回憶。那日黃鶯飛舞，悠然而美麗，正如他的妻子，一位老夫人為他的新娘放下紅蓋頭，男人記得自己迎親時的馬匹色彩斑斕，恰如他亦是在最好的年華，沉甸甸的禮服，正恰似於此時此刻他早是浸滿雨水的布衣，重逢以後，他只盼著停擱三年的美好時光能再次推演。

作者小傳

施孟彣，就讀東海大學中國文學系三年級。戀貓、賞戲均是何其美好的事。倘若，人是無可奈何的，那麼我們又奈何得了誰？又或者有什麼無法奈何的呢？這存在本身就已經是個最無法被容忍的事情了，不是嗎？世事無常，就算是文章裡也總有那麼多的宿命機緣，茶煙懸裊，那就再說點別的事吧！

近鄉情更怯

蘇士惠

我徂東山，慆慆不歸。我來自東，零雨其濛。

我從征去東山，久未回家，心裡思念著家人，卻無法歸家。如今我將從東方返回，細雨卻不斷飄下，像是永不止息似地、迷濛了回家的路，這樣的雨或許下的就是我的心情吧？——這樣久久不能平息的思鄉之情，哀傷且延綿。

一如〈東山〉所言，遊子總有思情，那樣地遙遠、深沉地悲痛。儘管我們並非生長在那樣的時代，不用為了戰爭而被徵召塞外，但卻有同樣的思鄉心情。

當我們離開家鄉，享受著城市的繁華便利及獨立的生活時，必須習慣鬧鐘、手機鬧鈴來提醒上班、上學時刻，儘管我們已經習慣這種機械式的鈴聲，但偶爾也會想念父母的呼喚起床聲，即便是嚴厲地叫喊、也甘之如飴。在睡醒後、回家前面對僅有自己的房間，或許也會感到空虛吧？恐怕最是厭惡回望房間一片漆黑的剎那，無人的寂靜幽暗和樓下街旁吵雜聲響形成強烈的對比。

似乎沒有人期望自己歸來，也沒有人為自己的離去難過。孤零零的遊子開始想念被等門的滋味，一種被需要、強烈證明自己存在的感覺；他開始想念打開門後有飯菜香味陣陣飄來，母親穿著圍裙催促快快洗手用飯，父親還在客廳看著報紙；他開始想念門後有人為他操煩憂心的感覺，這種自由又甜蜜的日子。於是乎，禁不住思鄉的遊子，便在某日帶著這樣載不動的鄉愁奔回老家，只為再一次享受這樣平凡的幸福。

果贏之實，亦施於宇。伊威在室，蠨蛸在戶。
町畽鹿場，熠燿宵行。不可畏也，伊可懷也。

在旅程上，遊子不斷想像山上老家的現況：瓜棚爬滿藤蔓，可以採擷食用；母親由於農耕，無閒暇之餘可以整理家裡，導致小蟲子躲在陰暗的角落，喜蛛也在門上結網；田舍旁的空地則變成野鹿的活動場所；夜晚還有螢火蟲在湖畔飛舞，美不勝收。這些光景並不可怕，宛如歷歷在目般地再度重現，倒使人更加思念以前全家在一起的生活。

可是——家鄉會不會有什麼改變，是他所不知道的？當遊子思及這個問題時，他驀地感到慌張與不安。他希望山上的景物都不會改變，一如家人替他送行離開的那個孟春。

他想起這個遙遠的回憶，不禁心酸。……究竟是多久沒回家了呢？他對家人的記憶，竟然只停留在那年孟春。他還記得彼時杏花開得很猖狂，滿山滿谷，楊柳隨風而飄，然後爸、媽、新婚妻呢？他們的臉孔竟然就在記憶裡模糊了……。好像三年不見他們了，戰火下，他們生活還好嗎？他突然覺得很愧對他們。

看著窗邊閃過一幕一幕的景象，他知道快回到家了，但大概是近鄉情更怯的心情作祟，他有些緊張。也不知道他們是否還在？天空飄著紛飛白雪，這麼冷的天氣他們該不會受寒受凍吧！

種種的疑問，都在他回歸家鄉時得到答案。田中只剩一個弱小的女人身影，爸媽已來不及等他回來了。雪花下得更大了，他的內心更加悽然。

作者小傳

蘇士惠，喜歡作一個薄荷綠的夢，感受禪意遊走在指尖，在路思義教堂見證蟬鳴薄暮，這就是我的小小快樂。

十　無盡相思

問征人何處望鄉？

宋琛

一　三月·守望·思婦

三月三上巳望春暉。

草長鶯飛的江南，剛聽聞花音，又看綠意舒展。各路野菜紛紛探頭，荇菜在水邊招搖，芣苢在路邊橫行，鬱鬱青青地蔓延，將陌上田埂籠上一層喜人的蔥綠。

尚可採擷。手挽竹籃，她徘徊在原野。

最是紅顏留不住。

當年青春喜人，桃之夭夭的女子哪去了？

歲月帶走了她的容顏，她的年華。唯一帶不走的，是她對他無盡的想念。

你走以後，田中四季流轉又幾歲？

那一年，我和你邂逅在這裡，紫色花兒密密匝匝，象雲彩一樣鋪到天邊。你把一朵小花插在我的鬢角，我羞怯得像一個新嫁娘。

今天，花兒依舊歡歡喜喜地開，爭先恐後，嫋嫋婷婷，在風中搖曳。花兒啊！你盡態極妍為哪般？你真不知人間幾多離愁？紫色流淌依然，就如同我的思念，那麼深遠綿長，雖然湮滅了漫漫的年華，卻給再苦再累的日子平添了幾縷希望的光彩。

千山萬水，我都願守候你未知的歸期，哪怕，是用一生來等待。

二　七月．思念．征人

七月流火，八月萑葦。

棠棣花再一次在他的眼底凋謝。

那是哪一年啊，他告別新婚的妻子，滿懷雄心走向沙場。保家衛國，建功立業，那是男兒的理想。

聽，四面邊聲連角響起；看，健壯的戰馬套上馬鞍，精美的長弓箭在弦上。他熱血沸騰，躍躍欲試。男兒寧當格鬥死！

一天天，一月月，一年年，廝殺，廝殺，還是廝殺。不變的刀光劍影，永遠的血流成河。

何時起，一腔熱血化作了無休止的厭倦？美人帳下猶歌舞，一將功成萬骨枯呵！金戈鐵馬，血灑疆場，究竟是替誰爭霸天下？

可戰爭如牢籠將他困在其中。他終於懂得，他的生命已和戰爭緊密相連，同聲同氣，無法隔離。

枯萎的棠棣花瓣，漸漸冷卻的軀殼。死亡，如同終日盤旋在上空的飛鳥，自己就要隨之飛走了嗎？帶著對生命的眷戀，對嬌妻的不捨，他如涸轍之魚般地拚命掙扎。

他想起了那間茅草屋裡深夜點上的燭火，雖昏黃如豆，卻溫馨動人。

他想起了她清亮的眼眸，纖細的身影，還有臨行前那冰冷的手心。

他想起了家鄉的春天那漫山遍野的薇菜花，像夤夜閃爍的點點繁星，那般璀璨明亮。

思念依舊旦暮未歇，如同青色藤蔓上綻出的白色的花，看似孱弱，卻緊緊地纏繞住胸口，讓人不能呼吸。

哭了，哭聲連成一片。

大雨落在遠方。回家的路，究竟有多長。

三　十月・離逝・思婦

十月，西風緊，北雁南飛。

秋風吹著夏月走，冬雪紛紛又一年。

花謝花開，草青草黃，她知道自己就像這秋草一樣即將告別大地。

她是多麼地不捨。秋風如刀，將她平生所有的悲歡離合，如雪般盡數吹開，曾經的一幕幕，再一次在她的眼前重現。

當時一撐青竹傘，妾胭脂一點垂眸。

當時與君三叩首，願此生執手相扣。

她靜靜地凝視小軒窗，再也沒有那滿地的紫色花兒，再也沒看到紫色花兒中那挺拔的身姿。那最最親愛的人啊！為何等到野火燃盡還未歸？

黑暗瀰漫了視線，冷風凍結了骨髓。隨著最後一口沉重的氣息逸出，她疲憊地閉上了眼睛，擺脫了逐漸冷卻的身體，靈魂如蝴蝶般蹁躚飛舞。

夫君，若有來世，我不需山盟海誓，不需富貴盈門，只要執子之手，與子偕老；哪怕粗茶淡飯，哪怕陋巷布衣。守著孩子，守著父母，守著故土，在對方的凝視中慢慢變老，這就是我一生最大的幸福。

你耕田來我織布，你挑水來我澆園。

還會有那麼一天嗎？

四　一月・歸途・征人

一月，日暮蒼山遠，天寒白屋貧。

長長的、似乎永遠也看不到盡頭的小路上，他牽著一匹和他一般瘦骨嶙峋的老馬，蹣跚地走著。

王終於結束了長達數十年的戰爭，他們這些老兵，似修羅劫後的一簇黯火，久經離散後，最終可以回歸故土。

都說鮮衣怒馬正少年。昔日離去時，紫色花兒正開得爛漫；風吹陌上楊柳，柳絲纏綿繾綣，她容顏灼灼，他意氣風發。

今日歸來，暮靄沉沉，淫雨霏霏。原野白茫茫一片，楊柳繁盛不在；枯瘦的枝條在飄飛的雪花中顫抖，似無聲的哭泣。

禁不住打個寒顫。冷，真的很冷。但只要她在，再寒冷的冬日，都能在久別重逢後的興奮和淚水中，化作暖意融融的春天。於是抖擻精神，踏著泥濘，繼續走在回家的路上。

為什麼心跳如此劇烈？為什麼眼裡滿含淚水？小屋就在眼前，那是他們愛的小屋啊。可是……

是誰輕唱起原來姹紫嫣紅開遍，似這般都付與斷井頹垣。

院子裡，她和他親手種下的那棵合歡花，已經枯萎。

屋樑上，只剩空空的巢窠，那一雙呢喃的燕子，不知所蹤。

內室中，牆角掛著厚厚的蛛網。

那整日笑語盈盈的女子，妳在哪兒？

再也看不到妳手捧書卷的眼神，再也看不到妳採薇的身影。

後山上多了一座新墳，面朝著他離去時的方向，靜默著。似乎，在守候著什麼。

作者小傳

宋琛，現為東海大學中文系三年級交換生。此篇〈采薇〉，旨在通過想像古時征人「十五從軍征，八十始得歸」的悲劇生活，號召現代的人們珍惜來之不易、和平靜好的安穩歲月。

無盡的相思

〈秦風．無衣〉

何霄

「天冷加衣」是人們在日常生活中最常聽到的一句溫暖的關懷。對於出門在外的人來說，最多的牽掛都來自於家裡那一點燈光下獨坐的身影。驛寄梅花，魚傳尺素，也不過只是想問一句：「天變涼了，你那裡有衣服穿嗎？」

此時燈下就有這樣一個獨坐的身影。漫漫長夜也改變不了她娟秀的倩影，四季交替也剪不斷她及腰的長髮，她整夜聽著簷下的雨水一滴，一滴，又一滴地掉下，每一滴好像都滴到她的心裡。想念那個叫做「夫君」的人，已經成為她的生活的一部分。想念他在新婚之夜的濃濃情話，想念他穿衣吃飯時的粗手笨腳，想念他不經意間叫的一聲「屋裡的」，想念天冷為他添加衣服時他那讓你依靠的厚實的肩膀，想念他為國參軍走出家門時那堅毅的步伐和不捨的回眸……「春草明年綠，王孫歸不歸？」

他可不是王孫，他只是秦國一個最最普通的男人。他娶到了心目中最美的新娘，新婚之夜，他發誓要與妻子相伴一生。他努力地耕種，妻子就在旁邊給他擦汗遞水；偶爾農閒的時候，去市集淘個小簪子送給妻子，也能看到她會心一笑。下雨的時候，妻子叮嚀他記得帶傘；天涼了，妻子為他添上一件外套，緊緊靠在他的肩膀上，那一刻，是這個男人一生最幸福的時刻。

然而他是秦國人，是秦國的男人，是如虎狼般勇猛的秦國男兒！他的體內流淌著屬於大秦的血液，這是他顛撲不破的宿命，也是他與生俱來的榮光。西戎？任誰都不行！誰敢來犯大秦，秦國大好男兒必定共誅之！跨出家門的那一剎那，他停住了腳步，回頭，看到妻早已靠在中庭的欄杆上，往日神采奕奕的她憔悴得一陣風就能把她吹跑。他頓了一下，轉頭，還是走了，就這樣走上了「朔氣傳金柝，寒光照鐵衣」的漫漫征途。

門外斷橋邊的那株梅花又開了。

三年了，整整三年了。她是秦國的女人，愛著她的夫君，也愛著這個來之不易的秦國。他走了，她就守著這個小小的家，守著屬於自己的想念。石板路上有幾塊青苔，房梁上有幾個樺子，螞蟻在家裡安了幾個窩，她心裡都知道。有時尋尋覓覓，有時冷冷清清，但只要守在這裡，他的影子就還能出現在夢裡。每當門外的那株梅花綻開笑臉如約而至時，她也只是憑欄悵然，颯颯涼風掠過她依舊單薄的身子，她會忽然打個寒顫。以前是她為粗心的夫君加上衣服，現在她自己也變得如此粗心。這一個寒顫，讓她百無聊賴的心又甦醒過來，好似走在荒蕪的殘道上突然看到黃金一樣的反射，這時，梅花成為了她唯一的聽眾：「天變涼了，夫君，你那裡有衣服穿嗎？」

殘陽如血。廝殺後的天空也藍得那樣的不真實。三年，他來到這偏遠的邊陲已經整整三年了。擦汗遞水，寬衣解帶，會心一笑，甚至，連她的身影，都好像已經成為遙遠的前世，連想一想都是很奢侈的事情。眼前握在手中的，只有這沾滿鮮血的戈矛；映入眼底的，只有一起生死與共的軍旅兄弟那抵死堅持卻又疲憊不堪的臉。

跟西戎一天的戰鬥終於結束了。當他們坐在頹圮的籬牆下，圍著篝火，邊取暖邊烤肉，兄弟們開始夜話的時候，他才想到，這天又變涼了。門外斷橋邊的那株梅花應該開了吧？走時無助地依靠在欄杆上的妻子，現在應該也能看到門外那梅花了。妻子要是此刻在身邊，肩膀上便又多一件溫暖的外套了。妻子無法給他加衣，但他心如明鏡，妻子此刻正對著梅花問自己：「天變涼了，夫君，你那裡有衣服穿嗎？」他在躑躅，不知應該怎樣回答想念自己、關懷自己的妻子。

鏗鏘的戰鼓再一次響起。隆隆的喊殺聲讓他沒有思考的時間，甚至連喘息的時間都沒有。他已經不再是一個人了，在他的周圍，是和他一樣的秦國的男兒，他被他們的洪流所吞沒了！他們的呼吸一樣地激烈，他們的心臟一樣跳的飛快，他們對抗的，也是一樣的仇敵——西戎！在颯颯寒風中，每一個慘烈廝殺的年輕的身軀，都有一個人在家裡心心念念地牽掛，都有一個人向遠方問一句：「天變涼了，你那裡有衣服穿嗎？」火光喧天，鼓聲隆隆的戰地已經替他們作出了最好的回答：

豈曰無衣？與子同袍。王于興師，修我戈矛。與子同仇。

豈曰無衣？與子同澤。王于興師，修我矛戟。與子偕作。

豈曰無衣？與子同裳。王于興師，修我甲兵。與子偕行。

他們的血是熱的。源自千千萬萬秦國普通家庭的無數個思念在這一刻迸發出無比強大的力量，秦國的男兒們個個捨生忘死、前仆後繼，向著侵犯家園的共同敵人前進。他們的袍澤衣裳都跟他們同生共死的血肉一樣，在這慷慨激昂的戰場上，早已渾然一體，又「豈曰無衣？」

作者小傳

何霄，現為東海大學中文系三年級交換生。他是八百里皖江邊上的來客，黃梅戲的故鄉也是他的故鄉。一個喜歡文學，愛讀歷史的大男孩。要效仿古人「讀萬卷書，行萬里路」，心和腳步總有一個要在路上。

思君令人老，努力加餐飯

鄭涵若

「關心」，是拉近人與人之間距離的方式，也可以表現出人與人之間的交往關係之親密，以及對於對方的關愛之情。我們通常表達關心的方式有許多種：問候健康、詢問近況、給與幫助、相互祝願等，但早在千年之前，〈王風‧君子于役〉中有那麼一種關心，在現代豐富多彩的祝福語面前顯得平淡無奇，甚至讓人覺得有些簡陋，但是其中包含著的真心實意，卻那樣濃厚，能夠喚起我們心中最溫柔的一聲呼喊，最初始的一股暖意。

君子于役，不知其期。曷至哉？雞棲于塒，日之夕矣，羊牛下來。君子于役，如之何勿思？

君子于役，不日不月。曷其有佸？雞棲于桀，日之夕矣，羊牛下括。君子于役，苟無飢渴？

我們知道，在《詩經》中的時代，男人經常要服從王命，進行一些征戍、勞役、指派等任務，因此常常有征人哀歎路途辛苦、思念家鄉的悲憤，以及家中思婦思念羈旅在外丈夫的悲歌。這首〈君子于役〉便是這樣一首妻子思念丈夫的詩。讀者不妨試將自己想像為這位思婦。丈夫行役去了很遠的地方，家中只剩下自己一個人，清晨起床操持家務，做飯、餵雞、將牛羊趕上山吃草，白日也許織織布、縫補衣服，忙碌一些生活瑣碎，而到了傍晚，一天的忙碌差不多結束了，無事可做，只好呆呆的站在門口，看著雞回了自己的窩，牛羊也回到棚圈裡，太陽一點一點沉入地面。在這光影明滅、晝夜交替之時，白日裡通過忙碌而強壓住的那份思念再也控制不住，傾瀉而出：雞和牛羊都回家了，連太陽也回了家，為什麼我的丈夫還不回來呢？這次征程不知何時才能結束，亦不知相見之期還有多久，只願他千萬不要忍飢挨餓啊！我們可以想像，丈夫行役久久不歸，思婦獨自面對生活，卻覺得好像身邊的每一個細節有著丈夫的身影，每一個不經意的恍惚都能勾起那徹骨的思念：晨起時不知他是否也在洗漱，補衣時不知天冷了他的衣物夠不夠厚，做飯時也不知道他在外能不能吃得飽，看到雞與牛羊日落時分回到家中，便不由自主的癡盼著丈夫的歸期……有一句話形容得非常巧妙——「你在的時候你是全世界，你不在時全世界都是你」，妻子每做一件事都好像在為這份思念再累積上一份擔心，而這一切愁緒與苦痛如毒藥一般深入骨髓，只有在相見的那一刻才能得到救贖。

這首詩中我覺得最為動人的便是最後一句「君子于役，苟無飢渴！」關心一個人，並不是說幾句「祝你身體健康，萬事如意」便是關心了。真正的關心和在乎，是事無鉅細的關注，連對方最為細微的生活瑣細都不放過。這又尤其體現在對飲食冷暖的體貼上。漢樂府詩〈飲馬長城窟行〉中說：

客從遠方來，遺我雙鯉魚。呼兒烹鯉魚，中有尺素書。長跪讀素書，書中竟何如。上言加餐食，下言長相憶。

同樣是征人思婦之詩，這裡的妻子讀到丈夫遠方的來信，讓她多多吃飯，並表達自己長久的相思之情。還有《古詩十九首》的〈行行重行行〉中：

思君令人老，歲月忽已晚。棄捐勿復道，努力加餐飯。

彷彿再長的思念，化做言語，不過是淡淡的一句「多吃點，要吃飽哦！」現代社會征勞之別已經很少，但由於工作、學習等諸多因素，很多人也與家人和朋友相隔兩地，互相牽掛。我們可以回憶一下，在我們與家人的通話時，父母是不是都會問：「最近過得怎麼樣？有好好吃飯嗎？」作家廖玉蕙的文章裡，也不只一次提到她的母親，即便年邁，但只要聽到子女歸來，都立刻打起精神，奔進廚房，做一桌豐盛的好菜迎接兒女返家；在子女歸去時，更是打包一大堆蔬果肉菜，塞到行李箱都快要裝不下了。人世間最平凡的也就是在這日常的柴米油鹽一日三餐裡了，畢竟「吃飯」這件最重要的小事，如果不是真正愛你的人，是不會認真放在心上的。由此觀之，這「勸食」之語看似樸素平淡，原來字字皆是入骨的關心呵！不禁要感歎：正是加餐飯的平易，方顯長相憶的深情。

作者小傳

鄭涵若，東海大學中文系三年級交換生。平日喜讀古時諸閑詩遊記、瑣碎小語，以窺舊時觀山游水、居室會友之風貌，妄意能從中略浸得些許先人風骨。

想念的苦與痛
〈卷耳〉

蔡欣媚

古今中外皆有許多文學作品在書寫「想念」，無論是思念父母手足、伴侶戀人，比比皆然。我國最古的優秀的文學作品集《詩經》，其中的篇章也不例外，此篇〈卷耳〉便是當中之一。

采采卷耳，不盈頃筐。嗟我懷人，寘彼周行。
陟彼崔嵬，我馬虺隤。我姑酌彼金罍，維以不永懷！
陟彼高岡，我馬玄黃。我姑酌彼兕觥，維以不永傷！
陟彼砠矣，我馬瘏矣，我僕痡矣，云何吁矣！

《詩經》一書中各篇章來源多元，其所涉及的時空背景亦相當廣闊。這樣一部內容、題材廣泛的文學作品集，恰恰反映了當時周人的生活、情感、思想與文化各種面貌。這篇〈卷耳〉就是寫了當時戰爭悲哀面貌的其中一種：想念。

卷耳茂盛，卻摘放不滿籮筐，因為採摘的人心思全然不在這嫩葉之上。我的丈夫啊！我思思念念的人啊！思婦於是將籮筐放置周行之上。周行，乃周室之官道。或許就是這一條大道將她的丈夫帶走、或許就是這一條大道，她曾站在上面目送丈夫走遠，會不會，也將是這一條大道捎回丈夫再也不會歸家的消息？詩人以此思婦的憂傷形象起興，描寫思婦懷征夫而無心採摘野菜，茂盛豐盈的卷耳嫩葉，反襯出思婦的悲愁；思婦將籮筐放置大道，隨著這一個動作，真實的畫面感更將思婦的悲傷連帶著道上的滾滾黃塵一起吹進讀者的心中。

登高望遠，家鄉，是這個方向吧？即便極目遠眺，卻怎麼樣也看不見日夜想念的那個地方，回頭一看，馬累了，僕人病了，這一幕幕配合起來的悲慘畫面，迫使遠行的征人只好借酒澆愁。姑且就喝點酒吧，這都是為了不那麼傷、不那麼痛啊！詩人接著以直敘的方式賦寫了行役者那頭的情況，寫此去路途艱險，馬疲僕病，征人不得不藉酒「維以不永傷」的慘狀。全詩首章是描寫思婦，後三章則都是描寫征夫的景況，男女兩人兩地相思而情事一時，先讓讀者看見了在家鄉垂淚思念、無心採菜的妻子，再將鏡頭帶到彼方遠行的丈夫登高飲酒的痛苦想念，使讀者又一次感受了兩人分離的苦楚，觸動更深。而後三章的表現更是《詩經》的一大特色：複沓聯吟，相像的語式重複了三次，加強渲染了詩中人物情感的濃度。

從文化人類學的角度來看，青銅、鐵器、金兵器等武器的出現，是中國社會從部落酋邦邁向國家的其中一個原因。《左傳》：「國之大事，在祀與戎。」戰爭，在古代無疑是運行國家的重要一環。戰爭有著許多不同的面貌，激昂雄壯、幽怨哀戚等，而後者便造成了像〈卷耳〉詩裡的夫妻那般的悲劇，以及許多我們在文學史上看到的各種悲傷作品。唐代詩人陳陶〈隴西行〉：「誓掃匈奴不顧身，五千貂錦喪胡塵。可憐無定河邊骨，猶是深閨夢裡人。」王之渙〈出塞〉：「羌笛何須怨楊柳，春風不度玉門關。」張籍〈征婦怨〉：「萬里無人收白骨，家家城下招魂葬。」這些文字在在表現戰爭當中造成的妻離子散、家破人亡的不幸。現今社會中已幾乎不見這種沙場短兵相接的戰爭畫面，但在網路發達的背景下，時常可見外國當兵被派駐他地，久久回一次家，這些軍人與家人見面時，事先並不知情的親人朋友又驚又喜的反應記錄，那笑中帶淚的感人場面，甚至也有許多場景是那些阿兵哥所養的寵物看見主人歸來而興奮飛撲的樣子。這些軍人並不僅僅是單純的與家人分隔兩地而已，即便只是派駐，誰又能保證戰火沒有點燃的可能性？因此見了面格外情感激動。雖然我們所處的環境比較不會有這種情況發生，但他們從螢幕那頭深深透出的情緒卻總會讓人跟著無法自己。戰爭帶來的別離，不論古今，總是令人傷心。

作者小傳

蔡欣媚，一九九一年生，畢業於東海大學中國文學系。臉看起來很像流氓，經過了四年的文藝薰陶，變成了文藝流氓。

在山居歲月中的那一段想念

吳泓哲

手機鬧鈴在凌晨三：十五分響起，我必須起身，手，摸黑一按，那擾人清夢的音樂消逝在昏暗寢室裡，隨即而來又是三、四道淡藍冷光，我知道這是手機收到遠方捎來簡訊的提醒。

來南投山林寺院，兩個多月，寺裡的生活作息已漸漸熟悉，所以監院（註一），安排我打板職事（註二），職事一輪是一整個星期，故寺中住眾三點半的起床，四點做早課以及其他用功時間提醒，這個星期全落在我身上，責任不可謂不重。為了讓我能夠凌晨三：十五分準時起床，我只能信賴在山下讀書時，兩年來從不出差錯，叫我起床的夥伴——手機，因此我開啟關機兩個多月的「它」。

碩班畢業後，與妳道別，狠心將手機一關，毅然上山，以為可以灑脫，不帶任何情感，切斷山下中俗世塵緣，但緣、想念與情牽，在我開機設定鬧鈴時的瞬間，狂潮般的向我撲來，第一道藍光開啟「拜託你下來，讓我好好愛你……」、第二道

「你怎麼可以如此狠心……」、第三道「……」，簡訊如同電影般的在幽暗寢室慢慢播放，我手微微地顫抖，設定起床的時間，那夜，我內心不平靜，是晨三：十五分，不用鬧鈴，原來我的夢，是妳的回憶一幕幕在那寢室天花板上播放……

撐起疲憊身軀，拿著盥洗用具，順著小夜燈微光指引，下樓梯來到雲水寮下方盥洗室，轉開水龍頭，下意識迅速收回沾到山泉水的手，冬天山泉水，真冷！我看著貼在水龍頭上方的日用毗尼（註三），沁涼泉水同時在雙手毛巾上裝滿一鞠，雙手向我臉上一滑，讓我清醒，與來到寺裡往常洗臉一樣，唸了三遍毗尼：「若洗面時，當願眾生，得淨法門，永無垢染」，嘩啦啦的水在洗臉台濺起，滴到我內心卻起了陣陣漣漪，如同那天我與妳在日月潭上，看著渡船劃破湖面的寧靜，我讓自己雙手努力滑動著毛巾，試圖讓清澈冰冷泉水，冷卻心中波波漣漪，順著觀想佛偈，助我平靜「若欲淨自心，當知心本淨，只因隨妄想，猶塵翳明鏡。」但妳與妳的過去，那夜已佔滿我的內心……

註一　總領眾僧之職稱，為一寺之監督，監院須負責應對官員、參辭謝賀、吉凶慶弔、探訪施主、借貸往還、籌計一寺歲用、備辦米麥醬醋，乃至營辦年節各大齋會等。

註二　負責寺裡五堂功課，提醒時間的職務。

註三　梵語毗尼，華言善治。謂能治貪瞋癡等惡也。又言調伏，謂能調練三業，制伏過非也。

記得與我交接打板職事的師父，教我說：「早板，從一板敲到四板，四板後剎板，鐘鼓樓的師父就會接手敲。記著，一板時輕聲敲，之後漸漸大聲，敲到四板時最大聲，打板時要不疾不徐。」三：三十分準時，我一手提著木板，一手拿著木槌，輕聲，起了一板，叩～～～叩！叩！心中默念：「降伏魔怨力，除結盡無餘。露地擊犍槌，比丘聞當集。諸欲聞法人，度流生死海。聞此妙響音，盡當雲集此。」犍槌聲劃破夜的寧靜，在東客堂的走廊上起了迴響，走幾步之後，再叩～～～叩叩！內心響的是妳：

青青子衿，悠悠我心。縱我不往，子寧不嗣音！
青青子佩，悠悠我思。縱我不往，子寧不來！
挑兮達兮，在城闕兮。一日不見，如三月兮！

記得，剛認識妳時是聖誕夜晚，我們享受在東海校園聖誕夜的氣氛，妳頭戴粉紅色的毛帽，手也戴著毛線編織的手套，妳對我說的第一句話：「會冷嗎？你？」叩～～～叩～～～叩叩！二板，記得，粗心大意的妳，忘了拔掉電鍋電線，那天早上九點出門去彰化，晚上九點載妳回家，之後我回到宿舍，有七、八通未接來電，回撥給妳，說：「快來！」打開妳家門一看，老天，半間屋子已燻黑，菩薩保佑，整棟新蓋好的套房沒起火，我們瞞著房東，花一個星期，重新粉刷、整理，妳那間燒到燻黑的新套房；叩～～～叩～～～叩～～～叩叩！三板，記得，那天我拖著感冒慵懶身軀，伴妳到平溪，逛老街後買一盞天燈，寫上「論文順利」，燃起小火，天燈在空中緩步前進，我們雙手合十，向上天祈求天燈上的願望能順利達成；叩～～～叩～～～叩～～～叩叩！四板，記得我騎車載妳，妳在身後指點路上迷津，到了苗栗，看那我想看的，夕陽殘照龍騰斷橋，叩～～～叩～～～叩～～～叩～～～叩叩！叩～～～叩叩～～～叩！三：四十五分剎版，四板敲完，原本腦海要念頌的佛偈，早已換成滿滿妳的過去，鐘鼓樓的師父接板，今晨，我敲醒睡夢中的修行人，但，我卻敲進自己魂縈舊夢。

佛門有偈曰：「多年古鏡要磨功，妄想銷時始得融，淨心投入亂心裡，亂心投入淨心中」，原來，這兩個月裡，我表面寧靜，但內心底早已有股隱約的聲音，直至敲板時才清晰，不管是淨心還是亂心，妳的情，不會因為我遠離塵囂而失去。

作者小傳

吳泓哲，現就讀中興大學中文博士班，喜歡親近戶外、攝影、看電影。

紅豆湯的調味料

黃瓊慧

自古以來，多少人因思念而憔悴？多少夜晚數著孤獨而入眠？又需把多少眼淚交予錦衾與時間？面對相思，過去有李清照幽幽道：「此情無計可消除，才下眉頭，卻上心頭。」晏殊感慨：「天涯地角有窮時，只有相思無盡處」。今亦有人唸著、唱著「思念是一種很玄的東西」、「思念是一種病」。無論時空如何轉移，身分角色如何演繹，總擺脫不了為此情而嘆息。於是，一鍋又一鍋的紅豆湯就這樣細煮、慢熬著。

那誰來替這鍋紅豆湯舀進幾匙糖？一首歌曲這樣唱：「想念是會呼吸的痛／它活在我身上所有角落／哼你愛的歌會痛／看你的信會痛／連沉默也痛……我的微笑都假了／靈魂像飄浮著／你在就好了」（梁靜茹〈會呼吸的痛〉）。即使現在思念得多苦、多憂傷，只要你在就全好了。能使這鍋用眼淚熬成的紅豆湯變甜的人，當然只有思念的那個人啊！《詩經》中一樣可以找到相同的答案：

喓喓草蟲，趯趯阜螽。未見君子，憂心忡忡。亦既見止，亦既覯止，我心則降。

陟彼南山，言采其蕨。未見君子，憂心惙惙。亦既見止，亦既覯止，我心則說。

陟彼南山，言采其薇。未見君子，我心傷悲。亦既見止，亦既覯止，我心則夷。

〈召南・草蟲〉中展現了思婦「未見君子」與「既見君子」的心情轉變，還沒見到之前是多麼「憂心忡忡」、「憂心惙惙」與「我心傷悲」，但光是想像見到思念的那個人後，心裡的憂傷就可以馬上放下，轉悲為喜。這樣的心境轉變，事實上並不難體會，就好比你等著一個人的電話，左等右等都不見音訊，你也許坐立難安，也許無法專心於你應該完成的手邊工作，也許心像被掏空般恍恍惚惚地若有所失。然而，哪怕僅是一封簡訊地到來，都能瞬間燃起心中的那盞小蠟燭，就同即將枯萎的一株小草，及時獲得甘霖的眷顧。

類似這種「不見」與「既見」之間的心境轉換，亦如〈鄭風・風雨〉：

風雨淒淒，雞鳴喈喈。既見君子，云胡不夷。
風雨瀟瀟，雞鳴膠膠。既見君子，云胡不瘳。
風雨如晦，雞鳴不已。既見君子，云胡不喜。

未見之前「風雨淒淒」、「風雨瀟瀟」、「風雨如晦」，這是由於思念至極，因而造成無論是從感覺、聽覺或視覺上，都只能感受到外面天候之可怖，而隨著環境的詭譎孤寂，同時也更增加了心中的憂傷情緒。但是下一秒，因為「既見君子」的緣故，起初的難過、感傷之情便放下了，彷彿霍然病癒般，重新獲得喜悅。

於此，我們可見，這一段一段的相思，都僅在思念的那個人出現後，方有可能畫下句點，似是這一鍋鍋的紅豆湯，唯有那伊人親手調味後始為甘美。

作者小傳

黃瓊慧，雲林人，現就讀東海大學中文系三年級，喜歡做夢、想像，興趣是動手做卡片，以及遊戲於文字之間。

思念的悠長與憂慮

〈邶風．終風〉

彭義方

在愛情裡，我們總是糾結、徘徊在曖昧、思念、疑慮、不安，整顆心跟隨著對方的舉止話語，波動起伏著：

終風且霾，顧我則笑。謔浪笑敖，中心是悼。

尤其對方還是個浪蕩不羈的性格之人，但往往，我們的目光便是會注意到特異的個體，甚至發現其外表下的溫柔或令人心動的地方，因此有了像這詩中所體現的纏綿和怨嘆調，到底是愛對了人？還是是做了錯誤的決定？又或無關對錯，而是由著自己在徬徨、毅然之路所做的決定罷；如是本詩主角持續載沉：

終風且霾，惠然肯來。莫往莫來，悠悠我思。

從內心的翻騰延續到雙方互動：不相來往，矛盾由此可見，既思念深重，又為何沒有實際的交往？兩人只相敬如賓，暗暗藏住真正的聲音，靦腆、羞赧、等待著對方先一步主動，又或是理性強行壓抑的自尊？雖已勇敢踏一步與此人相識，但在對方態度不明且表現曖昧的同時，勇氣與信心亦跟著消褪了，可想見隨之而來的是焦躁與疑心，因朦朧不清的關係與態度而瓦解的愛情不可勝數。本詩中的瀟灑男人是否沉醉在這種不明確的自由空間中，還是內心早已明確自己情感的指向而不做任何擔心，不得而知，就此詩以天氣變化無常來形容的這個男人，對思慕他的人來說真是一大精神折磨哪！

終風且曀，不日有曀。寤言不寐，願言則嚏。

男人的態度仍是曖昧不明，像天候般時陰時晴，女子的思念與戀慕也到了最刻骨的時間：在深夜時分一邊揣測著愛人的想法，一邊禁不起生理反應打著噴嚏，這兩個動作結合一起，「恰巧」的機率較大，竟引用到現今我們常說到的「打噴嚏，有人想」的民俗說法，雖不確定是否全出於此詩，但由此連結點與現代做聯想，是頗有文學趣味。

曀曀其陰，虺虺其靁。寤言不寐，願言則懷。

詩的最後，仍不見男人心態的明確與明朗，窗外雷雨交加，彷彿預示著這對情人未來的狀態，這樣想著，女子更加睡不著了；在夜深時，我們的心總最像一潭平靜的水面，雖視線模糊在黑暗中，但耳朵就變得敏銳了，白天經歷的事，甚至許久以前的回憶皆會一一浮現，腦海中的思緒在夜晚反而不得安定，翻滾沸騰的思慮交雜著內心情感，末段，女子就懷抱著憂愁傷感的心情而不得眠。

本詩並未細膩敘述男子的個性，只明顯看出其陰晴不定、飄忽曖昧的態度，但從另一方向，也就是女子的角度看去，仍可發現此男子必有吸引人之處，他們的相處偶爾是「惠然」、有笑聲的，這些也可能是在曖昧時期建築起來的快樂，只是女主角不自知，亦或想與情人有更明確與深入的關係，遠觀這一對，其實是甜蜜中帶點苦澀：剛好呢！

作者小傳

彭義方，生於臺灣臺北市，現就讀於東海大學中文系。喜歡閱讀各類書籍、騎腳踏車和聽音樂，未來想從事與文書相關的工作。

思念的感覺

孫昕薔

思思念念，思念一個人，是什麼樣的心情？有一首耳熟能詳的歌是這樣唱的：「思念是一種很玄的東西，如影隨形……」思念無法具體化，也很難解釋，但它卻不知不覺出現在每個人的心中，思念家人、朋友、愛人、寵物。

有時候聽到一首歌、看到一個物品，甚至是相似的背影，都讓我們想起伊人，思念的原因有百百種，但就是因為無法見面而想念，有可能是在異地的家人，亦或是異國相戀的情人。思念背後藏著許多可歌可泣的故事，有結果叫作「值得」，無結果也該「懂得、捨得」。在思念的漫漫過程中，想起伊人，我們可能會微笑；久了，可能會哭泣；更深刻的，可能思念到無法呼吸。

思念無法杜絕，像是橡皮糖黏住我的心，拔也拔不開，也捨不得拔開，就是這麼的叫人手足無措，卻還是讓它無條件地佔據我們的心，人也許就是這麼矛盾的情感動物。

《詩經》如同現實生活的反映，像是了解這心情的知心朋友。〈秦風．蒹葭〉即是思慕伊人之作，由秋水旁茂盛的蒹葭，而興起懷人之思，以霜露的變化，寫出時間的轉移，思念伊人就是這麼的難熬，思念之深，思念就越長久，地點從在水一方、在水之湄到在水之涘，而且道路阻礙從長、躋、右，講出可望不可及之痛苦與艱難。

蒹葭蒼蒼，白露為霜。所謂伊人，在水一方，遡洄從之，道阻且長。遡遊從之，宛在水中央。

蒹葭萋萋，白露未晞。所謂伊人，在水之湄。遡洄從之，道阻且躋。遡遊從之，宛在水中坻。

蒹葭采采，白露未已。所謂伊人，在水之涘。遡洄從之，道阻且右。遡遊從之，宛在水中沚。

思念是每個人都有的經驗，儘管你多麼灑脫，都不會否認自己思念過，正因為每個人都有此經驗，從古至今不勝枚舉，表明自己的思念情感才使人同情、同理。其實思念得不到回應，不過是一人的痛苦，對方並不知情或者也同樣想著你。

思念像是說不出的苦加諸在自己身上，只能自己想通，自己放開束縛的枷鎖，才能獲得心靈上的自由。

作者小傳

孫昕蕾，現就讀東海大學中文系三年級。個性迷糊，對在乎的人事物很執著，對世界有好奇心，喜歡文字給予人溫暖又貼近心裡的感覺，喜歡發現生活中新奇又可愛的事物。

十一　生活價值觀

最早的宅男

〈考槃〉

黃守正

「宅男」是二十一世紀所出現的新詞語，由於網路文化興盛，人們經常流連網路，導致生活型態轉變，足不出戶。經由傳媒的使用頻繁，「宅」成為流行用語，意指整日關在房間，少與社會人群互動。

一個人生活也許沒什麼不好，很多事反而能自由自在。王維〈辛夷塢〉：「木末芙蓉花，山中發紅萼。澗戶寂無人，紛紛開且落。」這是多麼美的情境啊！但是封閉性的獨自生活，乃至對社會漠不關心，像個自我隱蔽的人，有時是一種難以自覺的心理障礙。這讓我想起《詩經》中的〈考槃〉：

考槃在澗，碩人之寬。獨寐寤言，永矢弗諼。

考槃在阿，碩人之薖。獨寐寤歌，永矢弗過。
考槃在陸，碩人之軸。獨寐寤宿，永矢弗告。

築屋在山澗之畔，偉岸的賢者胸懷寬廣。
獨自睡覺、醒來、說話，隱居的願望永遠不忘。
築屋在山坡之上，偉岸的賢者心田遼闊。
獨自睡覺、醒來、歌唱，隱居的生活永無過分的欲望。
築屋在高平地上，偉岸的賢者意志放曠。
獨自睡覺、醒來、休息，隱居的快樂永不張揚。

我想這可能是中國「最早的宅男」吧！一位賢者在山林築屋隱居，獨自睡覺、醒來、歌唱、休息、說話，表達出自得其樂的生活情景。對於這首詩的解說，最早的文獻並非如此。《詩序》說：「刺莊公也。不能繼先公之業，使賢者退而窮處。」賢能的人不論是自願或被迫退隱山林，都意味著領導者某方面的人格扭曲或執政缺陷。但《詩序》詮釋的立論是否吻合〈考槃〉原意，歷代注家卻有另一股聲音。朱熹《詩集傳》說：「美賢者隱處澗谷之閒，而碩大寬廣無戚戚之意。」這是讚美賢者的詩，賢者隱居生活的最佳寫照，程俊英也說〈考槃〉應是隱逸詩之宗。

儘管後世注家們多以獨居自樂來解釋〈考槃〉，但《詩序》的聲音卻在我腦海揮之不去。我總認為《詩序》的說法必有其合理性，至少就年代來說，它可能比較貼近當時的生活樣貌。然而我反覆推敲琢磨也難以理解，就如方玉潤《詩經原始》說：「詩意甚明，無所謂怨，亦無所謂刺。」

偶然看見新聞報導「宅男大學生」沉迷電玩又與父母賭氣，獨自在租屋處吃泡麵而不返鄉過年。當時頓有所悟，將「宅」與「獨」連結，想起〈考槃〉中獨自睡覺、醒來、歌唱、休息、說話的賢者，他刻意封鎖自己不與人互動，心中是否也有不為人知的心結呢？人是有感情的，一個人會選擇離群索居，若非他被社會遺棄，就是他不願面對人群。因此賢者選擇獨居，絕非僅是單純的自樂。

這時我彷彿解開了《詩序》的密碼。知識份子對社會尚且有一種責任感，更遑論聖賢「修己以安百姓」、「齊家、治國、平天下」的使命。當「賢者退而窮處」，刻意與外界隔絕時，必有其因，《孔叢子》裡孔子說：「吾於〈考槃〉，見遁世之士而不悶也。」但《論語》裡孔子說：「天下有道則見，無道則隱。」或許更能貼切說出〈考槃〉賢者的心聲吧。

稍有濟世情懷的人，都不願只當一個旁觀者，也難以苟同「隱居」的生命姿態。就像大乘菩薩總是譏斥聲聞、緣覺是自私的自了漢。睿智的魯迅不惜批評眾人敬愛的陶淵明，強烈質疑隱士的真實意義。其實在任何團體裡，自掃門前雪的人，他的悠閒快樂都是難以讓人認同的。

「隱居」是一種超然的心境，所謂「此中有真意，欲辨已忘言」，或是「只可自怡悅，不堪持贈君」。悠閒的生活情境固然不錯，但不必強調永久獨自一人。偶有家人相伴、鄰居串門、三五好友品茗小酌，這樣的隱居才能感受生活的幸福。若能從單純的生活圈進一步關懷社會而有所貢獻，生命就更添光彩了。

「人間，值得您百般凝視。」每次看到佛光山人間衛視電台的廣告詞總是強烈震撼我的心。此話一語雙關，不僅是電視台的宣傳手法，更提醒每個人重視生活周遭的一切。要用心去體會生命的美好，用行動去感受人間的溫度。因此，親愛的「宅男」、「宅女」們，走出冰冷的小屋，熱情擁抱世界吧！

作者小傳

黃守正，東海大學中文所博士生，經歷國、高中國文教師、東海大學中文系兼任講師。愛好閱讀、學術、教學、音樂。

理想如夢　當遡洄從之

韓楊

「綠草蒼蒼，白霧茫茫，有位佳人，在水一方。綠草萋萋，白霧迷離，有位佳人，靠水而居。」這首傳唱遍大江南北的情歌如今依舊迴響在耳畔，那在水一方的佳人，成為了多少男子心目中惦念已久的牽掛。回溯千年，這不禁令我們想起了〈秦風．蒹葭〉中那位婷婷佇立於水畔、身姿綽約，如嬌花照水、弱柳扶風般婀娜的女子，她在萋萋迷霧中頑皮地閃躲著，時而宛在水畔、時而宛在水央、時而又飄向遠方：

蒹葭蒼蒼，白露為霜。所謂伊人，在水一方。遡洄從之，道阻且長。遡遊從之，宛在水中央。

蒹葭淒淒，白露未晞。所謂伊人，在水之湄。遡洄從之，道阻且躋。遡遊從之，宛在水中坻。

蒹葭采采，白露未已。所謂伊人，在水之涘。遡洄從之，道阻且右。遡遊從之，宛在水中沚。

蒹葭草在水邊鬱鬱蒼蒼、茂盛地生長，秋天的露水寒氣陣陣、落地為霜，那攝人心魄的女子就在水畔等待。我在急流的水中不顧一切，逆流而上去追隨她，怎奈道路悠遠而漫長無邊；我只得順流而下去尋覓她的身影，她卻縹緲不見，忽而又宛然出現在水中央。

三章句式複沓、反覆吟誦，在章節的迴環往覆中強化著情感的抒發、全詩句式齊整、韻律美感十足，讀之朗朗上口，由字裡行間的企盼之情與些微的無奈之意，可以看出這位女子的迷茫與飄忽不可得。這種迂迴曲折、蒼淼迷濛、似夢似真之感，正契合了今天許多人對愛情、生活和理想的感受；而詩中不斷「遡洄從之」的勇氣與堅持，也正是我們對待生活時不可或缺的一種可貴品質。

在我們的日常生活中，「伊人」或許是心中那個暗戀已久卻不敢表白的對象，抑或只是象徵一個遙遠難以企及的理想。我們看得到、也感受得到這位所謂「伊人」的存在，並為了得到他（她、它）而全然不顧道阻的艱險迂迴，遡洄從之、拾級而上，攀緣著一座座陡峭的高山深谷，跨越過一條條洶湧的大河小溪，只為了離愛或夢想更進一步。然而卻發現，當我們向着理想所在的方向前進時，理想本身也在發生著難以預測的變化，就如同「伊人」在水畔的飄忽不定，越是不可得，魅力越是引人嚮往。

當我們心中的「伊人」是愛情時，那種寤寐思服、朦朧迷茫的感覺自不必說。就如同《西廂記》中窮酸書生張君瑞對相國小姐崔鶯鶯的追求：「怎當他臨去秋波那一轉！便是鐵石人也意惹情牽」，如此牽腸掛肚的愛情，卻似霧裡看花、水中望月般難以觸碰。他為此絞盡腦汁，牆角吟詩、夜半撫琴、甚至寄書杜確退兵孫飛虎，都是為了接近鶯鶯、讓崔母允諾二人的婚事。但每一次都橫生枝節，他也只能看著自己的愛人忽遠忽近、遙不可及。張生這一段曲折往復的求愛過程，不正是〈蒹葭〉中遡洄從之、追隨伊人的生活寫照嗎？

當我們心中的「伊人」是理想時，便更有一番別樣的朦朧之美蘊含其中。從孩提時期開始，我們每個人便都有了屬於自己的理想，此時它並不那麼清晰，只是一種簡單的崇拜和嚮往。以著名的阿里巴巴創始人馬雲為例，他可以算是一名成功者，然而他小時候的夢想卻五花八門，包括司機、警察、售票員等等各種職業，幾乎難以計數。在一個孩子的心裡，對這些職位自然沒有太多清晰而明確的定義，他們需要的，只是一種方向、一種可以為之努力與追逐的感覺。這便與〈秦風．蒹葭〉中所描繪的水邊伊人有了相似之處，夢想幻化成一名女子，在我們面前的人生路上忽而在東、忽而到西，穿梭於水中央的洲坻、水畔的蒹葭叢中，讓我們為了追逐她不斷地「遡洄從之」，在曲折艱難的摸索前行中，不知不覺地克服困難、走向了更好的未來，成為自己想成為的人。

一首〈蒹葭〉，讓我們看到了《詩經》中對待生活的智慧。「伊人」可以象徵的並不僅僅是愛情，詩意特有的模糊性讓我們在愛情之餘，也能夠看到人生之理想。這種「遡洄從之，道阻且長」的堅持與勇敢，正是人們追逐夢想時最難得的品質。

總而言之，無論是愛情、抑或是人生夢想，都需要鍥而不捨、不斷往前去追尋。只有如此，才能一點一點地離夢想更近。因此，讓我們用范瑋琪在〈最初的夢想〉中的一句歌詞來作結：

最初的夢想，緊握在手上，最想要去的地方，怎麼能在半路就返航。
最初的夢想，絕對會到達，實現了真的渴望，才能夠算到過了天堂。

作者小傳

韓楊，在東海大學中文系三年級作交換生一學期，喜歡讀中國古典文學的各種著作，尤其喜歡宋詞和古典小說《紅樓夢》。讀書寫作之餘，也會在閒暇時一個人外出旅行，走走停停，讓心靈在行走的路上得到最好的放鬆。

享受一個人的孤獨吧！

蕭盈芷

考槃在澗，碩人之寬。獨寐寤言，永矢弗諼。
考槃在阿，碩人之薖。獨寐寤歌，永矢弗過。
考槃在陸，碩人之軸。獨寐寤宿，永矢弗告。

〈衛風．考槃〉詩中的隱士，選擇遠離塵囂獨自隱居到山澗之畔、山崗之上，即使遠離世俗，獨身孤零零地生活在這世界上，仍然不違背隱居的高潔理想、獨自享受隱居的歡樂舒暢。

當我讀到這首詩，看著當中的隱士怡然自得的態度，我開始反思，其實人生於世本就是個孤獨的存在。

每個人都是獨一無二的個體。在人生旅途的漫漫長路上，沒有人能陪你走完全程。有時你以為會與你攜手一輩子的人，卻在人生路上各自走向不同的岔路。所以，要開始練習。練習一個人，練習自己一個人也能過得很愉快、很享受。獨自一人可能有時會感到孤獨，但千萬不要感到害怕，因為只要學會享受孤獨但不孤寂，這樣就能不管在哪都甘之如飴地享受生活。

但不是每個人都天生就愛孤獨，有時則是被迫享受孤獨。那當我們被迫孤獨的時候該怎麼辦？〈魏風．碩鼠〉則給我們了一個答案。

碩鼠碩鼠，無食我黍！三歲貫女，莫我肯顧。
逝將去女，適彼樂土。樂土樂土，爰得我所。
碩鼠碩鼠，無食我麥！三歲貫女，莫我肯德。
逝將去女，適彼樂國。樂國樂國，爰得我直。
碩鼠碩鼠，無食我苗！三歲貫女，莫我肯勞。
逝將去女，適彼樂郊。樂郊樂郊，誰之永號？

那詩中之人受到社會環境的壓迫，在這困難環境下只能被剝削而感到無人能依靠的孤獨。想要對剝削者提出抗議，卻怕承受不起說出口之後所要付出的慘痛代價。敢怒不敢言的他，只好將之比喻為不勞而食、貪得無厭的大老鼠，委婉低訴他的可憐遭遇。無以為靠的他，最後只好將希望寄託在心目中的樂土，為他身處在這世代所感到的孤獨感找一個出口，這樣才能夠有勇氣再活下去。

事實上，不管是習慣孤獨還是被迫孤獨，都要學會能夠一個人享受地咀嚼孤獨的滋味。因為人生開心的過一天是一天，難過的過一天也是一天，不如選擇開心的生活著。人生是自己的，要過怎麼樣的生活只有自己能決定，要學著當自己的主人公，人生才會快樂。

曾經紅極一時的電影〈享受吧！一個人的旅行〉，我記得當中的女主角在小時候有個夢想，她以為自己長大後會是兒女成群的媽媽。但在三十歲以後，她才發現自己不想要小孩，也不想要丈夫，而是想要自己一個人生活。這是女性對自己的覺醒，當然也是對自己困惑的開始。她想：「為什麼我想要的，和原來的世俗標準都不一樣？」既然如此，不如享受自己的最佳身心暢快計畫！在令人疲憊的婚姻結束之後，她決定開始去旅行，在義大利、印尼、印度等三個不同國度之間想要找到自己，也想從中找到生命的意義。在義大利旅行中有最好的披薩與酒的陪伴下，品嚐感官的滿足，靈魂就此再生。而後在印度，瑜伽洗滌了她混亂的身心。在峇里島，她尋得了身心的平衡。透過旅行，她學會人生的意義，不是一定要依著世俗的價值而已，也能快樂的享受一個人的孤獨。我記得裡面曾有一段對話說道：「近來我若覺得寂寞，我就想：那就寂寞吧，小莉。學學處理寂寞。為寂寞做計畫。一輩子就這麼一次，與它並肩而坐。接受這種人生體驗。別再利用他人的身體或感情，來抒發妳未滿足的渴望。」沒錯，學會品嚐一個人的孤獨，並不是一件壞事，只要我們能夠試著接受這樣的生活經驗，不也會是個有意義又快樂的人生嗎？

作者小傳

蕭盈芷，現就讀東海中文系三年級，因喜歡書的紙本形式，那與作者最為貼近的溫度，而喜愛閱讀，而後連插圖、排版設計皆愛上，從而喜歡攝影，加以文字註解，認為是忠貞記錄人生命存在的根據。

所有事物呼吸在一起

簡靜美

西元二〇一三年十一月上旬，「海燕」颱風（Typhoon Haiyan）在菲律賓中部造成毀滅性破壞，超過四千多人喪生，高達數以萬計的人流離失所、無家可歸。西元前第二十三世紀的中國領土，那裡也曾經發生洪水氾濫，無邊無際包圍山嶺與丘陵，滾滾洪水幾乎漫淹至天邊，百姓叫苦連天。中國古籍《書經》及《孟子》曾記載，〈虞書．堯典〉：「湯湯洪水方割，蕩蕩懷山襄陵，浩浩滔天。」〈滕文公上〉：「當堯之時，天下猶未平，洪水橫流，氾濫於天下。」這個時候出現兩位民族偉人，一是禹，「禹八年於外，三過其門而不入。」另一是后稷，「后稷教民稼穡。樹藝五穀，五穀熟而民人育。」

禹致力於河川工程，救人於陸沉之禍。對於禹平定水患的偉大功績，周人於祭祀、歌頌祖先的同時，也不曾忘記在《詩經》一提再提他的無私奉獻，如「維禹甸之」、「維禹之績」、「纘禹之緒」……《左傳．昭公元年》：「微禹，吾其魚乎！」沒有禹，我們早成為魚了！后稷，是周人始祖。《詩經・大雅・生民》一篇，是周人追述他傳奇性的出生、稼穡之功、成立家室，及祭祀興嗣歲，如：

厥初生民，時維姜嫄。生民如何？克禋克祀，以弗無子。履帝武敏歆，攸介攸止。載震載夙，載生載育，時維后稷。

誕彌厥月，先生如達，不坼不副，無菑無害。以赫厥靈，上帝不寧，不康禋祀，居然生子！

誕寘之隘巷，牛羊腓字之；誕寘之平林，會伐平林；誕寘之寒冰，鳥覆翼之。鳥乃去矣，后稷呱矣。實覃實訏，厥聲載路。

詩說姜嫄是后稷的母親，為求子祭祀，踩了上帝的腳印感應生下后稷。上帝庇佑她，頭胎足月順利生產，母子均安無災無害。考驗新生兒的生存能力，把它置於窄巷，牛羊保護它而避開它；把它置於山林，卻遇到伐木的工人；把它放在寒冰，連鳥都用羽翼保護它給它溫暖。當鳥飛走，新生兒脫離羊水膜，哇哇大哭，哭聲既長且大。這個聲音似乎向全天下宣告：「后稷承天命而生，是上帝之子。」上帝，是周人對「天」的另外一種稱呼，是具有主宰義的人格神之天。

誕實匍匐，克岐克嶷，以就口食。蓺之荏菽，荏菽旆旆，禾役穟穟，麻麥幪幪，瓜瓞唪唪。

誕后稷之穡，有相之道。茀厥豐草，種之黃茂。實方實苞，實種實褎，實發實秀，實堅實好，實穎實栗，即有邰家室。

誕降嘉種，維秬維秠，維穈維芑。恒之秬秠，是穫是畝；恒之穈芑，是任是負，以歸肇祀。

小小后稷有農作知識，遍嚐百草。種植大豆，大豆茂盛；種植稻麥，穀粒飽滿。麻麥豐茂，瓜果豐盛。擅長農作緣於他的努力與觀察，並累積經驗而形成種植的方法及步驟。從拔草整地至穗垂穀成，獲取堅實飽滿的穀粒，每一個步驟都不能馬虎。因農功受封於邰，成立家室。后稷感謝天降下好的種子，如黑黍、一殼二米、赤苗穀子及白苗高粱。種子遍灑在土地上，滿田滿畝稻麥穗垂，一片豐收歡喜洋洋，回家祭祀感謝天地。

誕我祀如何？或舂或揄，或簸或蹂，釋之叟叟，烝之浮浮。載謀載惟，取蕭祭脂，取羝以軷。載燔載烈，以興嗣歲。
卬盛于豆，于豆于登。其香始升，上帝居歆，胡臭亶時。后稷肇祀，庶無罪悔，以迄于今。

我如何祭祀？舂米、揄米、簸米、蹂米，洗米聲嗖嗖響，蒸米香處處聞；卜吉凶、備牲禮，又燒又烤，祈求來年平安豐收。食物盛滿高腳盤，盤盤香氣四溢，上帝聞到香氣，也會讚嘆說：「真是有誠意呀！」自后稷祭祀，那份感謝天地與敬天的虔誠，崇拜祖先及尊敬賢人的心意，持續至今天，不會有差錯！

天的主宰義人格神的思想遠離人心後，人類自力自足的精神仍然立足於天地。周初生民之傳奇所隱含的精神意義，是人與天地萬物相互依存、融為一體的最好例證。古希臘醫學之父希波克拉底（**Hippocrates, BC.460-BC.370**）說：「所有事物呼吸在一起」（**Everything breathes together**），人要更謙卑、要有憂患意識，科學文明要與大自然和平共處，而不是與它對立。「海燕」颱風帶給世人一個警訊，即是極端氣候造成大自然的反撲。極端氣候卻是人力破壞大自然的結果，例如砍伐森林、盜採砂石、排放廢氣與廢水，……種種不利於大自然的運作。世人能不省思這個嚴重的問題進而去改善它？

作者小傳

簡靜美，就讀東海大學哲學系博士班一年級，現任國家實驗研究院國家晶片系統設計中心管理師。愛好哲學與文學。

無憂慮，眞存在？

洪韻婷

人的一生充滿著許多煩惱和憂愁，在現今社會中更是。窮人煩惱著明日的三餐；學生煩惱著畢業後的未來；大人煩惱著家庭和上班一切事物；老闆煩惱著公司的財務經營；總統煩惱著國家大事。這個世界裝載著許多人的各種憂愁，但憂愁也只有自己才能夠化解。每個人都想要像草木一樣無憂無慮，但是有多少人能夠真的看得開？社會上許多人在哀怨著心中的煩惱，但卻忘了煩惱一部分是從內心所產生的，現代人真的該學學放寬心，把生活抓得太緊繃，導致更多的煩惱憂慮湧上心頭。

蘇打綠有一首歌歌詞是這樣寫的：

〈你在煩惱什麼〉

沒有不會謝的花
沒有不會退的浪
沒有不會暗的光
你在煩惱什麼嗎？

沒有不會淡的疤
沒有不會好的傷
沒有不會停下來的絕望
你在憂鬱什麼啊

時間從來不回答
生命從來不喧嘩
就算只有片刻我也不害怕
是片刻組成永恆哪

這首歌的歌詞說明了，很多事情都只是心中糾結所產生的，很多時候我們會自尋煩惱，會讓自己身陷於漩渦當中，但其實那都是沒有必要的，生命就是如此，充滿絕望困惑是不變的真理，我們只有轉變自己的心境，才能夠了解一切，領悟其道理。而在閱讀《詩經》時，可以看出很多世人對世界充滿絕望想要像草木一樣的詩作，如〈檜風．隰有萇楚〉：

隰有萇楚，猗儺其枝。夭之沃沃，樂子之無知。
隰有萇楚，猗儺其華。夭之沃沃，樂子之無家。
隰有萇楚，猗儺其實。夭之沃沃，樂子之無室。

在這首詩中，我們不難看出詩人對草木的羨慕，但這首詩中採用襯托對比的手法，和《詩經》的另一篇〈桃夭〉剛好可作為一種對比。在〈桃夭〉這篇中是以樹木欣榮類比家室之好，但在〈隰有萇楚〉中卻用來類比有家卻不樂。詩人透過羊桃來表達自己羨慕之情，羊桃枝頭迎風擺，柔嫩又光潤，詩人羨慕它的無知，羊桃花豔枝婀娜，詩人又羨慕它無家好快樂；羊桃，果隨枝兒搖。詩人又羨慕它無室好逍遙！這短短的幾句，道出了詩人背後的苦楚憂慮多麼的深沉哀痛，不說明自己的苦，只談到羊桃無憂慮的樂，進而讓我們了解到詩人的苦更苦。那時代背景造就詩人心中的煩悶就像現今社會一樣，有每個時代所要面臨的問題，或許我們無法拿現今去比較以前，但是所要傳達的意境是一樣的。大家羨慕天空中的鳥、水中的魚、路旁的草木一樣，但是誰又會清楚的知道那些我們以為無憂慮的事物真的無憂慮嗎？我想說的是，其實我們因為生活中充滿憂慮困難險阻，才促使我們更進一步去克服，讓我們更堅強。我們也可以像陶淵明一樣，不為五斗米折腰而退隱山中，但在他下決定前也是有許多憂慮，只是他想到的辦法是如此而已。生活給我們帶來煩惱，我們應維持最佳心態想辦法解決才是重要的，古人可以寄情於詩中抒發，我們現代人可以作更多的事去寄託心中雜亂，樂觀向上才是我們應有的心境。

有句話是這樣說的：「欲戴皇冠，必承其重。」追求名利、抱負的人，就應該為自己所追求的負責並且犧牲，因為每件事情都有難度，想要做到最好，那就必須承受得住那個重量。生活中沒有所謂的無憂無慮，是人類都一定有憂慮，所以該如何讓憂慮變甜蜜才是我們應當學習的。

作者小傳

洪韻婷，就讀東海大學中文系三年級，第一眼給人的印象是冷冷的卻有氣質，其實我私底下是個活潑開朗好相處的女孩，有實還會很瘋狂。對自己喜歡的事物很堅持，決定後就不退縮。

誰懂你的心

林于婷

　　在每個人的心中都擁有自己的小夢想，即使是微微的一個小目標也好，都是讓自己改變的動力。如果讓我們回想自己小時候曾誇大的高遠志願，是不是會讓自己會心一笑了呢？也許是因為我們人小，志氣會特別高昂，對自己的未來發夢，像是風箏，心急著想越飛越高一樣，但是我們都忘了人生旅途中，會有一個個阻礙來向我們招手，或許阻礙越多，小時候的高盛「志氣」也會越來越被消磨，以至於我們會回不去小時候的心態了。

　　在渾沌的社會裡，一個人該如何身處其中？又會用怎樣的方式和態度來面對呢？每個社會中都有小人物，然而這些小人物雖然不像大人物般耀眼光芒，但是他們的付出是關鍵的力量，卻總是不被人所看見。

〈召南・小星〉

嘒彼小星，三五在東。肅肅宵征，夙夜在公：寔命不同！

嘒彼小星，維參與昴。肅肅宵征，抱衾與裯：寔命不猶！

此詩就像是有一台攝影機在拍攝畫面的感覺，先是拍夜晚的星空，依然如此美麗，接而順著鏡頭由上往下到地面，一位小吏正疲於公事，趕路的模樣，就為了此嘆了一口氣說道：「命運不如人。」這樣的情形於現代也是很常見的，這令我想起現今社會的勞力階層，每天的工作時數驚人，為了一份薪水，常常必須把自己的命都拚上了，這是一件很殘忍的事實，我們應該更重視他們的權利才是。這首詩對應到現代的生活中，十分的寫實，也讓人們在閱讀的時候，有了些反思，可見在古代社會的小人物發發牢騷是一件多麼可愛的事，發揮了他的影響力。

除了疲於奔命的小人物以外，還有更多抑鬱不得志的人物。雖然在現今社會大學學歷以上畢業的人很多，但是他們在踏上社會的這條道路上，仍是一個個懵懂無知的小孩罷了，雖然想要一展抱負，卻不知方向，就只能像無頭蒼蠅一樣亂闖，失敗了之後，再重新拾回勇氣，再去闖出自己的天，我想這也是一種人生的歷練吧！

自古以來，追求名譽都是知識份子踏上社會以後的目標，然而這些都只是表面上的物質事物，而在人的內心深層之處，其實也重視著「知音相隨」的憧憬。在人的一生當中，有誰不想擁有與自己互相契合的朋友呢？《列子．湯問》：「伯牙鼓琴，志在高山，鍾子期曰：『善哉，峨峨兮若泰山！』志在流水，鍾子期曰：『善哉，洋洋兮若江河！』」這一個典故是春秋時期的伯牙善於彈琴，每一回在他彈琴時，他的好朋友——鍾子期都能聽出他琴音裡所想表達的心意，這都讓伯牙十分的感動，後來子期去世了，便無人能夠知曉伯牙的琴音之意了，所以他將琴摔壞，終生不再彈琴，此為「伯牙絕弦於鍾期」。我們都知道伯牙子期的故事之後，若再深刻的體會一番的話，便會覺得那是要有多麼深厚的情誼和了解，才能擁有如此的默契和相投？知音相知相惜，實是一件不容易的事啊！

〈王風．黍離〉

彼黍離離，彼稷之苗。行邁靡靡，中心搖搖。知我者，謂我心憂。
不知我者，謂我何求。悠悠蒼天，此何人哉？
彼黍離離，彼稷之穗。行邁靡靡，中心如醉。知我者，謂我心憂。
不知我者，謂我何求。悠悠蒼天，此何人哉？
彼黍離離，彼稷之實。行邁靡靡，中心如噎。知我者，謂我心憂。

不知我者，謂我何求。悠悠蒼天，此何人哉？

此詩寫一個讀書人走在國中，眼看一片景色是小米和高粱，沒有人煙，他動作緩慢，心痛心憂，因為了解自己的人，會說他為國煩憂；但是不了解他的人會說他有所企求，面對這樣的處境，只好呼告於上天。這首詩讓人看了不禁感到悲傷，詩中的人物面對的是他人的不諒解，於是行吟國境，看到成長中的黍稷，不免感傷。不管是在何時何地，都會有不了解自己的人存在，或是被他人言語毀謗，但是最重要的是自己要對自己有所信心，不要因別人的胡言亂語而搞得一敗塗地，肯定自己的價值是非常重要的，讀這首詩，我所體悟到的是——人是不應該脆弱的，應該堅持做對的事情！

作者小傳

林于婷，就讀東海大學中文系三年級，喜歡簡單自然的生活，享受生活中閱讀的樂趣，喜歡觀賞電影和喜愛動物。

文化生活叢書·藝文采風 1306011

詩經中的生活

主　　編　呂珍玉
責任編輯　吳家嘉
特約校稿　林秋芬

發 行 人　陳滿銘
總 經 理　梁錦興
總 編 輯　陳滿銘
副總編輯　張晏瑞
編 輯 所　萬卷樓圖書(股)公司
排　　版　游淑萍
印　　刷　百通科技(股)公司
封面設計　斐類設計工作室

發　　行　萬卷樓圖書(股)公司
臺北市羅斯福路二段 41 號 6 樓之 3
電話 (02)23216565
傳真 (02)23218698
電郵 SERVICE@WANJUAN.COM.TW
大陸經銷
廈門外圖臺灣書店有限公司
電郵 JKB188@188.COM

ISBN 978-957-739-935-9
2018 年 3 月初版四刷
2015 年 5 月初版
定價：新臺幣 660 元

如何購買本書：
1. 劃撥購書，請透過以下帳號
帳號：15624015
戶名：萬卷樓圖書股份有限公司
2. 轉帳購書，請透過以下帳戶
合作金庫銀行　古亭分行
戶名：萬卷樓圖書股份有限公司
帳號：0877717092596
3. 網路購書，請透過萬卷樓網站
網址　WWW.WANJUAN.COM.TW
大量購書，請直接聯繫，將有專人為您服務。(02)23216565　分機 10

如有缺頁、破損或裝訂錯誤，請寄回更換

國家圖書館出版品預行編目資料

詩經中的生活 / 呂珍玉主編. -- 初版.
-- 臺北市：萬卷樓, 2015.05
面；　公分. -- (文化生活叢書)
ISBN 978-957-739-935-9(平裝)
1.詩經 2.研究考訂
831.18　　104005719